光文社文庫

ラミア虐殺

飛鳥部勝則

KOBUNSHA

光　文　社

◉目次

序章　天使

ニュースは新聞へと移行した。

当初はテレビの特別番組で騒がれているだけだったのだ。

怪物が出た、怪獣が目撃された、と。

流行《はや》り言葉でＵＭＡが現れたという者もあった。ＵＭＡとはUnidentified Mysterious Animal——の略で未確認生命体を意味するらしい。ネッシーや雪男などの、存在が確認されていない生物の総称だという。

そういった怪物が日本で頻繁に目撃されるようになったのだ。

最初は蛇だった。

青森で全長七メートルはある蛇の抜け殻が発見された。これは、五月の雨の朝、畑仕事に出た農夫が見つけている。不法に飼っていたアナコンダが逃げたのではないか、といわれたが、そのような事実はなかった。後に、巨大な蛇の這《は》う姿を目撃したという農民が続出した。蛇の頭の近くから二本の――まるで人間のような――足が生えていた、という者もいた。

この事件は『潜入！　心霊・怪奇スポット』という長時間枠の特別番組で取り上げられたが、視聴者のほとんどは作り話だと考えた。抜け殻の発見者が、気味悪がって皮を処分してしまったことも、説得力を欠く一因になっていた。

次の事件は三カ月後に起こった。

夏の陽差しが眩《まぶ》しい日のことだった。

金沢の片隅、あるビルとビルの間で、巨大な蜘蛛《くも》の巣が見つかったのである。巣は四メートルある道路に跨《また》がって張られており、本物ならば、かなり巨大な蜘蛛がいることになりそうだった。

この事件も怪奇特集の特別番組で取り上げられ、地方のテレビニュースにも流れた。しかし手の込んだいたずらではないかという説が有力だった。

秋になり、次の事件が起こった。

これが、決定的だった。

名古屋の駅前に鳥人が舞い降りたのだ。

目撃者は百人を超える。写真やビデオに撮影した者もいた。空から来る怪物の姿は、白い大きな鳥と映った。しかし地面に降り立った時、人々は、その生物に二本の足があることに気づいた。明らかに鳥類のものではない、太い――人間のような――足が生えていたのである。

天使だ――と思う者もいた。

背中に翼のついた人間のように見えたからだ。全身を白い羽根で覆われており、二本の腕も生えている。しかし頭は完全に鳥だった。

その巨大な白い鳥は、真っ赤な目で辺りを見回し、一瞬のうちに飛び立った。

羽ばたく姿は美しくさえあった。

この時から、事件は新聞に載るようになった。

ニュースは新聞へと移行したのである。

テレビニュースでも大々的に流された。

集団幻覚だ、手の込んだトリックだ、という声も絶えなかった。

しかし大衆は信じ始めた。

怪物たちは実在する。至る所にいる。身近に、すぐそばに、息をひそめている。

正体はわからない。どこにいるのかもわからない。

しかしモンスターは実在する。

奴らに遭遇《そうぐう》するのは今晩、明日、いや、次の瞬間かもしれない——と。

一章　杉崎、美夜と出会う

女は窓の下にいた。

それがすべての始まりだった。

もともと、良くない朝だったのだ。

ひどい夢を見た。記憶そのままの夢だった。舞台は映画館だ。夢の中で、杉崎廉《すぎさきれん》はある男を尾行している。

擦《す》り切れた茶色のジャンパーを着た老人だった。

曲がった背中が酔っ払いのように揺れていた。

彼は、トタン屋根の、狭くて汚い映画館に入った。杉崎も男に続く。雨が激しく屋根を叩き、映画の音声がよく聞きとれない。観客は十人ほどだった。飲みながら見ている観客がいるのか、酒の臭いが鼻を突く。

スクリーンの中でポルノ女優があえぎ始める。

その途端に場内に明かりが灯った。

野太い不平の声が上がる。

前方の出入り口から、二人の男が入ってきてスクリーンの前に立った。二人とも黒ずくめだった。彼らは小型サブマシンガンを腰に構え、いきなり乱射し始めた。銃弾が客をなぎ倒す。杉崎は床に伏せた。背中から首にかけて弾丸が掠《かす》める。悲鳴と泣き声が辺りを覆い、床は血に濡れた。生き残った客数人が階段に殺到し、互いを押し潰す。

斉射《せいしゃ》が止む。

黒衣の男たちは、伏せた杉崎や逃げていく者たちに目もくれなかった。

この連射で目的を達したようだ。

彼らは老人の体をひっくり返す。杉崎が尾行していた男だ。北小路六輔《きたこうじろくすけ》といった。麻薬密売人だ。彼らの狙いはこの男だけだったらしい。

やがて殺人者たちは六輔の服から薄い金属の箱を取り出した。

しばらく中を検《あらた》めている。

二人は軽く頷《うなず》き合う。目的の物を手に入れたのだろう。彼らは素早く、何事もなかったかのように平然と退場した。

杉崎は金属の箱の中身を知っていた。ある薬と注射器が入っているのだ。その薬が単なる麻薬の類いだったら、どんなにいいことだろう。

しかし現実は、もっと悪夢めいていた――


目が覚めた。

ひどい夢だった。毎日悪夢を見る。人が殺されたり、人を殺したりする夢だ。すべてが実体験といっていい。空想的な夢ではなく、脳が記憶を反芻《はんすう》しているといった具合だ。映画館の夢も、これまでに何度も見ている。

意識は殺し合いに慣れても、心までは慣れないらしい。

だから、足を洗ったのだ。

左手の革手袋を見る。彼は寝る時も、黒革の手袋をはめていた。古傷と、いえないこともない。手を握ったり開いたりする。よく動く。いや……むしろ動き過ぎ、……強過ぎることこそが問題なのだ。だから革手袋をはめている。

寝覚めの気分は最低だった。映画館の夢は最も見たくないものの一つだ。血の臭いが鼻に残っているような気さえする。

彼はベッドから出て、顔を洗った。

鏡に映った自分を見る。

頬骨と鼻の高い、外国人のような顔だ。ハリウッド映画によく出てくる、地味系二枚目俳優に似ているといわれたこともある。歳よりも若く見えるようだ。

しかし今朝はひどい顔をしている。

それにハリウッドスターは、こんなに荒《すさ》んだ目はしていないだろう。

始業時間までにはまだ間があったが、身繕《みづくろ》いを済ませた。気分がすぐれない。

事務所に入ると、黴臭《かびくさ》いにおいがした。

空気を入れ換えようと、窓を開ける。

すると。

女が窓の下にいた。

そしてすべてが始まったのだ。


窓の下の女は、叱られた子供のような目をして、

「あなたは、誰？」

と、問いかけた。

甘ったれたような、少し寂しそうな大きな目が印象的だ。

だが、見ず知らずの女に、そんなことを聞かれる筋合いはない。

「ここは俺の事務所だよ。他人の家の軒下で何をしているんだ？」

女は答えなかった。

彼女は真っ赤なコートを着て、しゃがみこんでいる。小さな体が少し震えていた。

女は頭《こうべ》を垂れる。

杉崎廉は窓の桟《さん》に肘《ひじ》をつき、子供のように小さな女をのぞき込む。

地面にはうっすらと雪が積もっていた。窓のすぐ向こうが、隣の雑居ビルの壁になっており、空き地の幅は一メートルくらいしかない。女は、その狭いスペースで両膝を抱え、うつむいている。

成人女性にしては異様に小柄だ。中学生といっても通るかもしれない。

杉崎は彼女の、きれいな髪の、巻き具合に目を遣《や》りながら、

「あなたは誰、じゃないだろう。あんたこそ何者なんだ。ホームレスじゃなさそうだが、どうしてこんな所にいる？　真冬の朝に、事務所の裏手に座っている女なんて、どう考えても普通じゃない」

女は答えず、こういった。

「私、プレゼント」

しばし呆然《ぼうぜん》とした。

彼女のいいたいことがわからない。

「何だって？」

「私が、クリスマス・プレゼント」

女は、ゆっくりと、少し甘ったるい口調で繰り返した。

十二月二十五日、クリスマスの朝のことだった。

杉崎は、彼女の正気を疑いながら、

「俺にプレゼントか。しかし――」

女が下からのぞきこむように見た。

「大き過ぎて、靴下に入らないようだ」

「もっと気の利いたことをいってください」

そして、おっとりとした口調で続けて、

「中に入れてください、探偵さん。寒いんです。事務所の中でお話しさせてください」

「探偵さん――か」

「だってここは探偵事務所でしょ」

「まだ営業時間になっていないんだよ」

「意地悪しないでください。私、ずっと待ってて、凍《こご》えそうなんです。お願いです、お願いします。入れてください」

彼女はトロンとした目で、瞬きしながら杉崎を見つめ、

「お願い、入れて」

「自分のやっていることが異常だと思わないのかね。コンサートの時間待ちでもあるまいし」

「あなたは音楽系アーティストって感じじゃないけど、ちょっとハリウッド・スターみたいですね」

「俺に似てる俳優か。誰なんだよ、それは?」

杉崎は女を事務所の応接室に入れることにした。

気まぐれだ。

放っておいてもよかった。

しかし冷たくなり切れるわけでもない。

少し様子を見てもいいだろう。

彼女は事務所に入ると、防寒具を外す。

臙脂《えんじ》色のコートの下にも、同じような色のセーターを着ていた。

赤の下の赤――どこか、ずれている。服の色彩感覚だけではない。会話の受け答えにしても、行動にしても、尋常ではなかった。普通の人間とは思えない。

女は黒いソファに腰掛け、小首を傾《かし》げ、周りを見回した。六メートル四方の部屋で、ソファとテーブルの簡単な応接セット以外には何もない。白い天井はすっかり黄ばんでいた。蛍光灯が一つ切れている。天井近くに取り付けられた季節外れの扇風機は、厚い埃《ほこり》にまみれていた。

「汚い事務所ですね」

「元々は、ある地方議員の選挙事務所だった。老朽化したので、持ち主は新しい本部を建ててね。格安で手に入れた。半年前の事だ」

「八月くらいから開業してますよね。こんな所に探偵社ができるなんて、思わなかった」

「電話帳を見てくれ。興信所の類いは腐るほどある」

「こんな田舎にもあるなんて」

「田舎者にも悩みはある」

「儲かるんですか」

「暇だね。だからあんたの相手もできる……かもしれない」

彼女は唇の端で微笑んだ。

雛《ひな》人形のようだった。

改めて見ても、小柄だ。体の線は大人だが、少女のようでもある。身長は一五〇センチもないのではないか。肩くらいまでの黒い髪を自然に分けていた。顎《あご》の細い卵形の顔だ。二重の大きな、しかしどこか眠そうな目をしている。鼻は高く、もう少し突き出ていれば鷲鼻《わしばな》になっていたかもしれない。しっとりした白い膚《はだ》の中の小さな唇が、妙に赤かった。

三十歳過ぎなのではないだろうか。やや甲高い声で、こちらのテンポがずれるほどゆっくり話す。頭の切れる女性が、可愛く見せるために、馬鹿を演じているようにも見えた。

「杉崎探偵事務所……か」

彼女は独り言のようにつぶやき、

「あなたが杉崎さんですか」

「本人だよ」

「フルネームを教えてください」

「杉崎廉という」

「レン？　練習の練ですか。恋愛の恋じゃないでしょうね」

「清廉潔白の廉だよ」

「清廉の廉ですか。あなたは心が清らかで私欲がないんですね。にしても、レンっていい響きですね。これからはレンさんって呼んでもいいですか」

「お断りしたいね」

「所長さんですか」

彼は軽く顎を引いた。

「社員とか秘書とか、いないんですか」

「いない」

彼女は何故か一つうなずいてから、

「事務所は十時から開くんでしょう」

「あと一時間はある」

「だから、待ってたんです」

「窓の下で？　しかも真冬に。普通、そんな奴はいない」

「私、アパートに帰りたくないんです」

会話が微妙に嚙み合っていない。

杉崎は質問を始めた。

「あんたの名は」

彼女は出し惜しみするように間をおいて、

「北条《ほうじょう》美夜《みや》です」

と、名のった。

杉崎は、その姓に引っ掛かった。北条の名が、過去の陰惨な記憶を呼び覚ます。

彼は、その苗字から逃れるために、こんな極寒の地まで流れてきたようなものだ。まさか〝あの〟北条ではあるまい。だとしたら偶然が過ぎる。正に最悪だ。暗い予感が暗雲のように垂れ込めていく。

しかし、そんな姓はありふれている、とも思う。どこへ行っても、一人や二人の北条氏には出会うだろう。万に一つも、自分の知っている北条ではあるまい……

美夜がじっと見つめている。

杉崎は口を開いた。

「……北条さんね。で用件は」

「ありません」

「ない？」

「ないんです」

「ふざけているのかね」

「真面目です。本当にないんです」

「あんた……」

絶句した。

からかわれているとしか思えない。改めて女を見た。大人の顔に子供のような体、真っ赤なセーターに深紅の唇。やはり、どこかおかしい。バランスが崩れている。

「……用件もなしで事務所が開くのを待っていたのか。さっき帰りたくないといったが、家出する歳でもあるまい。旦那と喧嘩《けんか》でもしたのかね」

「私、独身です」

「何故ここに来たんだ？」

「いつも通りがかりに見てたんです。ガラスドアの《杉崎探偵事務所》って白い字を。北陸の小都市にも探偵はいるんだなって、思ってました」

「探偵には調査の依頼をするものだ。用件がないのなら帰ってもらおう」

「ボディガードとか、しないんですか」

「体力に自信がない」

「そんな風には見えませんけど」

「見かけ倒しだよ」

昔の仕事を辞めてから、かなり経つ。

あの頃は体の鍛練が、ある種の保険だったのだ。強健でなければ、死ぬ。現在では、トレーニングすらしていない。三十半ばを過ぎてから、基礎体力も落ち続けているだろう。

「身辺警護をしてほしいのか」

「と、いうわけでもないんです」

「どうしろというんだ」

彼女は黙り込む。

杉崎はもう一押しした。

「俺にどうしろと？」

「逃げたいんです」

答えになっていなかった。

「逃げる？」

「いいえ、逃げるというより、隠れたい。さっき、依頼はないっていったけど、訂正します。私をかくまってくれませんか」

「身を隠す、か。何から逃げている」

「いえません」

「いえない？　ならば何もできない」

「お願いします」

「冗談をいっているのか」

「いいえ」

彼女はきっぱりと否定した。

この女が何をいいたいのか、さっぱりわからない。

杉崎は質問の方向を変える。

「いつまで、かくまえばいい？」

「永遠に」

さすがに呆れた。

「そんな依頼には応えられない」

「お願い」

女の目を見た。つぶらといってもいい瞳だ。

冗談としか思えない話だが、からかわれているようでもない。しかし、まともな依頼ではないことも確かだ。彼女は思いつきをそのまま口に出しているように見える。中年にさしかかった女にしては、分別がなさ過ぎるようだ。それとも何か——予想のつかぬ、別の目的があるのだろうか。

　杉崎は声を低めて、

「ただ、かくまえ、といわれても無理だ。事情を知らなければ対応のしようもない」

「なら私を雇ってください」

　啞然《あぜん》とした。こんな依頼人は初めてだ。

　彼女は話し続ける。

「私、この事務所で働きます。従業員はいないんでしょ？　帳簿付けでも掃除でも何でもします。働かせてください」

「今度は雇え、か。いったい何を考えているんだ」

「私を使ってください」

「駄目だ。雇えるだけの金がない」

「いりません。お金ならあるから。一カ月……いいえ、二週間だけでもいいんです」

　杉崎は押し黙った。

　どうしたものか？

　本来なら、帰ってもらうのが妥当だろう。すぐに叩き出してもいいくらいだ。営業時間の前から真冬の戸外で待っている女など、異常だ。しかも、ただ《かくまえ》という依頼なのだ。事情は一切いわない。そんな女をどう扱えというのか。こちらとしては《不可》というしかない。そしたら今度は《雇え》という。そんな理屈があるだろうか。非常識、わがまま、というより、ずれている。やはり追い出すべきだろう。

しかし、杉崎は迷った。

女のあまりのずれに、逆に興味が湧いてきたのだ。

この女は何者なのか？

何が目的で、ここに来たのか？

もう少し、様子を見てもいいような気がしてきた。

彼は女の目を見つめながら聞く。

「北条さん、あんた、歳はいくつだ」

「女性に年齢を聞くんですかぁ」

「依頼人だろう」

「三十三歳です」

「で、独身？　美人なのに」

「見ての通り……」

彼女は膝の上で両手を揃えた。

「私、発育不良の虚弱児だったんです。だから体力に自信がなくて」

それだけではあるまい。体より頭の方が、より問題だったのではないか。性格というより、脳味噌そのものの中身が。奇矯《ききょう》な言動がそれを暗示している。

しかし杉崎は口には出さず、

「住所は？」

「××市三坂峠《みさかとうげ》――」

彼女は略さず住所を述べた。

妙だ……

三坂峠といえば、かなりの標高になる。獣道《けものみち》ならあるだろうが、舗装された道路は通っていないのではないだろうか。冬期間は上って行くことさえ困難だろう。そんな場所に家が建っているのだろうか。

「北条さん、あんた嘘をついてないか」

「どうして？」

「そんな住所があり得るのか。恐ろしいほどの山奥じゃないか。とうてい家があるとは思えない」

「ありますよ。実家です。実家は山奥に建っているんです。私、ふだんは市内にアパートを借りてます」

杉崎は半信半疑だったが、

「その、市内の現住所というのは？」

彼女は住所を告げた。この事務所のすぐ近くである。

「ご近所様か。で、実家の方の住人は？」

「父と……その他数人です」

「その他？」

女は少しだけ顎を引き、黙り込む。

杉崎は追及せずに、質問を変える。

「あんたの職業は？」

「今は無職です。去年まで、保育園で働いてました」

「保母さん」

彼女はうなずいた。

おっとりした喋り方は、その職業から身についたのかもしれない。幼児にはゆっくり話しかけねばならないのだろうから。

「どうして仕事をやめたのかね」

「うるさいの、嫌い」

彼女は吐き捨てるようにいった。杉崎は思わず聞き返す。

「何？」

「私、子供はうるさいから嫌いなんです」

「ならばどうして保母に」

「錯覚してました。子供が好きだと思っていたんです。でも五年働いて、本当は嫌いなんだって気づきました。子供はわがままだし、うるさいし、汚いし。もう面倒見たくありません」

「それで現在無職、と」

わがままなお嬢さんなのかもしれない。今までの奇妙な言動も、度を超したわがままと、いえないこともなかった。

杉崎は一拍置き、無駄を承知で、もう一押ししてみる。

「あんた、何から逃げてるんだ？」

美夜は口を少し尖《とが》らせて黙り、目を合わせようともしない。身勝手な深窓《しんそう》の令嬢という感じだ。彼は静かな口調で言葉を継ぐ。

「北条さん、あんたは何に追われているんだ。どうしてかくまって欲しい？　単に隠れるだけなら俺は必要ないはずだ。何故ここに来た？　本当のことをいってほしい」

「きまぐれかしら」

「本気でいっているのか」

「本心です」

「ヤクザな高利貸にでも追われているのかね」

「だから、お金はあるんです」

「保母さんが儲かるとは思えないが」

ソファにちょこんと座っている姿に、品がなくもなかった。生まれつき金銭に恵まれた、育ちのいい女なのかもしれない。

彼女は髪をいじりながら、やや間延《まの》びした調子でいった。

「雇ってくれないんですかぁ」

目が合う。何を訴えているでもない、茫洋《ぼうよう》とした眼差しだ。北条は女の目をのぞき込む。何も見えない。わからない。

「北条美夜さん、あんた、あまりに突拍子もないことをいうんで、俺には判断がつかない」

「いいえ、ついてます」

美夜はいきなり、傲然《ごうぜん》と言い放った。

「何だって？」

「判断はついています。あなたは私を雇うはずです」

「何故だ。どういう理屈なのかね」

「何故なら普通、こんな突飛《とっぴ》なことをいいだす女がいたら、すぐに追い出すはずです。こいつ頭がおかしいんだって」

「ちゃんと、わかってるじゃないか」

「でもあなたはそうしなかった。ずっと私の話を聞いてくれている。だから、あなたは私を雇うはずです」

杉崎は呆然とした。彼女の頭は、ネジが二つくらい緩んでいる。彼はどう反応したらいいか迷いつつ、

「身勝手な理屈だ」

「杉崎さんは、いい人なんだと思います」

ネジが緩んでいるどころではない。完全に抜けている。それも二本や三本ではない。

「俺がいい人か。そんなことがわかるのかね」

「私に調子を合わせてくれるから」

「努力はしているがね」

「で、雇ってくれますか」

「どうしたものかな」

「食事に行きませんか」

話はまた飛躍する。

美夜は言葉を重ねて、

「私、朝食をとっていないんです。よかったら、どこかでご飯を食べませんか。杉崎さんは、もう済ませましたか」

「朝飯を食う習慣はないんだよ」

「でも、行きませんか。付き合ってください。二人で食べれば楽しいかも。近くに食事のできる場所はありませんか」

「あまり食欲がわかないね」

「この事務所は自宅を兼ねてるんでしょ。私、料理してもいいですよ」

女のあまりのピンボケぶりに、負けたような気分になった。

「喫茶店がある。少し歩くが」

美夜は満足したように、うなずいた。

二章　杉崎、過去と再会する

事務所を出ると、曇天だった。

雪が降り始めるのだろう。

雁木《がんぎ》の並ぶ古い商店街を、駅の方向に向かって歩く。

九時を回り、学校の始業時刻を過ぎているのに、子供たちの姿がちらほらと見えた。冬休みが始まっているのだ。人通りは少なく、車もほとんど通らない。交差点に差しかかった時、視線に気づいた。

後ろから、ねっとりと絡みつくような視線が注がれている。

振り向かず、軽い足取りで歩き続けた。美夜は何も気づいていないようだ。昔の感覚が少しだけ甦《よみがえ》る。あの頃は、危険にもっと敏感だった。

殺意のある視線ではない。杉崎が目的とも思えなかった。相手は美夜を見張るか、何らかの形で接近を試みているのだろう。

駅のガード下を抜けて、吉間《きちま》通りへ向かう。

尾行者はおよそ十メートルの距離をおいて跡を尾《つ》けている。

このままで進むつもりはなかった。

杉崎は美夜の手をつかみ、すぐそこの細い路地に引き込んだ。

「杉崎さん、何するんですか」

美夜は口を丸く開けている。

手を引き、足早に歩きながら、彼女に指示した。

「このまま走れ。すぐそこの突き当たりで右に曲がって、しばらく行くと、『キリン』という店がある。それが目的地だ」

「どういうこと？　あなたはどうするの」

「尾けられている。それを処理してから行く。急げ」

美夜を押しやると、建物の隙間の暗がりに身を隠した。

女の足音が消えていく。

ほどなく乱れた足音が追いかけてきた。

杉崎は闇の中から手を伸ばし、そいつの右手を捕らえると、後ろにねじりあげた……つもりだった。

だが、捕らえた手はあっさりと外された。

思ったより膂力《りょりょく》のある相手らしい。

尾行者は、右手をぶらぶらさせながら、にやりと笑った。馬面《うまづら》で、目つきの悪い男だ。右目の下に、刃物で突かれたような古傷がある。二十代半ばではないか。緑色のウインドブレーカーを着ている。

目が合う。

薬を打っているような、どんよりした眼差しだ。だらしなく口を半開きにしている。

殺気がみなぎった。

杉崎は一歩引く。間合いを取る。

同時に男が棒を出し、振り回した。

鈍い光を放つ鉄の棒だ。杉崎は反射的に頭を下げる。凶器は髪を掠めた。

無造作に膝を蹴り込む。馬面が体を折り曲げる。肘打ちを首の後ろに叩き込む。

左手を使うわけにはいかない。革手袋を振りおろそうものなら、首など簡単に切れ落ちてしまうだろう。

馬面は地面に俯《うつぶ》せになった。

脇腹を力任せに蹴る。相手は横向けになった。さらに腹を蹴り飛ばす。馬面はコンクリートの壁に背中をぶつけ、這いつくばり、吐き始めた。

きれいな喧嘩などない。素人の戦いは常に無様《ぶざま》なものだ。自分にしても、素人に毛が生えた程度だ、と杉崎は思う。修羅場をくぐっていた頃の感覚はすでにない。技も衰えているだろう。もともと素手の格闘は苦手だった。かといってナイフや銃器の扱いに長《た》けていたわけでもないが。

杉崎は俯せの男の背中に乗り、右手を逆に取った。

関節技は一瞬で決まる。じわじわと痛みが広がるというより、一瞬で激痛が走る。

俯せの男は悲鳴を上げた。

アスファルトに転がった警棒が鈍い光を放つ。ガードマンが持つような、伸縮性のある鉄の棒だ。

「あんた、誰だね」

杉崎は静かに聞いた。

男は答えなかった。

腕を更にひねり上げる。

馬面は吐瀉物《としゃぶつ》を撒き散らしながら、絶叫した。

「や、やめてくれ。折れちまう」

杉崎は重ねて質問する。

「誰だ？」

男は答えず、悪態を吐《つ》き始めた。

杉崎はそれを聞き流し、更に力を込め、低い声でいう。

「往生際が悪いね。質問に答えてくれないか。あんたの名前は？」

相手は泣きわめいた。

「わかった。話す。何でもいうから、勘弁してくれ。お、俺は加藤《かとう》ってもんだ」

「女を尾行していたな、何故だ」

「仕事だよ。お前さんの同業だ。俺は平木《ひらき》興信所の社員なんだ」

「探偵か。どうして跡を尾ける？」

「そんなことには答えられねぇ。――いや、待ってくれ。やっぱりいう、いうよ。しゃべるから腕を折らねぇでくれ。尾行の理由は知らねぇ。ほんとに知らねぇんだ。ただ見張ってりゃいい、という依頼だった」

「誰からの」

「北条秋夫《あきお》」

「秋夫？」

自分の口調が変わったのに気づいた。秋夫とはあの〝秋夫〟だろうか。まさか、そんなことがあるはずがない。しかし。

「誰だ、それは？」

「女のオヤジだよ。北条製薬の社長だ。いや、もと社長というべきかな。あの会社は倒産しちまったからな」

「倒産というより自ら閉鎖したというべきだな」

「知ってんのかよ」

杉崎は答えなかった。世の中には最悪の偶然というものがあるらしい。

彼は低い声で念を押した。

「あんたの依頼者は北条秋夫なんだな」

「ああ、北条美夜の父親から頼まれたんだ。娘が行方不明だ。見つけてほしい。連れ戻す必要はない。発見したら、見張っていてくれればいい。そういう依頼だった」

杉崎は質問を重ねたが、それ以上実のある返答は得られなかった。

彼は加藤を解放した。

男は腹に手を遣り、よろめきながら、向こう側の路地に消えた。

その時だった。

表通りの曲がり角から異様な気配がした。

ビルとビルの間から、白っぽい光を背後に浴びて、二人の男が立っている。

雪がはらはらと舞い始めた。

彼らは、ただ立っているだけだった。

十メートル程の距離をおいて、こちらをじっと見ている。銃口を前にしたような威圧感を感じた。さっきの馬面とは比較にならないほどの凄みを発している。二人とも体全体から静かな、しかし凍《い》てつくような殺気を滲《にじ》ませている。

右側の、黒いコートの男は長身だった。二メートル近くありそうだ。髪をオールバックにし、こけた頬の、面長《おもなが》の顔にサングラスを掛けている。隣には白い服の青年がいた。この季節に防寒具をつけていない。細い体に白のスーツの上下をまとっているだけだ。色白の整った容貌だが、目付きが尋常ではない。

杉崎は青年の目を睨《にら》み返した。相手は垂れた前髪を掻きあげ、にやりと笑った。狼のような、凄い微笑だった。

対峙《たいじ》していた時間は一分となかっただろう。

しかし一時間にも感じた。寒いはずなのに、こめかみに汗が浮く。この男たちを相手にしたら、さっきのチンピラのようにはいくまい。全身が緊張した。

二人の男が突然、横を向いた。

呼吸《いき》を合わせたように、ぴったりと一致した動作だった。

一瞬のうちに、彼らは視界から消えた。

二人の消えた建物の間から、表通りの呉服屋の店先が見える。異次元の怪物が消え、日常の風景が回復したような具合だ。太ったおばさんが緑の傘を持って通り過ぎる。傘にはうっすらと雪が積もっていた。

気づくと、雪の降りが激しくなっている。

脇腹を冷たいものが流れる。

力が抜けた。

頭と肩の雪を払いながら、『キリン』へと向かった。

目印は麒麟《きりん》の形をした看板だ。

中に入ると、北条美夜はサンドイッチを食べていた。

アンバー系に統一された、渋く落ち着いた室内だった。美夜の他には女子高生の四人組がいるだけだ。彼女は一番奥の、四人用のテーブルに、ちょこんと向かっている。愛らしい姿ともいえた。あまりに小柄なので、妖精ないし妖怪じみて見える。彼は美夜の向かいに座り、コーヒーを注文した。

「杉崎さん、結構時間が掛かりましたね。それに汗をかいてる。外は寒いのに。何があったんですか」

「少し運動してきた」

注文の品が来ると、杉崎は一口啜《すす》った。

薄いコーヒーだった。インスタントのように味気ない。美夜に、おもむろに切り出す。

「あんたを尾行していたのは探偵だった。県内でも最低レベルの探偵社、平木興信所の社員だ。奴は依頼人まで明かした。あんたを見張らせていたのは北条秋夫、あんたの父だ」

「父が……」

美夜の目は一瞬鋭さを帯びたが、すぐに穏やかになった。

杉崎は彼女の目を見つめながら聞く。

「あんたの父親が、見張りをつけていた。どういうことだ」

彼女は口を一本に結んでいる。

「いったい何が起こっている？　あんたは何故俺の所に来たんだ？」

美夜は答えなかった。

それ以降、何を聞いても反応がない。質問を拒否するというより、聞いていない感じだ。

完全に殻の中に閉じ籠《こ》もってしまった。

二人は黙ったまま、それぞれの食事を済ませた。

杉崎がレシートに手を伸ばした時、美夜が口を開いた。

「ごめんなさい」

「どうして謝る？」

「二人で食べれば楽しいって、誘ったのに、これじゃ一人で食事をするのよりつまらなかったですよね」

「そうでもないさ」

「杉崎さん――」

彼女は照れたような笑いを浮かべ、

「今日はクリスマスですよね。仕事はお休みにしてデートしませんか」

「遊んでいるわけにはいかない」

「一日分のお給料を払ってもいいですよ」

杉崎は否と即答しようとして、言葉を飲んだ。

金になるとしたら、悪い話ではないのかもしれない。

どうせ急ぎの仕事もないのだ。

「なら……ＯＫかな。で、どこへ行く？」

彼女は軽く笑って、

「ロシア文化村に行きますか」

「遠いよ」

「だからいいんです。私、遠くへ行きたい。ほんとは目的地なんてどうでも良かったりして」

彼女はある意味、正直なのかもしれない。

二人は事務所に戻り、車でロシア文化村へ向かった。

県内には文化村と称するテーマパークが二つある。ロシア村とトルコ村だ。美夜はそのうちの、遠い方を選んだのだという。

運転しつつ、杉崎は後方に注意を払った。尾行してくる車はないようだ。

ロシア文化村には、ほとんど観客がいなかった。

二人は大道芸を見、土産物屋を冷やかし、料理を食べ、ロシア人とダンスを踊った。

杉崎が興味を引かれたのは、ギャラリーに展示された宝石の類いだった。

美夜は意外そうに聞いてくる。

「こんなものが面白いなんて、女の子みたいですね」

「宝石はガラス玉と同じだと思っていたよ。今まで、どこが違うのかわからなかった。見る機会もなかったしね。しかし、実物を見ると、宝石はやはり宝石だ」

「当たり前じゃないですか！」

二人は夕方まで時間を潰した。

テーマパークの中に追跡者らしい者はいなかった。

杉崎は帰りの車中でも、周囲を注視していた。やはり尾行はない。

助手席の美夜が、そんなことには無頓着に話しかけてくる。

「クリスマスってキリストの生まれた日でしたよね」

「降誕日だ。その日に全世界のキリスト教徒が祝典を上げる」

昔の同僚の一人に、熱心なクリスチャンがいた。そいつは、宗教の話ばかりしていたが、誰よりも冷酷に職務を遂行——すなわち、殺した。信仰とはなんなのだろうと思ったものだ。杉崎はその男の、アインシュタインに似た容貌を思い描きながら、

「実際には、イエスの誕生は紀元前四年、月も日も不明といわれる。十二月二十五日がクリスマスになったのは、確か紀元三〇〇年頃の話だ」

「キリストが実在した、というのも考えてみると不思議な話ですね」

「どうして」

「キリストが実在するのなら、悪魔も実在するかもしれない」

空には厚い灰色の雲が陰鬱《いんうつ》に垂れ込め、降り始めた雪が路上を薄く覆い始めた。

彼女は声を潜《ひそ》めて話し続ける。

「最近、妙な生物が目撃され始めてるでしょう。大きな蛇とか、人間みたいな鳥とか。この前、漁師がクラーケンを見つけたらしいですよ」

「クラーケン？　単に大きめのタコかイカだろう」

「だといいんですけど。私にはどうも、世界がおかしくなってきているような気がするんです。異常気象が普通になり、大地は揺れ、人心は乱れ続けている。私、保母をやってたからわかるんですけど、最近の子供って、うまくいえないけど、子供じゃないんです。別の生き物です。社会が人を変えているのではなく、人類そのものが変わっている感じなんです。そこへ来て、一連の怪物出現情報。どう見ても地球は狂い始めています」

「新世紀早々に、終末思想か」

「黙示録《もくしろく》的世界の出現ですね」

杉崎は、ステアリングに添えた左手の革手袋を見ながら、

「地獄の釜の蓋が開いた、とでも」

「そうかもしれません」

「禁断の扉が開き、怪物が溢《あふ》れ出してきている。それが、未確認生命体、モンスターだと

いうわけか。あまりにキリスト教じみた考えだ。西洋中世の住人でもあるまいし」

彼女は一拍置き、

「いきなり妙なことをいうようですけど、怪物と機械って似てると思うんです」

「どういうことだ？」

「怪物は異常な存在です。怪物の誕生は、自然にとって異常なんです。それは自然の秩序を破ります。機械もそうです。新しい機械の創造は、自然の秩序とは無関係です。つまり怪物の兄弟は機械なんです」

「なるほど。だからロボットなんかは、ある意味、怪物に近づくというわけか」

「そこまで極端な話ではなくて、新しくできる自動車とか、コンピューターなどの普通の機械でも、同じことだと思うんです」

「怪物と機械は同類か。面白いな。しかしどうして、そんなことを思いついた？」

彼女は少し恥ずかしそうに、

「楳図《うめず》かずおの漫画を読んでいて思ったんです。楳図はコンピューターとか、メカを描くことがあるんだけど、描き方が、なんだか怖いんです。ただのマシンが、モンスターみたいに見えたりする。どうしてだろうって、考えました。そしたら、普通の血の通わない怪物と、完全に血の通わない機械は、意外と近いものなんじゃないかって、思えてきて」

美夜は、上目遣いにこちらを見て、遠慮がちに聞いた。

「楳図かずおのホラー・コミック、読んだことありますか」

杉崎は記憶を辿る。遠い記憶に微かに引っ掛かった。

「小学生の頃だ。教室で女子が読んでいた少女漫画雑誌をのぞいてみたことがある。その頃の義務教育の学校は厳しくてね、漫画本を持ち込むことなど到底許されなかった。大学生が、電車の中で漫画を読むことさえ、問題視されていた時代だった。だから、小学校でコミックを読むことには、それだけで、禁忌《きんき》を破る楽しみがあった」

「禁断の楽しみですね」

「しかも読んでいるのは、楳図かずおの怖い漫画だよ」

「本を借りた女の子が、好きだったりもして？」

「そこまではいわないよ」

「どの作品を読んだんですか」

「『へび女』だよ。ものすごく怖かった。なんであの時代、あんなに楳図の漫画が怖かったのか、考えてみるのも面白いかもしれない。楳図の載っているコーナーだけ、雑誌そのものが変質しているような気さえした」

「私、『へび女』の頃の絵って、あんまり好きじゃないんですよね、どぎつくて」

「確かにアクが強かったな。でも目が離せない魅力があった。美女が蛇女に変身する時、口を逆三角に開けて、ニヤーっと笑ったりする」

「長い舌がチロチローって」

「鱗《うろこ》が浮いてきてね。怖かったよ。今でもトラウマになっているかもしれない」

美夜は軽く笑った。

「私、ちょっと安心しました」

「どうして」

「杉崎さんにも、子供向け雑誌を読んだり、ホラー漫画を見てトラウマになったりした時代があったんですね」

「誰にでも、少年時代はあるよ」

「正直いって、あなたにはあまり生活臭を感じないんです。平凡な日常生活がない人っていうか。気に障《さわ》ることをいってたら、謝りますけど」

「いや、いい」

おそらくその通りなのだろう。

自分には、まともな家庭というものがない。それにホラーを楽しむことができるのは、現実に、死の恐怖のない時だけだ。

「確かに、今の俺に恐怖を楽しむ余裕はないね。モンスターより明日の飯の種がなくなることの方が、よほど怖い」

「余裕のない人なんだ。そうそう、飯といえば――」

彼女は明るい声で話題を変え、

「夕食はどうしますか」

「クリスマス・イヴなら七面鳥というところだが」

「シャンパンに鳥肉にケーキにしましょうよ」

「クリスマス当日にパーティをやるのか。イヴにではなく？」

「イヴに限らなくても、いいじゃないですか。私たち日本人だし、私は――たぶん杉崎さんも――クリスチャンじゃないし。十二月二十五日だって、ほんとはキリストの誕生日じゃないんでしょ？」

二人は食べ物や飲み物を買って、事務所に戻った。

何をやっているのだろう――と、杉崎は思う。

今日会ったばかりの、得体の知れない女に振り回されている。

しかし、不快でないのが不思議だった。

ケーキを買った時、レジのおばさんが残り物のロウソクをプレゼントしてくれた。

事務所の明かりを消し、キリストの誕生を形だけ祝い、ロウソクに火を灯し、二人で吹き消す。

一瞬またたいていた炎は、揺れる宝石のように、目に染み入った。

杉崎は日常生活というものを思った。

平凡な家庭というものは、こうした他愛ない出来事の延長にあるのだろう。自分は、あまりに遠くに来てしまった。家庭などというものが作れるとは思えない地点にまで。

明かりを灯し、鳥肉を肴に飲み明かす。

少し酔ったようだ。

美夜は泊まっていくといった。

杉崎は宿泊費を払えと受けた。

女はアルコールに強い方ではないらしく、多弁になった。杉崎にはどうでもいいような平凡な暮らしのことを飽きるでもなく、話し続けた。つまらない話だ。しかし、いつの間にか熱心に耳を傾けている自分に気づいた。心の中に、平凡で退屈な、普通の生活——普通の人間に戻りたいという気持ちがあるのかもしれなかった。普段は、意識さえしないことだったが。

美夜が父のことを話し始めた。

頑固な父、研究ばかりしていた男、冷たい奴、大嫌いだといった。

「北条秋夫か……」

杉崎は一つ息を吸い、

「北条秋夫といえば、北条製薬の社長だな。あんたは社長令嬢というわけだ。いや正確には社長令嬢だった、ということか。会社は無くなったからな」

「どうして父のことを知っているんですか」

「有名だからだよ」

それだけではない。かつて、北条製薬にはひどい目にあわされた。そのために革手袋をはめることになり、こんな田舎で暮らすはめになったのだ。

彼に仇《あだ》なした過去の亡霊に、再び巡り合った、ということだ。

杉崎は、湧きあがる不吉な気分を振り払いながら、

「北条製薬はいわずと知れた大企業で、日本でも指折りの先端研究所を持っていた。研究所は沖縄の米軍基地内といってもいいほど、その近くに建っていてね。ベトナム戦争の頃から米軍とはつながっていたらしい。その後も軍の依頼で研究開発にいそしんでいたという。あんたには、いうまでもないことだろうがね」

「私、親がどんなことをやってたかなんて知りません。興味がないから。その、米軍の依

頼って何だったんですか」

「新しい薬物の研究だよ。あんたの親父さんは、兵士が、原生林や砂漠といった戦闘地域で使用する、薬剤を開発していた。その薬は、裏社会では錬生薬《れんせいやく》と呼ばれた。極地戦での耐久力を強化させる」

「強化？　そんなことができるんですか。麻酔とか、麻薬とか、せいぜい興奮剤くらいが関の山だと思うんですけど」

杉崎はあいまいにうなずき、

「開発は結局、失敗に終わった、らしい……」

左手の黒い革手袋に目を落とす。

「俺は昔、その薬物開発にまつわる事件にかかわった」

「どんな事件だったんですか」

杉崎は答えない。

美夜は重ねて聞く。

「父の会社に関係した事件にかかわるなんて、あなたはどんな仕事をしていたの。前から探偵だったんですか」

「転職して探偵社を始めたんだよ。錬生薬事件で、すべてがいやになってしまってね」

「何があったのか教えてください」

「今は、いう気にならない。いつか話すかもしれない」

杉崎は美夜の怪訝《けげん》そうな眼差しを感じながら、

「ともかく、だ。北条製薬は新薬のプロジェクトに失敗し、自ら会社を閉鎖した。今では研究所など跡形もない。社長の北条秋夫は、莫大な財産を抱えて、どこかに隠棲《いんせい》したと聞いた。その男が――」

美夜と視線が衝突した。

「こんなに近くに住んでいたとはな」

「ここは父の古里なんです」

「知らなかった。知っていたら、こんな田舎には来なかった。俺は北条秋夫から逃げて、ここで暮らし始めたようなものだ。偶然にしても、最悪だよ」

「何があったのか知らないけど、あなたも父から逃げたんですね」

「美夜さん、あんたは何で、父親から逃げている？」

「初めて美夜って……、私を名前で呼びましたね」

「酔っ払ったのかも」

「呼びたかったんでしょう？」

「質問に答えてくれないか」

「私、父から逃げてるんだけど、本当は、父から逃げているんじゃありません」

「おかしな言い回しだな。では何から逃げている？」

「生きることから」

杉崎は白々しい気分でシャンパンを飲み干す。

人を食った、頓珍漢《とんちんかん》な受け答えには辟易《へきえき》していた。

「何故親父さんから逃げているのか教えてくれないか」

「いやです。あなたも過去を、教えてくれないから」

彼は一拍置いてから、話を変えた。

「今朝のことだ。あんたを尾行していた探偵のことは既に話したな。他にも、気になる手合いがいた。二人組の男たちだ。チンピラ探偵より、ずっと手ごわそうだった。彼らもあんたを見張っていたのかもしれない。一人は長身でサングラスを掛けていた。もう一人は細身のやさ男だった。心当たりはないか」

「池上《いけがみ》と沢口《さわぐち》ね、たぶん。長身が池上正人《まさと》、細身が沢口京《きょう》」

「知り合いかね」

「ボディガードよ」

「誰の」

「中村清志《なかむらきよし》の」

また、聞き覚えのある名前だ。全国的に知れ渡っている。

「中村？　政治家の、か」

「彼は父の友人なんです」

中村清志の名前が出てくるとは思わなかった。しかし意外というほどではない。北条製薬の元会長――秋夫の伯父は旧日本軍の生物兵器開発部隊の関係者だし、中村の一族は、その部隊に出資していた財閥だ。古いつながりがあるのかもしれない。

杉崎は物思いに沈みながら、

「何故中村のボディガードがこんなところをうろついているんだ」

「中村代議士が私の家にいるんです」

「どうして？」

「年末年始にはいつも来るんです。ボディガードの池上や沢口も付いてきます。みんな、ヤクザみたいな奴らですよ。中村自身も含めてね」

「すると、池上たちにあんたを尾行させたのは、中村代議士か」

「おそらくは」

「美夜さん、あんた、親父さんだけでなく、その友達にまで見張られてるのか。人気があるんだね」

「嫌われ者なんです」

彼女は両手を組んで顎を乗せ、ため息を一ついた。中堅の女優が気の抜けた演技をしているような姿だった。

「やっぱり私……」

彼女は間延びした口調でいう。

「戻らないと駄目みたい」

そして独り言のように続ける。

「いやだからって、いつまでも逃げているわけにもいかないし。この時期にはみんな集まっているから、ちょうどいいし。そうね、決着をつけるべきなんだわ。私、決めました。家に帰ります。そしてきっぱりと決着をつけます」

こちらの理解など関係なく、彼女は結論を出す。

杉崎には反応できなかった。

北条美夜は思いつきで生きている。悪意はないのだろうが、それで他人を振り回してきた。可愛いから、周りは許す。だから成長しない。そういう女なのだろう。

「俺は用済みだな」

ほっとした。

どうせ明日の朝までの付き合いなのだ。

この手の女とは、最初は良くても必ず衝突する。

美夜が甘ったるい視線を送ってきた。

不吉な眼差しだ。

「杉崎さんには、新しい依頼をお願いしたいんです」

「今度は何かね」

「私と一緒に家に来て欲しいんです」

「年末年始をあんたの一族や友人と過ごせ、というのかね。馬鹿馬鹿しい」

「駄目ですか」

「御免こうむるよ」

「雇いたいの、お金ならあるわよ」

「俺が付いていって、どうなるというんだね」

「私を守って。ボディガードを頼みたいんです」

「実家に帰るんだろう。警護する必要があるのか」

「あります」

「わからん話だな」

美夜は思い詰めたような伏し目になる。

「実家だからこそ、危ないんです。私、ひどい目に遭《あ》うかもしれないし、もしかしたら……」

彼女は眉間《みけん》に薄く皺《しわ》を寄せ、視線を泳がせた。

「……殺されるかもしれない。だから、お願いです」

三章　杉崎、地獄へ向かう

迎えに来たのは雪上車だった。

美夜は昨日、家に帰ることを決意し、杉崎の事務所に一泊した。杉崎は事務所の二階で暮らしている。彼女には応接室のソファに寝てもらった。朝になると、美夜は迎えを寄越《よこ》すよう、実家に電話した。

昼食をとってから、二人は待ち合わせの場所へ向かった。二時間に一回しか来ないバスに四十分揺られ、かなり山沿いに上がってから、下車した。辺鄙《へんぴ》なバス停で降りたのは彼らだけだ。そこから更に上に向かい、次第に細くなっていく道を十分くらい歩く。

目的地の空き家は半分が雪に埋まっていた。

家の前の、庭ともいえぬ荒れ地で杉崎と美夜は待つ。

午後三時に、迎えの車が来る予定だったが、三十分程遅れた。

やってきたのは、極地で使うような、がっしりとした雪上車だった。

雪上車は、杉崎たちから四、五メートル離れた場所に停まった。キャタピラや車体にこびりついた雪が、行程の雪深さを物語っている。

ドアが開いて背の高い男が下りてきた。

見覚えのある男だ。

杉崎が平木興信所の探偵を痛めつけた時、見ていた男のうちの一人だった。今日も黒いコートを羽織り、サングラスを掛けている。

彼はゆっくりと二人に近づくと、

「迎えに来た、お嬢さん」

喉がつぶれたような低い声でいい、杉崎の方を向いた。

凄《すさ》まじい圧迫感が襲う。男は杉崎の方を見たままで、脅《おど》しをかけてきた。

「連れがいる、という話は聞いていないが」

美夜が答える。

「あなたが来たんですか、池上さん」

彼女は顎でこちらを示し、

「この人は、杉崎廉っていう私立探偵です。一緒に来てもらうよう依頼したんです」

「困る。探偵など連れていくわけにはいかない」

「駄目です。この人と一緒でなければ行きません」

「車に乗せるのはお嬢さんだけだ」

「いやです」

「わがままは困る」

「私が連れていく、といっているんです！」

美夜はヒステリックに叫んだ。

黒いコートの男は答えない。

並外れて巨大な男と、異様に小さい女が緊張を孕《はら》んで対峙している姿は、どこか非現実的な眺めだった。

池上の唇の端が痙攣《けいれん》している。指で押すだけで爆発しそうだ。この男なら美夜の首など一瞬でへし折ってしまうだろう。

サングラスの男は深く息を吐き、杉崎の方を向いた。

池上の考えが手に取るように読める。奴にしてみれば、美夜に手を掛けるわけにはいかない。ならば杉崎を片付けてしまえばいい、と考え始めたのだ。杉崎を倒すなり――殺すなりしてしまえば、連れていきたくともいけなくなる。

杉崎は男の手の辺りを凝視した。

妙な具合に震えている。懐中の拳銃を取り出す、といった動きではない。しかし、たとえ素手であっても、この男とやりあったら、どうなるかわからない。にしても、奴の手はどうしてこんなに震えているのか。アルコールによる震えとも違う、もっと病的な痙攣だ。美夜が池上から目を離し、こちらを見る。その一瞬だった。ちらり、と緑色が見えた。太陽光線のいたずらだろうか——黒いコートから出た手が、肌色から緑色に変化した……ような気がした。見直すと、池上の手は普通の肌色をしている。

目の錯覚だろうか。

それとも……

杉崎の脳裏に、昔の悪夢がよぎる。北条秋夫の関係者なら、何があってもおかしくはない。このボディガードが、かつて彼が出会ったような輩《やから》だとしても不思議ではないのだ。

やはり、北条秋夫の名が出た時、手を引くべきだったのかもしれない。

サングラスの男が、杉崎に向かい、一歩間合いをつめた。

ところが。

「いいんじゃないですか、池上さん」

緊張は、意外な方向から破られた。

雪上車の窓から、運転席の男が叫んだのだ。

「お嬢さんのいう通りにしましょうよ、池上さん」

青白い顔の青年だった。長い髪を後ろで一つにまとめている。口調は穏やかだが、サングラスの男を見る目は凍るように冷たい。

この青年も、昨日見かけた。殺気立った印象とはちぐはぐな、鼻筋の通った、驚くほど美しい顔をした男だった。

運転席の男は、美男というより美女といった感じの横顔を見せながら、

「お嬢さんが、その男を連れていくといってるんです。僕たちに止める権利はない。いう通りにしましょうよ」

のんびりした話ぶりだった。言外に——杉崎など、いつでもどうとでもなる——というような、なげやりな響きがある。

池上は、杉崎から目を離さずに、答えた。

「しかし沢口、こいつは邪魔だ」

運転手は、大袈裟《おおげさ》なため息をついた。

「今日は十二月二十六日、今年もそろそろ終わりで、もうすぐ新年です。お正月になるんです。平和にいきましょうよ。それに、お客さんは一人でも多いほうが楽しいでしょう。少なくとも客が一人増えたくらいで大勢《たいせい》に影響はない。違いますか」

澄んだ声に、馬鹿にしたような気分が込められていた。

「だがな、沢口――」

「うるせぇぞ！」

青年が吠えた。

「お嬢のいう通りにしろっていってんだよ。引っこんでろ池上」

沢口は怒声でたたみかける。八重歯が長く、牙《きば》のように見えた。

サングラスの男は、しばらくじっとしていたが、そのうち芝居気たっぷりに肩をすくめると、後ろに引いた。

空気が緩む。

池上は「車に乗れ」と誰にいうでもなくいう。

杉崎と美夜は雪上車に乗りこんだ。

車内は六人が楽に乗れるくらいの大きさで、ヒーターも効いていた。サングラスの男――池上は助手席に座っている。頭が天井に届きそうだ。運転手――沢口は車をスタートさせてから、ちらりと後ろを見た。

「杉崎さん、っていいましたね。この車は昔、日本の南極探検隊が使っていたものです」

妙に馴れ馴れしく話しかけてくる。

丁寧な言葉遣いが、逆に不気味だった。

「ごつごつしてて、戦車みたいでしょう。そういえば杉崎さん、あなたは本物の戦車に乗ったことがありますね」

杉崎が答えずにいると、沢口は再び振り返って、口の端で笑った。

「以前会ったことがありますよね、僕たち。海外のどこかで」

「覚えていない」

事実だった。心当たりはない。この男は杉崎の身許を調査して、その過去を既に知っており、何らかの鎌をかけているのではないか。昨日半日あれば、ある程度の調査は可能かもしれない。

「僕を覚えてないか。残念ですね」

沢口はどうでもよさそうにいい、口をつぐんだ。

杉崎は美夜を見た。

彼女は何かに耐えるように、口を一本に引いている。

彼は話しかけた。

「美夜さん、家までどれくらい掛かる」

美夜は一呼吸遅れて答えた。

「二時間半というところです……」

語尾が消えていった。杉崎は窓から外を見る。雪道の上りの傾斜が、徐々にきつくなっていく。両側は絶壁のような壁だ。高さは雪上車の一・五倍はあるだろう。雪のトンネルを走っているように薄暗い。キャタピラの下の圧雪が軋《きし》む。空には薄く灰色の雲が掛かり始めた。雲行きが怪しい。嵐が来るのかもしれない。

雑木林が梢の辺りまで埋まっている。積雪は二メートルを越えているだろう。雪上車が必要になるわけだ。

聞き取れないような、小さな声で美夜がつぶやく。

……帰れないかもしれない……

杉崎は、彼女の伏し目を眺めながら話しかけた。

「だいぶ不安なようだな」

「いいえ……そうでもないんです。今が特別不安なわけじゃなくて、雪上車に乗るといつも怖くなるんです。もしエンジンのトラブルが起きて、立ち往生したらどうなるんだろうって。万一、なだれが起きたら、こんな車なんか、一呑みだって」

「吹雪でも、アウトだろうな」

「吹雪の時は車を出さないから」

「この車以外に、山を下りる手段はあるのかね」

「下りる？　もう帰る時の話ですか」

「一刻も早く戻りたくなってきた」

「そんなこと、できません」

「まるで帰ることができないような口ぶりだな」

「雪上車でなければ、下りられないといってるんです。もっとも、家にはスキーがあります。滑れれば、脱出できるかもしれません。よほど土地鑑《とちかん》があり、スキーがうまければ、の話ですけど。他の手段は、ありません」

「脱出とは、面白いことをいう。歩いて脱出はできないのかね」

「無理です。周りを見てください。麓《ふもと》の町に着くまでに百パーセント凍死します。百パーセント、です」

「だろうな。雪の牢獄へ向かっているような気がしてきた」

沢口が口を挟む。

「牢獄ではなく、地獄かもしれませんよ」

青年は言葉を切り、高笑いを始めた。調子の狂った笑いが車内を満たす。

「ハハハ……僕たちは地獄へ向かってるのかもしれませんよ、氷雪地獄へね」

美夜がむっつりと黙り込む。

到着するまで、誰も何もいわなかった。

雲の厚さが増し、空を圧している。

揺られ続けて体中が痛くなった頃、前方に建物が現れた。垂れこめた灰色の暗雲を背に、西洋の幽霊城のような家が見える。雪にへばりついているような陰鬱なフォルムだった。

「さぁ、到着しましたよ。北条秋夫氏の邸宅へね。お嬢さん、おかえりなさい。杉崎さん、氷雪の檻《おり》にようこそ」

沢口が場違いな陽気さでいった。

車庫の前に停止した時、北条邸が三階建だと気づく。一階の半分ほどが雪に隠れていて、二階建のように見えた。

辺り一面、処女雪の世界だ。

よく見ると、建物の周りの狭いスペースだけ除雪してあり、雪が建物に掛からないようになっている。玄関前の雪も整理され、車庫からの道もできており、トンネルをくぐるような感じで家に入っていくのだろう。

池上が最初に車を下り、先導した。

池上、美夜、杉崎、しんがりに沢口の順で玄関に向かって歩く。除雪してあるとはいえ、足は深く雪に埋まり、歩きにくい。

鈍色《にびいろ》の空から湿っぽい雪が降り始めた。風もある。やはり、吹雪が来るようだ。

池上がドアのノブに手を掛けた時、美夜が足を止めた。

急な行為だったので、杉崎は彼女にぶつかりそうになった。

美夜は何かを見上げている。背が低いので、後ろから顔をのぞきこめそうだった。美夜は立ちすくんだかのように、動こうとしない。

「どうしたんです、お嬢さん」

後ろから沢口が聞いた。美夜は、華奢《きやしや》な手を上にあげ、二階の窓を指差す。指先が僅かに震えている。

「あれ――」

彼女はかすれた声でいった。杉崎は細い指が示す先に目を凝らす。

「あれ……あれは、人ですよね。窓の向こうにいるのは……揺れてるのは、人ですよね」

沢口が答えた。

「誰かが立っていますね。こっちを見ているんですかね。いや、違うな、あれは……」

美夜が言葉を継ぎ、

「あれは確かに人だけど、立っているんじゃない。ぶら下がっているんです。人が、……

人が首を、吊っているんです」

池上も美夜の横に来て見上げている。

杉崎は窓の向こうを凝視《ぎょうし》した。暗くてその人相まではわからない。しかし人が天井からぶら下がり、揺れていることはわかる。誰かが、死んでいるようだ。

「まこと君の部屋ですね」

沢口は面倒臭そうに舌打ちし、

「ついに、やりやがった」

池上が一気にドアまで歩き、乱暴に開け、中に入っていく。後の三人も慌《あわ》てて玄関に駆け込んだ。観音開きの扉が杉崎の目に入る。扉に嵌《は》め込まれたステンドグラスの模様が蛇のように見えた。見直すと、ヒュドラだった。九つの首を持つ竜がガラスの中でのたうっている。

四人はヒュドラの扉を開けてホールに入り、息せききって、緑のカーペットが敷かれた広い階段を駆け上っていく。

池上が、さっき見た部屋とおぼしきドアの前に立った。

彼はためらうことなく、ドアのノブを引く。開かない。鍵が掛かっているのだろう。体当たりを始めた。一回目で砕けるような音がし、二回目でドアが吹っ飛んだ。猛牛のようだった。

沢口が豹のような敏捷《びんしょう》さで後に続く。杉崎は一拍おいてから足を踏み入れる。背中に美夜の気配を感じた。

奇妙な部屋だった。

部屋そのものは古い西洋風で、正面にアーチ型の出窓がある。大きなベッドの鏡板にも脚板にも植物文様《もんよう》が刻まれていた。入り口際に置かれた机は、がっしりとした木製の大型の物だ。

異様に感じるのは、アンティークな部屋に不釣り合いな物が数個、ぶら下がっているからだった。

天井にいくつかのフックが取り付けられ、宇宙船のフィギュアが三つ吊り下げられている。どれも大きくて精巧な出来栄えだ。『スター・ウォーズ』のミレニアム・ファルコン号には見覚えがあるが、後の二つは知らない。

男は四つ目のフィギュアのように天井からぶら下がっていた。フックの一つに細いベルトを掛け、首を吊っている。白いジャージを着ていた。糞尿の臭いが鼻を突く。男の尻に大きな茶色い染みが広がっている。足元に転がった椅子が汚れていた。本来は机付きの椅子のようだ。

こちらに背中を向けているので、よくはわからないが、若い男のようだった。体が微かに揺れている。風はない。首を吊って間もないのだろう。杉崎たちが車を下りた頃、椅子を蹴ったのかもしれない。

杉崎は周りを観察した。

今さら、死体を見て動揺することもない。

八畳くらいの広さだ。窓はカンヌキでロックされている。床にも、古い大きなカンヌキが落ちていた。ドアに掛かっていた物が、体当たりの衝撃で飛んだのだろう。部屋は閉ざされていた。どう見ても自殺であり、殺人の可能性はないように思えた。

死体は窓の近く、外を眺めるような位置にぶら下がっている。実際に、景色を眺めながら死んだのかもしれない。死者が、家に向かって歩いてくる杉崎たちを目にした可能性もある。死体の左側にシングルのベッドがあり、小さなサイドテーブルが付いていた。ベッドのシーツは汚れ、くしゃくしゃになっている。右手には衣装戸棚が設置されていた。

美夜と沢口が死体の正面に移動した。

振り返ると、池上がドアの近くに立っている。池上は、どっしりした木の机に、リラックスして寄り掛かっていた。この男も死人を見慣れているのだろう。杉崎たちの動きを監視し、ドアの前に立ち塞がっているような印象を受けた。

机の上には、本が山と積んである。緑の背表紙に赤い文字が目を引いた。『必勝受験の古文』。国語の他にも数学や英語、理科、社会のあらゆる参考書が雑然と置いてある。死んだ男は受験生だったのかもしれない。

もう一度死体の方に目を遣る。

美夜の顔は蒼白で、引きつっていた。沢口は冷静そのものだったが、杉崎の視線を感じたのか、困ったように眉をひそめてみせた。妙な芝居気のある男だ。女のような白い顔だけ取れば、女形《おんながた》にすらなれるかもしれない。

杉崎も窓際に移動し、美夜の隣に並んだ。死者は白目を剝《む》き、鼻水を垂らし、口をだらしなく開いてよだれを流している。杉崎は、体を小刻みに痙攣させている美夜に話しかけた。

「こいつは誰なんだ」

彼女はガラスのような目を見開いたまま、反応しない。

何故か沢口が答えた。

「彼は月岡《つきおか》まこと。お嬢様のいとこに当たります」

「沢口とかいったな。見かけによらず、おしゃべりな男だね」

「親切な男といってほしいですね、杉崎さん。僕は池上みたいに陰気じゃないんです」

「あんたは玄関で窓を見て、〝ついに、やりやがった〟と口走った。どういう意味だ?」

「耳ざといですね、杉崎さん」

彼は人の名前を呼ぶのが好きらしい。〝杉崎さん〟を連発する。

沢口は人差し指で頬を掻きながら説明した。

「月岡まことはね、ノイローゼだったんですよ。受験ノイローゼ。机の上を見てください、杉崎さん。参考書の山だ。読みもしないのに本だけが増えていく。彼は四年間も浪人し、参考書だけを積みあげ続けたんです。この冬も、田舎に来て受験勉強に専念するつもりだったといいます。人里離れた家で学習に集中したい。だが、実行できず、いらいらしていた。勉強しようと気持ちは焦《あせ》るが、まったく手につかない。また浪人か、という強迫観念に囚《とら》われ、いつも病的にびくびくしてました。ストレスで太り、顔色も悪かった。僕は、こいつ、いつかリストカットするんじゃないかと思っていたんです。だから、まこと君が首を吊っていても驚きませんでした」

「あんたは誰が首を吊っていても驚かないんじゃないのか」

「お言葉ですがね、杉崎さん。誰でも死体を見ればびっくりしますよ。この僕が冷酷な殺人鬼に見えますか」

「見えるね」

「残念。しかしそんなことはどうでもいい。僕は首吊りした月岡まことを見て、妙に納得した。彼のひどい状態を知っていましたからね。自然と、〝ついに、やりやがった〟という言葉が出てしまったんです」

離れた位置から池上が、ぼそりとつぶやく。

「そうかな」

沢口が鋭い視線を飛ばした。

「文句があるんですか」

「ない。お前になど、ない。しかし沢口、これを見ろ」

池上が机の方を指し示す。

杉崎も指先を目で追った。『必勝』という赤い文字の前に、ハガキ大の白いカードが置いてある。池上はそれを取りあげ、トランプ投げのように放った。沢口がカードをキャッチし、ちらりと見て、歪《ゆが》んだ笑いを浮かべる。沢口は次に、杉崎にカードを渡した。

厚いボール紙に、細いマジックで書いたらしい、稚拙な字が四文字記されている。

上の行にツとキ、下にオとカが並んでいる。横に読めば〝ツキオカ〟だし、縦に読めば〝キカツオ〟だった。

沢口は鼻で笑いながら、池上に聞いた。

「こんな落書きが気になるんですか。ツキオカだって？　当然月岡まことのツキオカでしょう。彼は自分の苗字を書いた。それが珍しいことですか、不自然なことなんですか。僕には、深い意味があるとは思えませんがね」

「そうかな」

池上は低い声でつぶやき、

「ただの落書きとは思えん」

「池上正人ともあろうものが、何たる神経質！　月岡まことは頭がおかしくなってたんだ。どんな落書きをしても不思議じゃない」

「その文字に何か意味があるとしたら」

「名札でも書いて、小学校へでも行く気だったんじゃないんですか。こんな生活はもういやだ、僕は子供の頃に戻るんだ――ってね」

池上は沈黙した。

あちこちから足音が聞こえ始めた。

家人が異常に気づき、騒ぎ始めたのだろう。反応が遅過ぎる、ともいえる。

杉崎にはカードの文字が不気味に映った。ぎこちない四つの字は暗号か、信号に思える。誰かが「暗号を解け」、ないし「信号に気づけ」といっているようなのだ。それに、人格というものがあるなら、字格というものもあるかもしれない。この字は、書き手の病んだ精神を映す鏡のように、妙な具合に、病的に歪んでいるように思える。

自殺者の自筆だとしたら、書いた理由もわからない。〝ツキオカ〟と読むのだとしたら、月岡まことの苗字なのか。だとしたら彼は何故、自分の名前を書いたのか。死ぬ前に、自分の苗字を書いて、感傷にでも浸っていたのだろうか。どうして漢字でなく、カタカナで〝ツキオカ〟なのか。そこに意味はあるのか、ないのか。

杉崎はカードを美夜に渡す。

彼女は自失しているのか、ぼんやりとそれを眺めた。

沢口は部屋の中央まで進み、

「そんなことより池上、これからどうするか、ですが——」

突然、部屋中に怒声が響いた。

「何だこれは！」

壮年の男が大股で入ってきた。

「どうしたというんだ！　うへ、ひどい臭いだな。何とかしろ。どうなっているんだ、これは。首吊りか。月岡まことだな、まことの奴め、なんて汚い死体なんだ。死に様までぶざまとはいかにも奴らしい。最後の最後まで人に迷惑を掛けおって」

柔道家のような体格の男だ。ぎょろりとした目を見開き、脂ぎった頬をひくつかせている。髪は薄かったが、眉は濃く、一本につながっていた。杉崎は男の顔に見覚えがあった。代議士の中村清志だ。選挙ポスターやブラウン管でおなじみの顔である。

中村は太い腕を振り回し、唾を飛ばしながら、がなりたてた。

「池上、沢口、どういうことだ？　どうなっているんだ。説明しろ。なんで月岡まことが死んでいる。どうしてこんなことになったんだ」

池上も沢口も黙ったままだった。説明しろといわれても、見えること以上のものを述べることはできないだろう。

中村の後ろから次々に人が入ってきて、部屋の中は騒然となった。

「ひでえもんだぜ」

目鼻立ちのはっきりした、ロングヘアーを金髪に染めた二十代後半の青年がいった。精悍《せいかん》な顔立ちで、なかなかの二枚目だが、薄い唇が歪み、目付きは荒《すさ》んで、どこか退廃的なムードを醸している。目が少し中村清志に似ていた。息子かもしれない。スキー焼けなのか、真っ黒な顔だ。長身で均整のとれた体つきをしている。青年は、死体に近づくと、指先でその足を突《つつ》き始めた。

「ジャージが、べとべとしてやがるぜ、気持ち悪い。小便が染みこんでやがる」

「おい宏《ひろし》、弟に触るな」

五分刈りの男が飛び出してきて、いった。ずんぐりした体の上に大きな頭が乗っている。団子鼻の目立つ顔だ。死者の兄であるらしい。

彼は駆けよると、死体に触っていた青年――宏を突き飛ばした。

青年の顔が豹変する。

「てめえ、何しやがる！　人に気安く触るんじゃねえ、麻二《あさじ》！」

歯を剝き出して怒り、五分刈りに殴りかかった。

「キレた」状態なのか、むちゃくちゃに拳を振り回している。拳は三、四発、相手の弛《たる》んだ腹にのめり込んだ。麻二と呼ばれた男はしゃがみ込み、唾液を垂らしながら宏をうらめしそうに見上げる。宏は麻二の襟首をつかんで立たせ、もう一度拳を振りあげた。

「おやめなさい」

しゃがれ声が響く。鶴のような首をした老人だった。聖徳太子のように細い顎髭《あごひげ》を伸ばしている。杉崎は彼を知っていた。北条秋夫――美夜の父だ。

そして杉崎を〝こんなふうにした〟科学者だ。

杉崎の胸に、複雑な思いが広がった。

ついに北条秋夫が現れた。この男と面識はない。写真や資料で見知っただけだ。しかしよく知っている。この男がどんな男で、何をやり、彼にどんな影響を及ぼしたのかを。杉崎は、秋夫の名を忘れようとし、憎み、その名から逃げ、北陸のこの地まで流れた。その行為が、結果として本人との邂逅《かいこう》につながっていようとは。

業《ごう》というものかもしれない。

決着をつけるべき時が来たということなのだろう。

秋夫の制止は無効だった。

宏は暴行をやめようとしない。

杉崎は一歩出て、青年の右腕をつかむ。宏はまだ暴れようとする。杉崎は手に力を込めた。凄まじい視線が貫く。宏の目には殺意すらあった。この男なら衝動殺人も起こしかねない。殺し屋より、たちの悪い人種かもしれない。

「やめるんだ、宏君」

老人はもう一度いい、

「暴力はよしなさい。もういいだろう。月岡麻二君を許してやりなさい。死者の前で何をやっているのかね」

皺だらけの喉が震えている。北条秋夫は六十代のはずだが、ずっと老けて見えた。真っ白い蓬髪《ほうはつ》の中に、皺だらけの顔がある。吊り上がった目の、鋭い眼光だけが往年を思わせた。

宏は荒い息を吐くと、月岡麻二を突き飛ばし、杉崎の手を振り払った。それから唐突に窓を開けると、叫んだ。

「あー、いらつくぜ」

宏は壁を二、三度殴り、辺りをねめつける。

美夜が一歩引いた。沢口は馬鹿にしたような、不思議な微笑を浮かべている。窓から、雪と風と冷気が一気に吹き込んだ。いつの間にか天候が荒れている。宏は音を立てて窓を閉めた。

北条秋夫は代議士の方を見て苦言を呈す。

「君の息子さんは乱暴過ぎるぞ。どういう教育をしてきたのかね。好き放題させているから、こんなことになる」

中村清志は腕を組んだまま、鼻で笑った。

秋夫は振り返り、池上の隣に立っている女に目を遣る。

「サオリさん。あんたもあんただ。自分の旦那が殴られているのだぞ。宏君を止めたらどうだね」

女はピンク色の口を開けて「あら」といった。金に近い茶色の髪が、みごとなウェーブを描いて腰まで垂れている。派手な顔立ちで、こんな寂《さび》れた洋館にいるより、ステージで歌っている方が似つかわしい。紫のセーターにスリムのブルージーンズというラフな服装だ。

「あたしにはどうにもできないわね。それに殴られっぱなしなんて男じゃない」

蔑《さげす》むような目で麻二を見た。麻二はただ、体を震わせている。サオリは更に悪口を重ねた。

「あんたなんて男の屑よ。何でこんな奴と一緒になったのかしら」

卵形の小さな顔の中に、気の強そうな、大きな二重の目がある。月岡サオリはハイティーンといっても通る、若々しいエネルギーを発していた。この女は月岡麻二の妻らしいが、二人は少し歳の差があるようだ。麻二の弟のまことは四浪したというから、二十二歳前後だろう。その兄であり、サオリの夫でもある麻二は、三十過ぎに見える。サオリはどう見ても二十代前半だ。

サオリは遠くから義理の弟の姿を眺めて毒づいた。

「まことも最低の男ね、首を吊って自殺するなんてさ。兄が兄なら、弟も弟よ。みんな屑ばっかり。あんたら兄弟は最低よ。ゴミだわ。弱過ぎるのよ。この世は強者の世界さ。弱い奴なんて生きていく資格がないわ」

サオリの後方に、もう一人いた。ドアの向こうの陰りに、ひっそりと遠慮がちに立ち、部屋の中を見つめている。

白髪をきっちりと九一に分けた、英国紳士という感じの上品な老人だった。黒縁の眼鏡を時々いじって直す。杉崎が見たところ、この中では、もっとも普通の人らしく見える。彼は控えめに廊下に立ったまま、室内に入ってこようとはしない。この家の使用人か、管理人なのかもしれない。

月岡麻二の膝がふいに崩れた。四つん這いになり、ずんぐりした体を震わせ始める。彼は五分刈りの頭を振り、泣きながら、弟の名を何度も叫んだ。サオリは夫の姿に鋭い視線を送って、「醜いわね」と吐き捨てる。

美夜が一歩前に出て、調子外れに間延びした、甲高い声でいった。

「警察に……」

思いつきが口をついて出たような、力のない発声だった。

「警察に、連絡しないと……」

声に、次第に意志が籠もっていく。

「連絡、そうですよ、警察に電話しなくちゃ駄目です。私たち、こんなことしている場合じゃないんです。警察に電話しなければいけないんです。だって人が死んでるんですよ。

しかも、どう見ても変死なんだし――」

「変死！」

麻二が叫んで立ちあがった。美夜を睨む。団子鼻が真っ赤になっている。彼は涎《よだれ》の跡が残った顎を、ぎこちなく上下させながら、

「変死……そうだよ。弟は確かに変死した。でも自殺、自殺なんだよ。かわいそうに自分から、首を括《くく》った。受験地獄を呪って、自ら命を絶ったんだ。警察を呼ぶなんて、やめてくれないか。ひど過ぎるよ、放っておいてくれよ、迷惑なんだよ、ありがた迷惑だ。こんな姿を晒《さら》しものにしろというのか。やめてくれ。そんなことはやめてくれ。場合によっては、解剖されるかもしれないんだぞ。弟の体が切り刻まれる。おお……いやだ、いやだ。絶対にいやだ、させてなるものか。警察なんて呼ぶな。頼むから、呼ばないでくれ」

「でも……」

美夜は、あいかわらずおっとりと反論した。

「人が変死していたら、警察を呼ぶのが正しいはずです。私たち、そうしなければいけないんです」

麻二は首を横に振った。

「君は正義の味方か。なんて融通がきかない人なんだ。頭が固過ぎるよ。頼むから、警察

にいうのはやめてくれ。これ以上あいつを辱《はずかし》めないでくれ。お願いだよ」

　麻二の目から、また涙が溢れ始めた。

「だって――」

「おだまりなさい、美夜」

　北条秋夫が厳しい声で制した。

「麻二君の気持ちを汲んでやりなさい、美夜。確かにお前は正論をいっている。しかし世の中、正論だけでうまく回るわけではない。時には間違いも妥協も必要なのだよ。間違いが事態を丸く収めることもある。麻二君は弟を失った。我々が何をしようと、まこと君は二度と戻っては来ない。警察が来たとしても、死者は生き返りはしないのだ。それにまこと君の死は、明らかに自殺だ。殺人じゃない。警察を呼んだところで何になる。大騒ぎになるだけで何の意味もない。今は、そっとしておくべきだ。その方が、いいのだよ」

　中村清志が同意した。

「賛成だ。これはどう見ても自殺だぞ。名門北条一族から自殺者が出るなど前代未聞の不《ふ》祥事《しょうじ》だ。こんなことを公にすべきではない。それに、わしの滞在している家で変死者が出たなど、不愉快極まりない。迷惑だ。政治家生命にかかわる。警察など呼ぶな。明日にでも、懇意にしている医者を呼ぶ。奴なら適当な死亡診断書を書いてくれるはずだ。それ

にしろ、呼べるのか」

「たとえ電話したとしても——携帯電話はもともと通じねえけどな——、警察にしろ医者

宏が口を挟む。

「しかしオヤジよ」

で万事が済む」

窓ガラスを指差す。風に揺れる窓からは、何も見えなかった。吹き荒れる雪で真っ白に

なっていたのだ。

「吹雪《ふぶ》いてきたようだぜ。これじゃ雪上車も出せやしねえよ。電話しても、誰も家まで来

れねえのさ。むろんこっちから下りていくこともできない。警察なんて呼べやしねえよ。

正論とか筋論なんか関係ねえ。できないものはできないってことよ」

「いずれにせよ」

秋夫がまとめた。

「警察には連絡しない。いいな、美夜」

美夜は黙って口を結ぶ。何か別のことを考え始めているようでもある。

杉崎は耳を澄ます。変則的な風の吹き方に、不吉な予感を抱いた。凄まじい嵐になるの

かもしれない。

月岡サオリが冷たい声でいう。

「私たち、閉じ込められるかもしれないのね、こんな家に。いやだわ。しかも死体と一つ屋根の下なんて」

「まこと君をこのままにしておくわけには、いかんだろうな」

北条秋夫が麻二に打診した。

「弟さんを一時、庭の雪に埋めるのはどうかね。ここに放っておくよりも、死体が傷むのを防げて、かえっていいかもしれんよ」

麻二がうなずいた。ほぼ同時に中村清志がボディガードたちに命令する。

「池上、沢口、仏を運び出して雪に埋めろ。急げ」

池上と沢口は無言で作業を始めた。要領のよい、機械的な仕事だった。死体を降ろし、部屋から運び出していく。麻二は弟に付いていった。中村清志が、急に関心をなくしたように、踵《きびす》を返して廊下に出る。サオリは中村宏と話しながら部屋を出ていった。

杉崎に関心を示したのは北条秋夫だけだった。

「美夜、そちらの方は？」

彼女は、探偵を連れてきたいきさつを述べた。秋夫の目がこちらに向く。

杉崎は、――自分は今、どういう顔をしているのだろう――と思う。

視線は一瞬合ったが、絡むでもなく外れた。

北条秋夫は、どうでもいいかのように軽く顎を引き、廊下に立っている老人を呼んだ。

「浅野《あさの》！」

英国紳士が入ってきた。彼はずっと、影のように廊下でじっとしていたのだ。

「浅野、お客様だ。部屋を用意してあげなさい」

秋夫はその後、こちらには一瞥《いちべつ》もくれず、顎髭を撫でながら出ていった。

浅野と呼ばれた老人は杉崎に一礼すると、眼鏡を直し、誠意に満ちた目で美夜を見た。

「お嬢様、申し上げにくいことでございますが――」

美夜は口を一本に結んで言葉を待った。

「やはり警察に連絡するべきなのかもしれません」

「無理ですよ。父も中村親子も、月岡麻二も反対していたわ。サオリは人の死なんてどうでもいいみたいだったし」

池上や沢口が警察を呼ぶことに賛成するわけもなかった。雇用主に楯突《たてつ》くわけにもいかないし、個人的にも連絡したくはないだろう。ボディガードたちは無論のこと、おそらく皆が、スネに傷持つ身ということもあり得る。杉崎とて例外ではなかった。常識の通用する一般市民は、美夜と浅野だけなのかもしれない。

浅野は草食動物のように優しげな垂れ目を瞬かせて、誰にいうでもなくつぶやいた。

「私たちはやはり間違っております。私の立場ではあまり立ち入ったことはいえないのですが、しかし今、警察に連絡しないことが、後々――それがいかなることかは予想だにできませんけれども――、とんでもない事態を招くのではないかと、私は思うのでございます」

四章　杉崎、頭を整理する

杉崎が宛てがわれた寝室は、一階の外れにあった。

月岡まことの部屋に比べれば質素だが、それでも天井や絨毯に描かれたしつこい装飾文様が鼻につく。

この家の室内装飾は過剰なのだ、と杉崎は思う。

階段の手摺りや壁紙、床や天井、あらゆる所に植物模様が見える。アールヌーボー調を通り越し、その曲がりくねった意匠には、内臓や血管に近いものすら感じた。装飾が、家という巨大な怪物の中の、曲がりくねった臓器であるかのごとくなのだ。

夕食は、ばらばらにとった。

一堂に会して食する習慣はないという。

杉崎は美夜と食事をしたが、その時、食堂には誰もいなかった。礼拝堂のような広い食堂の中で、二人でとる夕食は、寂しいというより異様だった。

彼らが出るのと入れ違いに、髪の長い女と色黒の青年が入ってきた。月岡サオリと中村宏だ。宏の手は女の腰に回っていた。サオリの夫、麻二の姿はなかった。

美夜は杉崎の部屋にまでついてきた。

思い悩んでいるのか、足取りがおぼつかない。幼い女の子が、後ろをよちよちと歩いてくるような錯覚に陥った。

シングルのベッドと古い机などが置いてある他は家具らしい家具もない。ベッドは中級のホテルにあるような飾り気のないもので、杉崎にはむしろ、心地よかった。

美夜は机付きの椅子に座った。

机がやけに大きく見える。足がやっと床に届いていた。

彼女は黙ったまま、いつまでたっても去ろうとしない。伏し目で緑のカーペットの植物文様を追っている。

杉崎は戸外の音に耳を傾けた。風が激しい。雪も吹き荒れているのだろう。

「杉崎さん」

見ると、彼女は思い詰めたような目をしている。

「杉崎さん、私と結婚してください」

美夜は唐突にいった。彼女に驚かされるのは何度目だろう。彼は聞き返す。

視線が衝突した。美夜は目を逸《そ》らそうとしない。

「――結婚？」

「いきなり、どういうことだ？」

「結婚してって、いってるんです」

「狂ったのかね」

彼女は微妙に言い回しを変えた。

「杉崎さん、私と結婚することにしてください。そういうことに、しておいてください」

「ということは、本当に結婚したいとは思っていない？」

「当たり前です」

「振りをしてくれ、といっている？」

「婚約者の真似をして欲しいんです」

「最初からそういえ」

「ドキッとしましたか」

「ゾッとしたよ」

彼女は妙な笑いを浮かべて、

「ボディガードをしてくれなんて、嘘なんです。そういわなければ、来てくれないと思って」

「本当は、婚約者のダミーとして同伴させたかった？」

「ごめんなさい」

「家に帰るのは、生きるか死ぬかの問題――みたいな言い方をしていたはずだ」

「嘘はいってません。結婚て、生きるか死ぬかの問題でしょ」

「結婚するのか」

「させられそうなの。でもしたくないの」

「誰と」

「テーノーと」

一瞬、漢字を当てはめるのに迷った。

「低能？　中村宏か」

「あれはキレモノ」

「確かにキレるな。宏でなければ、誰だ」

「中村一郎《いちろう》」

「一郎？」

杉崎は、この家で見た人々の顔を想い描き、

「そんな男はいなかったようだが」

「あの場にはね。杉崎さんは会っていないけど、家の中にはいるはずです」

「待て。この家には全部で何人いるんだ」

「あなたを入れて、十二人。……死んだ人を除けば、十一人」

「確認させてくれ。まず俺とあんた——杉崎廉と北条美夜」

「探偵と小女《しょうじょ》。ただし、少ない女ではなく小さい女」

「小さい女の父、北条秋夫博士。元社長にして科学者」

「顎髭の、骸骨《がいこつ》みたいな老いぼれ」

「秋夫の友人、代議士の中村清志。その息子が、中村宏」

「脂《あぶら》ギッシュ達磨《だるま》と、陽に焼けたイカレポンチ」

「宏の職業は」

「定職についてないんです。ヤクザみたいなものですね」

「あの性格じゃ、どこへ行っても長くは続くまい」

「中村宏には兄がいるんです。それが一郎」

美夜の顔に嫌悪感が広がる。

「私、あんな男と。中村一郎ってね、ほんとに……」

「その話は後だ。まずは人員確認をしたい。中村清志はボディガードを二人連れてきている。池上正人と沢口京」

「黒い犀《さい》と白い狼」

「そして、あんたの従兄、月岡麻二。その妻のサオリ。弟で、変死した月岡まこと」

「泣き虫海坊主と人食い美女。そして落伍者」

「落伍者とは手厳しい。麻二とまことは、誰の子息なんだ」

「月岡兄弟は、父の妹の子供たちです。早い時期に両親を事故でなくしたせいか、妙に兄弟の仲が良くて。私の父が、彼らの保護者の代わりをしてました」

「麻二はどんな仕事をしている」

「何とかテクニカという会社で働いています」

「年末、こんな場所で油を売っていられるほど、暇な職業なのか」

「有給休暇をまとめて取ったんでしょう」

「サオリとはどうして結婚したんだ。いかにも不釣り合いな夫婦だが」

「あんな女のことなんか知りません。私、彼女とは初めて会ったんです。二人は、見合いでもしたんでしょ」

「サオリの職業は」

「専業主婦と聞いてます。というより何もしてないんじゃないですか」

美夜は誰にも好意を持っていないようだが、特に月岡サオリを嫌っているらしい。しかし会ったばかりの女を、こうも嫌える心理がわからない。反《そ》りが合わないとでもいうのだろうか。

杉崎は十二人目の指を折り、

「この家で見かけた、最後の男・浅野。下の名前は知らん」

「浅野典文《のりふみ》、家の使用人というか、管理者です。セルロイド・ジェントルマン」

「唯一まともな人間に見えたが」

「とても優しい人ですよ」

「全部で十二人——死者を除けば、確かに十一人いる」

うなずく美夜を横目で見ながら、

「そしてあんたは、その中の一人、中村一郎と結婚させられそうになっている」

「今時、他人の意志での結婚なんて時代錯誤です。そう思いませんか？　私もともと、結婚なんて考えてもいないし、する必要もないし、ましてそんなことを自分以外の人に決められるなんて！」

「親父さんが決めた婚約者なのか」

「いいえ、中村清志の陰謀です。息子と私をくっつけようとしてるんです。あの人、こうと決めると、他人のいうことなんか聞かないから」

「秋夫氏はどう思っているのかね」

「父は、反対はしていません。というより、できないんじゃないかしら。過去の経緯《けいい》が色々あって。よくは知らないけど」

「中村一郎とは、どんな男なんだ？」

「百貫デブの低能です。人前に出るのが嫌いで、いつも部屋に閉じこもってます。引きこもりです。さっきみたいな大事件があっても、部屋から出てこないんです。あれじゃ、結婚なんてできるわけありません。それ以前に、出会いがないんですから」

「弟の宏とは、まったく違うタイプだな。そんな男が、結婚したいものなのか。自分一人で、充足しているんじゃないのか」

「女の子は好きみたいですよ」

「気の毒な男だ。親の立場になれば、何とかしてやりたくもなるだろう。あんた、救ってやれば？」

「絶対いやです」

「人は見かけでは判断できん。付き合ってみると、いい男なのかもしれない」

「いやですよ。人は見かけです。でも中村清志は強引なんです」

「息子が可愛いんだ」

「私にとっては可愛くないです。だから私、行く先をくらましてたんです。せめて中村親子が滞在してる間だけでも隠れていよう、って」

「そのあげく、杉崎探偵事務所に転がりこんで、俺を引きずり回している」

「私本人がいなければ、結婚の話なんて進めようがないわけでしょう」

「ところが中村清志は執拗だった。自分のボディガードを使って、あんたの居場所を突きとめた。年内にも話をまとめてしまうつもりだったのかもしれない。一方、北条秋夫も探偵を雇い、あんたに張りつけた。ただし、連れ戻すつもりはなかった。秋夫の場合、単に娘が心配だったのだろう」

「父も心の中では、一郎との結婚に反対のはずなんです。私が、あんな男のものになって嬉しいわけありません。でも色々なしがらみがあって、ね」

杉崎は思い出す。例の新薬開発事件の際、政治家の汚職が絡んでいるという噂が流れた。様々なパイプを持っている北条製薬に、出資している政治家がいるという。どこかで圧力が掛かったらしく、表ざたにはならなかったが、出資していたのは中村清志だったのかもしれない。

杉崎は皮肉に結論を出す。

「美夜さんは結婚すべきだな。逃れられない状況というものもある。あんたは、一郎とかいう男と一緒になるのがいい。それですべてが丸く収まる。一件落着するんだ。運命には順応せよ。我《が》を通せば、どこかがひずむ」

「杉崎さん、あなたはいいかげんです。他人事だと思って……」

「俺にあんたの将来をうんぬんする資格はない」

杉崎はいささかうんざりしていた。

北条美夜の結婚など、真にどうでもいいことなのだ。

彼女は眉根を寄せて考えごとをしている。

風の音はますます激しい。本格的に吹雪いている。

杉崎は女のいいなりになって、ここまで来た自分が恨めしかった。収入になるとはいえ、いささか滑稽《こっけい》だ。

そろそろ一人になりたいと思い始めた頃、美夜が話題を振った。

「月岡まことは、本当に自殺したんでしょうか」

事件の検討を始めるつもりらしい。

「疑う理由があるのかね」

「はっきりした根拠はありません」

「死体には特に不自然な点はなかった」

「警察や医者が調べたら、不審な点を発見したかも」

「話をややこしくする必要はない。自殺の方が事態は丸く収まる」

「あなたは真実を突きとめたいと思わないんですか」

「思わない。真実を暴《あば》くことが、更に悪い結果を招くこともある。あんたにしても、真相を知りたいというより、単に、自分の意見が通らなかったのが面白くないだけじゃないのか」

「意地悪ですね」

彼女は白いカードを取り出した。事件の現場にあった物だ。

「この〝ツキオカ〟も気になります。本当に月岡まことの苗字なんでしょうか。死ぬ人が自分の名前なんて書きますか。現場には遺書もなかったみたいだし」

「そのカードは確かにおかしい」

「でしょう?」

彼女は杉崎が同意したと勘違いしたようだが、彼にその気はなかった。

あのカードは確かに異様な要素だ。しかし美夜のいう意味においてではない。もっと別の角度から見ておかしいのだ。それは杉崎だけが抱き得る疑問だったかもしれない。だが、あえて彼女に説明はしなかった。

　美夜は事実を整理していく。

「月岡まことの死体は、発見された時、風もないのに揺れていました。首を括ってから間もなかったのかもしれません。死んだ時間は私たちが到着した午後六時――十二月二十六日の午後六時前後というところでしょうか」

「異議なし」

「彼が自殺したとします。位置からいって彼は、私たちの姿ないし車を見ることができた。こちらから縊死体《いしたい》が見えたように。彼は私たちが来るのを見ながら死んでいった。あるいは私たちが来たことが、椅子を蹴る切っ掛けになったのかもしれない」

「あんたの姿を見て死にたくなったのかもしれない」

「どうしてそんなことをいうんですか」

「例えばだ、月岡まことはあんたに手ひどい振られ方をしていた。気弱な彼は、首を吊る準備はしていたが、踏み切れなかった。しかし美夜さんが帰ってくる姿を見て、死を決意した」

「私がまことさんを振ったなんて、そんな事実はありません」

彼女はふくれながら続ける。

「一方、まことの死が他殺だったとします。犯人は被害者を絞め殺す。そして天井からベルトで吊り下げる。この時、ちょうど私たちが帰ってきた。殺人者は私たちの姿を見ながら、死体を自殺に見せかけようと細工していたのかもしれない」

「つまり犯人が偽装工作をしている、まさにその時に、俺たちが着いたというわけか。すると犯人は、その時家の中にいた者――つまり俺とあんたと池上と沢口を除いた、七人の中にいることになる。北条秋夫、中村清志、一郎、宏、月岡麻二、サオリ、浅野典文のうちの、誰かだ」

「それが、そうはいえないんです。何故なら……」

彼女は話をややこしくするのが好きなようだ。

「殺人者に共犯者がいたのかもしれないじゃないですか。まことを殺したのはAだったが、吊るしたのはBだった。この場合、犯人は私たち四人の中――というか池上と沢口のどちらかだったとしてもおかしくありません。池上か沢口が犯人で、共犯者を使い、私たちを利用してアリバイ工作をした。共犯者は窓から私たちが来るのを確認し、死体を揺らしてから、部屋の外へ出たわけです」

杉崎はまことの姿を脳裏に描いた。死体ならうんざりするほど見ている。

「いや、それはおかしい。まことは死んでから間もない状態だった。死んだばかりのように見えた。どう見ても一時間以上は経っていない。俺たちはその間雪上車に乗っていた。その四人にはアリバイが成立する。共犯者がいたとしても殺人は不可能だ」

「池上か沢口が、被害者を殺してから、私たちを迎えに出たのでは」

「この家から待合場所まで往復五時間以上かかる。殺害したのがそれほど前とは思えん」

「二人とも車で来たとは限りません。一人が車を運んできて、もう一人が、まことを殺してからスキーで滑降してきた」

「地形に疎《うと》いのでわからん。スキーの方が雪上車より早く着くような地形なのか」

「スキーの方が時間が掛かりそうですね。でもスキーが駄目ならスノーモービルという手もあります」

「スノーモービルはこの家にあるのか」

「ないです」

「机上の空論をいうのはよそう。可能性だけなら何とでもいえる。たとえスノーモービルを使ったとしても、待合場所に二人が到着した午後三時半以前に犯行に及んでいたことは間違いない。しかし死体状況から見て、そんなに前に死んだとは思えないんだ。俺は池上と沢口はシロだと思う」

美夜は杉崎を疑わしそうに見て、

「死体状況なんて、あなたに判断できるんですか、杉崎さん。探偵を始める前は、医者か、警察の鑑識班だったんですか」

「確かに、断言はできないね」

杉崎は馬鹿馬鹿しくなってきた。

話に付き合ってはきたが、もともと、月岡まことが殺されたとは思っていない。

「美夜さん、あれが殺人だとしたら動機はあるのか。まことは人に恨まれるような男だったのか」

「神経質で病的、というより本当に病気だったけど、恨まれてはいなかったと思います。月岡まことの私生活はよく知らないけど、痴情絡みの動機も、ないと思いますね。女っけがなかったから」

「では何故殺された」

「遺産相続、というのはどうですか」

「誰の遺産？」

「父、そして一族の長・北条秋夫の。かなりのお金持ちなんですよ」

「あんたの無軌道ぶりを見ていれば想像がつく。一族が一人減れば取り分は増える。単純な原理だが、人は確かに、金のためなら殺人を犯す。相続には多くの税金が掛かるが、必ずしも犯人がそれを知っているとも限らない。よかろう。遺産相続のために、月岡まことは殺された。ただし困ったことがある」

「何？」

「あんたにも動機が成立する」

「私、お金になんて困ってません」

「そんなことをいうから、いじめたくなるんだ。だが、確かにそうかもしれない。おまけにあんたにはアリバイが成立する。北条美夜は殺《や》っていない」

事実、杉崎と美夜は月岡まこと殺しの犯人ではなかった。

杉崎は、ふと思いつき、

「万一、一族がすべて死に絶えたら、莫大な遺産はどうなる？」

「確か、遺言書では、浅野さんが受取人になるんだと思ったけど、よく覚えてません。興味ないから」

「では、金目当てという動機はひとまず置いておくとして、他にどんなものが考えられる？」

「復讐でしょうか」

「恨みを買うような男ではなかったのだろう？」

「一族郎党、すべてに報復しようとしている人間がいた、とか」

杉崎はふと気づいた。

ある意味では杉崎も、その一人に含まれるのかもしれない。少なくとも北条秋夫を良くは思っていなかった。今まででも、復讐する機会があれば、実行していたかもしれない。しかし当然、いうわけにはいかなかった。

「恨みを晴らす、仇《かたき》を討つ」美夜は一人で納得し、「あり得ますね。動機としては、それが一番現実的かもしれない。父はたぶん、ろくなことをしてませんから。父だけじゃない、中村親子も、たぶんサオリって女も、みんなね。杉崎さん――」

彼女はすがるような目をした。

「やっぱりボディガードしてください。私を守ってください。私も、殺されるかもしれない」

「考えておくが、おそらくその必要はない。月岡まことは自殺だ。だから金銭目当てにしろ復讐にしろ、犯人など存在しない。他殺だと思ってるのは、あんただけなんだ。第一、あの部屋にはカンヌキが掛かっていた。誰も出入りできたはずはない。この点はどう考える？」

「密室ですね。窓もドアもカンヌキで固定されていた。でも部屋の外から鍵を掛ける、あるいは掛けたように見せかける方法なんて、いくらでもあるんです」

「あるのか」

「一番ありふれているのが針と糸を使う方法です。池上が吹っ飛ばしちゃったからよくわからないけど、ドアの上下には普通隙間があるものです。そこから糸を通し、室内の鍵を操作するんです。探偵なら、知っているでしょう」

「テレビの推理ドラマで見たことがある。小説でも読んだかも。だが、仕事で密室に——あれが密室殺人だとしたら、だが——遭遇したのは初めてだ。探偵になってからは、死体に遭うのさえ初めてなんだ」

「頼りないですね」

「俺はしがない私立探偵で、身辺調査が主な仕事だ。密室トリックも知識としては知っているが、現実的に考えたことはない」

針と糸の密室工作など、杉崎や池上や沢口が呼吸しているこの世界には、そぐわない気もする。

彼女はしばらく推理小説と、その中に現れる密室トリックについて蘊蓄《うんちく》を傾けていたが、興味のなさそうな杉崎の様子に気づき、話題を変えた。

「杉崎さんはさっき、〝探偵になってから〟死体に遭ったのは初めてだ、といってましたね。ということは、それ以前には仕事で死体を見てきた、ということ？」

「腐るほど」

「何をやってたんですか。葬儀屋？」

「そんなものかな」

話す気はなかった。

杉崎の胸に、苦いものが広がる。

「あなたの職業は何だったんですか。どんな仕事をしていたんですか。話せないようなことなんですか。いったい、何をしてきたんですか」

彼は答えなかった。

美夜は質問を変える。

「昨日会った時から気になってるんですけど……」

彼女は杉崎の左手に目を遣った。

「なんで革手袋を嵌めているんですか」

痛いところを突いてきた。

「古傷……みたいなもんだ」

彼は左手を握ったり開いたりする。美夜はその動きをじっと見つめていた。

「寝ている時も外さないんですか。手袋を取ることはないんですか」

「ない」

危険だからだ。左手以外のものが。

「聞いてもいいですか。どうしてそんな傷を負ったんですか。事故に遭って、怪我でもしたんですか」

美夜は、彼の手のひらに、ひどい火傷《やけど》の跡が残っているとでも考えたのだろう。手袋を外したら、彼女は予想もつかぬものを見ることになる。あながち彼女に関係がない話でもない。しかし杉崎は沈黙した。

今、過去を語る気にはならない。

話したとしても、信じてはもらえないだろう。

五章　宏、意気投合する

うるさい女だった。

吹雪の音が掻き消えるほど叫ぶのだ。

中村宏は、ベッドの上でこれほど嬌声を上げる女を知らなかった。

行為が済むと、女は俯せになり死んだように動かなかった。宏の浅黒い胸には、うっすらと汗さえ浮かんでいる。腹の筋肉がくっきりと浮かびあがっていた。

彼は女の髪に目を遣った。長い髪が、波のように白い背中の上を流れている。金に近い茶色の髪が艶やかだ。女は一方的に欲求を満たし、果てた。宏は犯されたような気分だった。

煙草に火を付け、深く吸い込む。

女が条件反射のように頭を上げた。大きな目で、こちらを睨んでいる。

「煙草はだめ。嫌いよ」

宏は目を細め、女の顔に煙を吐きかけた。女の表情に変化はない。カメラを前にした女優のように、顔に掛かる髪を掻きあげている。

「奥さん、あんた、大したタマだぜ」

「奥さんなんてやめてよ、やぼったい。サオリでいいんだよ」

サオリとは一緒に夕食をとった。彼らが食堂に入った時、美夜とその連れが出ていくのとすれ違った。食事が済んでからも、サオリは暇そうにしていたので、部屋に誘ってみた。

彼女は何もいわずについてきた。やることは一つしかなかった。

「旦那と一緒に来ておきながら、俺とすぐに寝るとはよ。あのずんぐりしたウスノロオヤジ、放っておいていいのか」

「麻二？　あんなボケナス、どうだっていいのよ。あたしが不倫したって、殴ることさえできないんだからさ」

「そういうの、優しいっていうんじゃねえのか」

「弱いのさ。今だって、あたしのことなんかそっちのけで、メソメソしてるに違いない。弟が死んだ、何故死んだんだ、まこと、まこと、まことって、団子鼻を真っ赤にしながら、泣き叫んで枕を濡らしてる。アーいやだ、気持ち悪い」

「そんな奴と、なんで結婚したんだ」

「金目当て」

「サオリには優しさってもんがないのかね」

「ないわ、その点では宏も」

「ないぜ。俺たち似てるのかも」

「私たち、いいコンビになりそうね」

「何のコンビだ。プロレスのタッグマッチでもやるのかい」

「あたしたちが組んだら、池上と沢口のボディガードコンビよりいけるかも」

「どうかな。奴らもかなり手ごわそうだぜ」

「ともあれ、宏がいて良かったわよ。あたし、初めてこの家に来たの。夫は毎年、年末年始をこの家で過ごすけど、あたしは来たことがなかった。だから、たまには行ってみるかって。でも後悔してる。こんな地獄だとは思わなかった」

「地獄かよ」

「雪の檻に囲まれた地獄。入ったはいいが、二度と生きて出られない。おまけに暇だし」

「テレビでも見てな」

「映りが悪過ぎる。電波、届いてんのかしら」

「天気予報によると、今週はずっと荒れ模様だとよ」

「晴れないの？　もしかしたら、嵐が一週間も続く？」

「かもしれねえ」

　風に建物が震えている。二人は吹雪の轟音《ごうおん》に耳を傾けた。

「ああ～脱出不可能か。しゃれにならねえぜ。これじゃ雪上車も出せねえし、スキーで出たら遭難するぜ」

「一週間後、天気が回復するのを待つのみね。食料はあるの」

「三カ月分くらいはな。一冬は越せる。飢え死にする心配はねえ」

「こんな家に閉じ込められるなんて最悪。それに、なんであんな奴らしかいないのよ。さすがに麻二の一族だわ。月岡まことは絵に描いたダメ男。伯父の秋夫は不潔なマッド・サイエンティスト。それに何、あの女、子供みたいな体をしてさ」

「美夜か。可愛い顔してると思うぜ。フェラチオさせてやりてえ」

「あんな女がタイプなの。何よあの体、スタイル悪過ぎ。頭も悪そうだし。第一印象からして最低よ。妙なオッサンも連れてるし。誰よ、あの男」

「確か、杉崎とかいう探偵らしい。浅野から聞いたんだが」

「探偵？　あんまり近づきたくない種類の人間ね」

「どうってことねえよ。日本の探偵なんて捜査権もなけりゃ、拳銃も持ってねえ。まともな職業に就けねえチンピラがやる仕事よ。頭のほうだって知れたもんだ」

「浅野って使用人のジーサンも、わざとらしい奴だわ。いつも澄ましてて、さ」

「裏があるのか、何もないのか」

「悪いけど、宏のオヤジもいかがなものかと思うわ、中村清志、ギラギラしててスケベそう。あの口の利き方もいけ好かないし」

「利用価値はあるぜ。金づるとしてはな」

「陰気な二人のボディガードにもうんざり。ノッポとヤセ。あなたのデブ兄貴の一郎なんて見たくもない。まったく、どいつもこいつもいらいらする。マトモなのは宏だけだわ」

「人からマトモなんていわれたのは生まれて初めてだぜ」

「あたしにとっては、そういう人よ」

「ありがとうよ」

宏は口先だけでいい、灰皿で煙草を揉み消す。次の一本を取り出した時、赤いマニキュアをした白い手が伸びてきた。

サオリが宏の煙草を奪ってくわえる。

宏は火を差し出した。彼女は煙を深く吸い込み、ゆっくりと吐き出す。

「嫌いだったんじゃねえのかい」

「嘘よ。女って嘘つきなの。知ってた？」

「知ってるぜ。でも何で嘘をつく」

「つまらないから」

「何が」

「すべてが」

彼女は紫煙に目を細めながら、

「月岡まことって、最期まで童貞だったと思う？」

宏は、この女の頭の中には、こんなことしかないのか、と思いつつ、

「もてなかっただろうな、あれじゃ」

「お気の毒。そういえば、あのチビ女がなんかわめいてたわね、警察を呼べとか。あの女、自殺じゃないとでも思っているのかしら」

「美夜はバカだよ。まことは、自分で首を吊ったに決まってるぜ。受験のお勉強なんてイヤ、世の中みんなイヤ、イヤイヤイヤ、皆さん、サヨウナラってよ」

「でも万一殺人だとしたら、あたしたち、殺人犯と一緒に閉じ込められたことになるわよね、嵐の檻の中で」

部屋の闇が濃さを増したような気がした。

窓に掛けられたカーテンが、微かにそよぐ。

透き間風が入っているらしい。

宏は低い声でささやいた。

「家の中に、殺人鬼がいる」

「あんたじゃないの」

「オメェだろ」

「むろん、あたしじゃないし宏でもない。あたしたち、いかにも怪しいけどね。そんな奴らって逆に、ミステリーの中では犯人にされっこないのよ。推理小説って妙なもんでさ、一番人を殺しそうな登場人物って、絶対に人殺しじゃないの」

「俺たちが犯人なら、当たり前過ぎて意外性がないってかい。しかし、裏をかくってこともあるぜ」

「ないと思うわ」

「というかよ、人を殺しそうな奴らばかりじゃねえか、この家のみんながさ。池上と沢口なんて、実際殺してるかもしれんし、杉崎って野郎だってわからんぜ」

「使用人のジーサンは違うんじゃない」

「浅野は犯人じゃねえな、どう見ても。ひ弱すぎるぜ」

「まぁ、こんなメンバーじゃ、誰が犯人で、次に誰が殺されてもおかしくないけどね」

「〝次に〟とは、ぶっそうなことをいってくれるぜ。また死人が出るってのかよ」

「二時間ドラマの中じゃ三十分おきに人が死んでるよ」

「テレビの見過ぎだぜ。これだから有閑マダムってのは嫌なんだ」

「いっそのこと、全部死んじまうってのはどう」

「飛躍し過ぎ」

「ならあたしたちで全部殺しちまうとかさ」

「全部？」

「北条秋夫も美夜も、浅野も杉崎って奴も。むろん月岡麻二も。ボディガードたちも」

「俺のオヤジも？」

「パパは殺したくない？」

「殺ってもいいぜ」

「お兄ちゃんは」

「一郎か。ま、いいかな」

「なら、みんな殺しちまわない？」

「殺して、北条秋夫とオヤジの遺産を足して山分けするか」

「北条秋夫と中村清志、どっちが金持ちかしら」

「秋夫かな」

「ご謙遜《けんそん》を」

「だがな、他の奴らはともかく、池上と沢口は手ごわそうだぞ」

「どうってことないわ、人間なんてね。ホモ・サピエンスなら殺せる」

「人類なんて？　まるで人間じゃねえみたいな言い方だな」

「あらそうよ、知らなかったの」

彼女は腕を差し出す。宏は、その白い肌に一瞬、何か浮かんだ……ような気がした。

「てめぇ……」

改めて、女の腕を見直す。しっとりとした滑らかな肌だ。

「てめぇ、錬生薬を使ったのか」

「薬《ヤク》？　何のことよ。ドラッグか何か？」

「知らなきゃいい」

「どうしたってのさ」

「今一瞬、てめぇの腕に、入れ墨みてぇな模様が浮かんだような気がした」

「あたし、隠し彫りなんてしてないわよ。あんた、薬をやってんだ？　だから幻を見たとか、さ」

「入れ墨じゃなきゃ、何なんだ。サオリは妖怪か、モンスターか、宇宙人か」

「女は妖怪なのよ」

「それとも地獄から這いだしてきた悪魔か」

「フフフフ……あんただってモンスターよ、宏は人工物。あたしは天然物だけどさ」

「どうして俺がお仲間だとわかる」

「あんた、見るからに怪物じゃない。凶暴だしさ。それに、興奮すると、ちょっと変わるのよ。ちょっとだけね」

「どんな風に変わった」

「よくわからないけど、一瞬皮膚の肌触りが違ったわね。色も変わった。一秒の十分の一くらいの間だったけど」

女は淫靡《いんび》な目でこちらを見て、

「絶頂に達して、肌の色が変わる男なんて初めてよ」

「錯覚だ」

「視力はいいのよ。指先も敏感だし」

「未熟だったぜ。完全にコントロールできるつもりだったんだがな」

「まだ若いからよ」

「てめぇにいわれたかねえぜ」

「あたし、いくつに見える？　こう見えても結構年を食ってるのよ。宏の何倍も、何十倍も年を取ってるのよ。だって何度も死んでるもの。正確にいえば、殺されかかっているもの。男ってどうして女を殺したがるのかしら。女を殺して面白い？　気持ちがいいの？　あたし何度か切られたわ、刺されたわ、夜道で後ろから頭を割られたわ、殴られたわ、犯してから首を絞めた奴もいたわ、……でもね、詰めが甘いのよねぇ、男って。あたしは必ず蘇生《そせい》した」

「サオリは不死身か」

「どうかしら」

「どうやったら、殺せる」

「死んだことがないからわかんなーい」

「バラバラにすればいいんじゃねえか」

「されたことがないから、わからないわね」

「やってみるか」

「いいわよ、でもその前に……もう一度……もう一度殺してよ」

「おい、待て、てめぇも相当な好きモンだな。舐《な》めるんじゃねぇよ……面倒くせえぜ」

六章　杉崎、地獄の門を開く

家の主、北条秋夫の部屋のドアは地獄の門だった。

施された彫刻が、どことなくロダンの『地獄の門』を思わせるのだ。

ドアの下半分には怪物たちが彫られている。爬《は》虫類《ちゆうるい》のようなものや昆虫系、鳥類のモンスターから海の怪物まで、あらゆる異形《いぎよう》のデーモンが蠢《うごめ》いていた。上半分は苦悩する人間たちが絡み合う群像で、人々は泣き、喚き、叫び、怒り、苦しんでいる。メランコリックに、考える人のポーズをとる彫像もあった。

装飾過剰の館の中でも、最も悪趣味な部分といえそうだ。

杉崎は美夜と話しているうちに、どうしても北条秋夫と会ってみたくなった。

そこで彼女が去った後、すぐに寝室を出た。

夜十時を回っているが、秋夫はまだ就寝してはいないだろう。

ドアの前に立ち、軽く息を吸う。

ノックする。

反応はない。ノブを回すと、開いた。

瞬間に、緊張が走った。

銃口だ。

黒光りする銃口がこちらを向いている。

秋夫は机付きの椅子を回転させ、ドア側を向いていた。ごく自然に、ライフルを構えている。軍用銃だ。即死させて命を奪うことより、戦闘意欲を失わせるのを主目的とする。弾丸は被甲されていて、高速度で人体を貫通し、射入孔、射出孔ともに比較的小さい。

だが、銃口の威圧感は、やはり圧倒的だった。

老人は鋭い目で闖入者《ちんにゅうしゃ》を見つめ、静かに聞く。

「誰だね」

ライフルを持つ手は微動だにしない。闖入者の胸をまっすぐに狙っている。

杉崎は秋夫の目から視線を外さずにいった。

「杉崎です。ノックしても返事がないんで、勝手に開けさせてもらいました」

「探偵か。何の用かね」

「話がしたい。入ってもいいですか」

「話などない。出ていってくれ」

「こちらにはある。見たところ、忙しいわけではないようだが」

「君が月岡まことを殺した犯人ではないと証明できるのか」

「できない。しかし俺ではない。あれは自殺だ。あんたもそういってなかったか」

「そうだったかな。しかし、君が私を殺しに来たのではないと、証明できるのか」

「できない。しかし俺には殺す理由がない」

それは嘘かもしれない——と杉崎は自省する。

秋夫は凍てつくように冷たい目でこちらを見て、

「ライフルが怖くはないのかね」

「怖いさ。そんなもので撃たれたら、全身の神経と血管がショックに耐え切れず、破裂する。つまりはショック死しちまう。だが、あんたは撃たない。俺を撃っても意味がない」

「そうかな？」

「死体を増やす必要はなかろう。昼は池上と沢口が、月岡まことの遺体を雪の中に埋めてきた。俺を殺したら、あんたが埋めてくれるのか」

「確かに殺してしまったら、面倒かな」

「余計な手間は省《はぶ》いた方がいいと思うが」

老人は息を細く吐いた。

「まったくだ」

ライフルを机の上に置く。いつでも握り直せる位置だ。

「入りたまえ。話を聞こう」

杉崎は部屋の中央まで進んだ。

ほとんどの壁に、背の高い木製の書棚が置かれ、ずらりと洋書が並んでいる。正面に、カーテンに覆われた、テラスに出られるフランス窓風のガラス戸があった。更紗《さらさ》のカーテンには、くどいほどの薔薇《ばら》模様が描かれている。右手の壁に、広くどっしりとした机が設置され、左手には隣の部屋に通じるドアがあった。寝室に続いているようだ。

秋夫は白い顎髭をしごきながら聞いた。

「この老いぼれにどんな話があるというんだね」

「銃を持ってるんで驚きました。護身用ですか」

杉崎は話題をずらした。秋夫のペースに合わせることはない。

「護身用？　まぁ、そうかもしれないが、しかし、あえていえば自殺用かな」

「自殺用、か」

秋夫は遠くを見る目付きになった。

「私はな杉崎君、常に死にたいと思っている。いつでも自分を殺せるように猟銃を所持している。しかし、死ねん。どうしても死ねんのだ。いざとなると引き金を引く指が鈍る。この年になっても、まだ生に執着があるのかな」

「何故死にたいんですか」

「業を背負っている。人を何人も不幸にしてきた。もう、うんざりだ。すべてがいやになった」

「業か、確かにな。あんたは人を何人も殺してきている」

「殺し？　ふざけたことをいってもらっては困る。君と同じだと思わんことだな。杉崎君、君こそ、殺人者だよ」

「俺が殺人者だと」

「君は傭兵《ようへい》だったそうじゃないか。今までに何十人、いや何百人殺してきたのかね」

杉崎は少し驚いた。中村のボディガードだけでなく、この老人も、短時間のうちに彼の過去を探り当てたらしい。美夜が彼の事務所を訪ねたのは昨日のことなのだ。

秋夫は落ち窪《くぼ》んだ目を細めて、

「私のコネクションは田舎の興信所だけではない。君の履歴を調べることなど容易だよ」

「月岡まことの部屋では、俺のことなど知らないように見えたが」

「さして関心はない。この部屋に来なければ、かまう気もなかった」

するど、一番重要な部分には、調査の手が伸びていないのかもしれない。

杉崎は相手の真意を計りながら聞いた。

「今は、相手にする気になったと」

「殺されるかもしれんからな。この殺人者めが」

「何故俺に殺されると思う？　心当たりがあるのか」

「ない。しかし君の目には殺気が籠もっている」

「そんなことはないだろう」

「プロの傭兵なら完全に殺気を消せる、とでもいうのか」

「自信はない。プロだったのは過去のことだ」

秋夫は試すような目付きでこちらを見て、いった。

「君は本当は、殺人マニアなんだろう？」

そして唇を歪めて笑い、

「人を殺すのが好きで好きで、楽しくてたまらないんだろう。傭兵は国に所属する兵士ではない。愛国心などという大義名分はなく、人を殺す。金のためにね。彼らの戦いは、金銭目当ての殺人と同じだよ。中毒者、戦いの中毒者、いや、殺人の中毒者でなければ務まらない職業だ。違うのかね」

「そういう手合いもいたな」

「君は別だと」

「そういう時期もあったかな」

「何故足を洗った」

「事件に巻き込まれたんだ。……あんた」

杉崎は一拍置き、秋夫を睨みつけた。

「あんた、すなわち北条秋夫の関係した事件に巻き込まれてね」

「何？」

老人は大声で聞き返した。すべてを知っていて、とぼけているのかもしれない。皺だらけの手が微かに痙攣している。杉崎はポケットに入れていた左手を出す。秋夫の視線が一瞬、その革手袋にとまる。

しかし秋夫は、予想外の言葉を口にした。

「杉崎君、君は人間的な男なのだな」

「何だって？」

わけがわからなかった。

唐突な物言いが、娘の美夜と似ていなくもない。

老人は顔中を皺に歪めて笑う。

「君は殺人嗜好《しこう》症だ。マニアでなければ、誰が好きこのんで戦場になど赴くものか。君は楽しんで殺人を犯したに違いない。つまりはサディストだ。殺戮《さつりく》を娯楽にする種は、人間以外にはない。サディズムは人間だけが有する特異性なのだ。つまり、それこそは……」

彼はこちらの目を捕らえ、

「真の人間性といえる。サドこそ人間そのものなのだ。弱い者や抵抗できない者をなぶり殺すことこそ、真に人類の行為だ。何故なら獣は決してそんなことはしないからだ」

老人の声はエキセントリックに高まっていく。選挙演説のようでもある。

杉崎は冷静に切り返した。

「優しさは動物的なもの、というわけだ」

秋夫はうなずき、

「そうだ。優しい人間ほど動物的だ。彼らは野生動物に似ている。その点では君——殺人マニアの杉崎廉こそ、まさに人間だ。人そのものだ」

「あんたにそんなことをいわれたくない」

彼は左手を握ったり開いたりした。北条秋夫には——少なくともこの男だけには、こちらを〝人間〟と呼ぶ資格はない。しかし老人は動じなかった。

「ふざけるな！」

老人は杉崎を見て一喝した。

杉崎には、怒りの理由がつかめない。

秋夫は怒鳴り散らす。

「自ら戦争をする輩が何をいうか！　金のために人を殺してきた男が、この私に何をいおうというのか！」

「好きで傭兵になったわけではない」

「貴様の事情など知らん。聞きたくもないわ。しかし、たとえどんな理由があったとしても、貴様が傭兵になった事実に変わりはない。それは自分で選んだ道だ。杉崎廉は自ら外道《げどう》に成り下がった。戦場というものに、自分から進んで足を踏み入れたのだ。このたわけ者が！」

秋夫は、少し声を低めて、

「貴様などしょせん、ケツの青い甘ったれに過ぎない」

細い目が、異様な光を帯びる。

「戦場で、人間が燃える姿を見たことがあるだろう。人が、紙みたいに燃える姿をな。あんなものは、一生目にするべきではない。人がまともな人間——優しい動物であるために、網膜に焼き付けてはならないものなのだ。それを貴様は自分から見に行った。この大うつけが。杉崎、貴様は、肉親が……愛する者が、焼ける姿を見たことがあるか。私はあるぞ。私は、母が——母が燃えるのを見た。全身が炎に包まれていた。防空頭巾も筒袖も、もんぺも火を噴いていた。母だけではない。灼熱の道路には、数知れずの人型の炎が転がっていた。忘れもしない昭和二十年三月十日——東京大空襲の日だ」

彼は憑かれたように話し続ける。

「B29が東京下町を襲ったのだ。グアム、サイパンなどから爆撃機の編隊が飛び立った。奴らは十数万発の焼夷弾《しょういだん》を降らせ、十万人の人々を焼き尽くした。我々すべてを消し去ろうという意志——悪意が感じられた。爆弾は憎悪の塊なのだ」

老人は、充血した目でこちらを睨み、

「東京大空襲は日本人皆殺しの先駆けだったという。まず爆撃地域の周囲に焼夷弾を降らせ、住民が逃げ出せないように退路を断ち、その後B29が火の雨を降らせ、すべてを焼き払うというものだった。つまりは人工的な《炎熱地獄》を、この地上に出現させようとしたのだ。してみると、地獄というのは確かに実在するのかもしれん。少なくとも、人の心の中には存在している。我々はデーモンとなる時、常に地獄のヴィジョンを指向する。人造人間というものがあるとするなら、人造地獄を生み出してしまうのだ」

「皆殺しか。畑に殺虫剤を空中散布するようなものだな」

「そうとも。まさに日本人は虫、しかも害虫だったのだからな」

秋夫は屈折した笑いを浮かべる。

「この作戦を立案した少将は非戦闘員十万人を焼き殺した功績で、大将に出世した。殺人者を賛美する……誠に人間らしい行為ではないかね。そこには一種のユーモア観さえ漂っている。軍人は冗談が好きなのだ。彼らはM69焼夷弾を『モロトフの花束』と呼んだ。六ポンド爆弾が三十八個束《たば》になっていたからだ。私たちの頭上には、そのジョークが、豪雨のように降り注いだ。そしてすべて……すべてが燃えた。地獄だった。炎に包まれた民家が倒壊し、おびただしい死骸が大地を埋め尽くした。私は川に逃れ、水面を埋める死体と共に流されながらも、材木にしがみつき、いつまでも母の名前を呼んでいた」

老人は言葉を切り、目を閉じた。

沈黙が続く。

杉崎が何かいおうとした矢先、彼は再び口を開いた。

「私は戦災孤児となった。焼け野原にバラックが建ち始め、あっという間に闇市ができた。復員兵やパンパン、ジープに乗った米兵、薄汚い服を着た浮浪児たち、物乞い、その他様々な人々が溢れ、喘いでいた。私は、生き延びるために、盗みでも何でもした」

杉崎も、生き延びるために傭兵になった。しかし口にはしなかった。

過去に浸《ひた》っている老人に、何をいっても無駄だろう。

「そして私は、父方の妹に引き取られ、この地方に来た。娘には実家といってあるが、正確には違う。私は生粋《きっすい》の東京生まれなのだ」

「それからあんたは、田舎から再び中央に進出し、会社を立ち上げ、発展させ、米軍のバックアップを得て、今度はかつての敵国――アメリカの犬に成り下がったというわけだ。大したサクセス・ストーリーだな」

「若造に何がわかる？　我々は勝ちたかった。常に勝ち組になりたかった。日本人は、戦後いつでもアメリカ人になりたかった国民なのだ。おそらく、今でもな」

杉崎は老人が落ち着いてきたことに気づいた。

「杉崎君――」

彼は、たった今、杉崎がいることに気づいた、といった口調で、

「ところで君は何をしに来たのだね」

杉崎は肩をすくめた。

「忘れたよ。あんたの毒気に当てられちまってね」

老人は瞼を揉み、柱時計を見た。

「用がないなら、出ていってはくれないかね。もう午後十一時だぞ。この老いぼれには遅い時間だ。私は、いささか疲れた」

一方的にしゃべりまくって〝疲れた〟もないだろう。

しかし杉崎はうなずき、踵を返す。

機会はまた来る。

嵐のため、どうせしばらくこの家に留まるしかない。

時間はたっぷりあるのだ。

今夜は老人の恨み節を聞かされたが、次はこっちの恨み節を聞いてもらおう。

しかし――と杉崎は思う。

遺恨を、冷静に語ることなどできるものだろうか。相手は北条秋夫その人なのだ。おそらく生《なま》の感情をぶつけてしまうに違いない。

その時、自分は、……そして北条秋夫は、どうなってしまうのだろう？

七章　池上、面影を見る

池上は沢口に弱かった。

苦手とか嫌いというのではなく、文字通り弱いのである。

中村清志の寝室のドアを挟んで、二人は廊下に立っていた。

夜も更け、彼らの雇用主はとっくに就寝している。廊下の明かりは消えていた。窓から雪明かりが差し込み、壁に背をもたせかけて立つ細い青年を、白く浮かび上がらせている。

今夜は池上が寝ずの番をする予定になっていた。

代議士の寝室の前は空き部屋だ。一晩中そこに陣取り、ドアを開け放しにしておく。不審者が近づけば、たちどころにわかる。池上は一人になってから、その部屋に入るつもりだった。

沢口は今夜に限り、なかなか寝室へ戻ろうとしない。廊下で三十分以上も、無駄口をたたいていた。

見ると、青年の整った横顔が闇に浮かび上がっている。

沢口は横を向いたまま、聞いてきた。

「いつも思うんですけど、僕たち、寝ないで見張る必要なんてあるんですかね。とんでもないエネルギーの無駄遣いという気がするんですけど」

「雇い主の意向だ」

「中村さん、自意識過剰なんじゃないですかね。普段から汚職やら何やら、ろくなことをしていない。だから周りが全部敵に見え、夜も安心して眠れない、ということになるんです」

「毒づくな。俺たちはそのおかげで食っている」

「池上は半年前から雇われたから、まだ飽きもこないんだろうが、僕はもう三年目ですよ。いいかげんうんざりしてきました。もっと効率的に仕事がしたいですね」

「じっとして、見張っていればいいだけだ。効率的で、楽な仕事だ。文句をいうな」

「はいはい、でもこんな山奥にまで刺客が来ますかね。どう考えても襲われる心配は皆無です。寝ずの見張りなんて、やっぱり意味ないですよ」

「どうかな、こんな場所だからこそ、襲ってくる手合いもいるかも」

「まさかね。ここは雪に閉ざされた館ですよ。何が襲撃してくるというのです。冬眠しそこねて飢えた羆(ひぐま)ですか。あるいは絶滅したはずの日本狼とか。もしかしたら、雪女がやって来たりしてね」

改めて沢口の顔を見る。

池上は、この男の会話についていけないことがあった。もともと軽口は苦手だ。しかし沢口の軽口の場合は、もう一ひねりされている。この男のいうジョークは、冗談に聞こえないのだ。極めて真面目な口調でとんでもないことをいうのである。例えば〝日本狼や雪女が来る〟と口にした場合、本気でその存在を信じているかのように聞こえる。そんなものはいるはずがないのに、だ。

こんな時、池上はいつも、沢口の顔をまじまじと眺めることになる。

今も、やはり、本気かジョークかわからない。

沢口は冷たい横顔を見せたままだった。鼻梁《びりょう》が高く、整っていて、隙がない。涼しい目元も作り物のようだ。こんな薄闇の中で、長い髪をほどけば、美女といっても通るのではないだろうか。

似ている——と、思う。

この男は薫《かおる》に似ている。

自分が沢口に弱いのも、おそらくはそのせいなのだ。

池上は沢口の顔から目を離さずにいう。

「獣や妖怪は中村さんを襲ってこない。しかし人間が襲ってくるかもしれない」

「誰が？　こんな山奥にまで来る奴はいない。それに家の中にいるのは、知人ばかりです」

「そうかな。全員をよく知っているわけじゃない。杉崎廉ってのがいるだろう」

「ハハーン、杉崎さんねぇ」

青年の目がこちらを見据える。

「ねぇ、ちょっと気になるんですけど、杉崎さんと美夜さんって、男女の仲だと思いますか」

「女子高生みたいなことを聞くんだな」

「恋をしているんですよ」

「お嬢さんにか？」

沢口はそれには答えず、

「あなたは、僕が杉崎さんまで連れてきたのが、よほど面白くないんですね」

「いい気分はしなかったな」

「何故です。あんな男の一人や二人、いたところで大勢に影響はない」

「奴が、中村さんを狙うヒットマンだとしたら、どうする」

「どっかの暴力団がタマを送ってきたってことですか。あの杉崎さんが？」

彼は嘲《あざけ》るように微笑み、

「ま、そんなことはないでしょうね」

「あり得ないとも、いい切れない」

「あり得ませんよ。万一そうだったとしても、どうだというのです。今夜は、あなたが中村さんの部屋の前で、寝ずの番をするんだ。奴が不審な動きをしたら、殺っちまえばいい。それだけの話でしょ。それとも何です？　杉崎廉が怖いんですか」

池上は昼、対峙した杉崎の姿を思い出す。

隙のない立ち姿だった。素人ではあるまい。しかし気後れするほどでもなかった。冷静に見て――

「あの程度なら、やり合っても問題ないだろう」

「僕もそう思います。あなたは勝ちますよ。ま、相手も一般市民じゃないですし、簡単にはやられないでしょうけどね」

「一般市民じゃない？　どういうことだ？」

「それはね。個人的に、あの男、知ってるんですよ。昔、ちょっとしたことがあってね沢口は額に手をやり、薄笑いを浮かべ、思わせぶりに言葉を飲む。

「……」

池上は鎌を掛けてみた。

「お前が、昔所属していた暴力団の仲間とか」

「僕は暴力団に入ったことなんてないですよ。ヤクザとか暴力団、嫌いなんです。スマートじゃないから。上下関係も厳しいしね。杉崎さんも、そっちの世界の人間ではないと思いますよ。でも、まぁ、単なるカタギとも違って、ある意味では、もっとたちが悪いっていいますかね……」

沢口はまた、言葉を濁す。

池上は杉崎の姿を思い描きながら、

「杉崎は左手の革手袋を外さない。俺は、奴の指が欠けているのかと思っていた」

「あの人が、指を詰めたヤクザじゃないかって？」

沢口は馬鹿にしたように鼻で笑い、

「ある意味では……」

こちらをじっと見つめて、

「杉崎さんと池上は似ていますね」

池上には、沢口のいわんとすることが、わからなかった。

「何が、似てるって？」

「杉崎さんが、革手袋を外さないように、あなたもほとんどそのサングラスを外さない。こんな闇の中でもない限り、ね。一緒に働いて半年にもなるのに、僕はまだ、あなたの目をよく見たことがありません。いったい黒いレンズの向こうは、どうなっているのかな。猫の目みたいに瞳孔《どうこう》が細くなったり丸くなったりしてるんじゃないでしょうね。あなたは、何故サングラスを取らないのです」

「人相を知られたくない」

「だったら仮面でも被《かぶ》ったらどうです」

「不自然だろう」

「今でも充分不自然ですよ。いつでもどこでも誰の前でもサングラスを掛けている男なんてね」

池上は黙り込む。

「もっとも僕は、そんなことには興味もないが……」

沢口はどうでもよさそうにいい、話題を変えた。

「ついに月岡まことが自殺しましたね。あのノイローゼ坊や、いつか死ぬと思ってました

「あれは殺しかもしれん」

「あんな奴、殺してどうなるというんです？　生きてても死んでても変わりないじゃないですか」

「しかし謎のカードの件もある」

「〝ツキオカ〟ですか。ツキオカって、まさか、あのこと……なのかな。そう……」

池上は次の言葉を待ったが、沢口は続けようとしない。彼は一押ししてみた。

「知っているのか、沢口」

「いや、そういうわけでもないんです」

彼は曖昧に否定し、独り言のように付け加えた。

「そういや一年前には、あなたはまだ、中村さんに雇われていませんでしたものね」

「俺が来る前、何かあったんだな」

「あったといえばあったし、なかったといえばなかった。まぁ、あんなことは、……おそらく……今回の事件には何の関係もないと思いますよ」

「なら、いい」

池上はあっさりと引いた。

沢口のことはよく知っている。この男は、話したくないことは、決して話さない。

沢口は芝居気たっぷりに欠伸《あくび》を嚙み殺し、腕時計を見る。

「あーあ、もう午前零時を回ってしまいました。僕はもう寝ます。後の事は頼みましたよ。じゃ、おやすみなさい」

彼は背を向けると、廊下の向こうへ消えていった。

池上は監視用の部屋に入った。

ドアは開けたままにし、中村の寝室が見える位置に椅子をずらし、腰掛ける。それから室内を一通り見回した。

この部屋は比較的小さな空き部屋で、物置として使っているのか、使い古しの椅子やテーブルが積み重ねられていた。凍えるほどではないが、寒い。ヒーターを点火し、足元に暖かい風が来るように方向を変える。部屋全体が暖まることはない。密閉されていれば別だろうが、開かれたドアから忍び込む冷気は、空気を一瞬にして冷やしてしまう。暖房器など、気休めのようなものだ。

どのような事態にも対処できるように、神経を研ぎ澄ます。

辺り一面に、人の気配はない。

現実問題としては、沢口のいう通り、こんなところで中村清志を狙う輩はいないだろう。

しかし油断するべきでもない。寝ずの見張りも、これはこれで立派な仕事なのだ。プロならば、全力を尽くすべきだろう……が、しかし。

彼は自嘲する。

自分にはプロの矜持《きようじ》を語る資格などないのかもしれない。

いや、おそらく、ないと断言してよい。

それに。

集中力を欠いている。さっき見た沢口の横顔が、頭から離れないのだ。

何故こんなことになったのだろう。

昔のことを思い出したからだ。

薫。

それは池上が昔、愛した人の名だ。沢口は薫に似ている。今までも何度かそう思ったことがあるが、その度に無理に否定してきた。感傷に溺れるのが嫌だったからだ。しかし何故か今夜は、否定し切れない。

風が強く、家全体を揺すぶっている。

まるで、あの夜——池上が初めて薫と溶けあった、あの夜のようだった。

彼はその頃、製薬会社のガードマンをしていた。給料は安かったが、ボクサー崩れで、ヤクザの世界に一時足を突っ込んだ男にしては、願ってもない就職先だった。

思えばあの頃が、一番いい時代だったのかもしれない。

彼は場末の酒場に入り浸り、そこで働いていた女の家に通うようになった。佐藤暁美《さとうあけみ》という痩せこけた女で、いつも眠そうな目をしていた。煙草を日に三十本は吸った。薫は、彼女とはきょうだいだった。

暁美の家は築五十年の小さなボロ屋で、一歩足を踏み入れると、腐食した木の臭いがした。何度か足を運ぶうちに、薫とも顔を合わせたが、第一印象は希薄で、どんな切っ掛けで話し始めたのかは、覚えていない。高校生くらいの、顔立ちのきれいな子だ、としか思わなかった。最初のうちは、特別に意識もしなかったのだ。

興味が湧いたのは、ある日、薫の怪我を見てからだった。

白い頬に青痣《あおあざ》ができていた。殴られたのかもしれない。どうしたのか聞いてみたが、答えようとはしなかった。池上は放っておいた。どうでもいい気がした。

そのうちに、薫が一週間に二、三度怪我をしてくることに気づいた。

池上はその度に質問をした。珍しいことだった。彼は自分以外の者を気に掛けたことはない。暁美とのことも遊びだ。薫に質問をし続けること自体が、不思議だった。何故こだわりを持ち始めたのか、彼自身もわからなかった。

一カ月が経ち、二カ月が過ぎようという頃、薫はやっと口を開いた。何のことはない、クラスの連中からいじめに遭っていたのだ。理由はわからない。仲間外れにされ、屋上やトイレに呼ばれては暴行を受けた。

薫は、どうすることもできないと、泣いた。

自分の力では、どうにもならないのだ、と泣きわめいた。

そして池上にすがった。

白い頬を伝う涙は、真珠のように可憐で、池上の乾いた心に染み入った。彼は、その細い肩を抱き締めるうち、いつしか畳に押し倒し、唇を吸っていた。唇は柔らかい花びらのように香《かぐわ》しい匂いがした。薫は抱かれるのは初めてだったようだ。最初から最後まで泣いていた。畳の上に横たえられた細い裸体は、抜けるように青白かった。横顔の滑らかな頬を、涙が伝った。彼はその涙を唇で吸い取った。

夏の嵐の夜だった。

家の周りには、今夜のように、風が吹き荒れていた。

池上は復讐を開始した。

薫をいじめた相手の名前を調べだし、徹底的に痛めつけた。ただし、そのことを薫には告げなかった。気づいていたのかもしれないが、薫も何もいわなかった。

しかし、いじめは止まなかった。

悪性ウイルスのように、増殖していくだけだった。

薫は登校拒否になり、姉との諍《いさか》いが絶えなくなった。学校へ行け・行かないで、毎日のように対立した。池上と暁美の仲も、いつしか気まずくなり、やがて関係は消滅した。

その頃には、彼にとって、暁美より薫の方が、ずっと重要になっていた。

そんな時だ。薫がいなくなったのは。

そして——

今ではあの子には会うことすらできない。

吹き荒れる風の音が、ますます強くなってきたようだ。

窓ガラスが割れそうなほど揺れている。

柄にもなく、感傷に浸ってしまった。

沢口の顔を思い描く。

女のように整った横顔は、泣いていた薫の横顔と重なる。

だから池上は、沢口と言い合いになると、必ず引く。杉崎の件にしても、呑まざるを得なかった。文字通り、あの男には弱いのである。

彼はセンチメンタルな気分を振り切ろうと、サングラスの位置を直し、代議士の寝室のドアに意識を集中した。

すると。

ドアが微かに軋んだ。

内側からロックを外す音がし、ゆっくりと、何かを恐れるように、ドアが開かれていく。

いつしか池上の視線は、そこに釘付けになっていた。

八章　杉崎、閉じ込められる

騒々しい朝だった。

廊下に怒声が響き渡っている。

杉崎は目を開いた。

おかしな夢を見た。ベッドの横に顔から血を流した兵士が現れる。耳元で何かいっているのだが、聞き取れない。耳を澄ますと、彼はこう繰り返しているのだ。

釜が煮えたぎる。蓋が開いた。釜が煮えたぎる。蓋が開いた。釜が煮えたぎる……

その声が次第に高くなり、絶叫となった時、彼は覚醒した。

廊下の怒鳴り声が、そんな夢を生んだのかもしれない。

杉崎は時計を見る。午前六時三十分だ。

眠りに就いてから、四時間半ほどしか経っていない。

壁の向こうで男の怒声がした。

「どうしたってんだ!」

聞き覚えのある声だ。中村宏だろう。

「イラつくぜ。なんで電話が通じねえんだ」

相手がぼそぼそ答えたが、聞きとれなかった。誰かはわからない。

「ふざけるな!」

青年の叫び声に続き、打撃音がした。

何かが激突し、壁が揺れる。宏が相手を殴り飛ばしたのかもしれない。

騒々しい朝だ。

眠っているわけにもいかない。

杉崎は手早く着替え、ドアを開けた。

中村宏が顔を真っ赤にして仁王立ちになっている。

白目を剝いて、口を堅く結んでいた。金髪は乱れ、握り拳が震えている。全身から動物的な殺気を発散していた。

床に老人が倒れている。黒縁の眼鏡が飛んでいた。九一分けの白髪、浅野典文だった。

浅野は壁に手をつき、立ち上がろうとしていたが、腰に力が入らないらしい。鼻からは真っ赤な血が一筋流れている。老人は左手の甲で血を拭う。鮮血は止まらない。顎の辺りまで真っ赤になっていく。

杉崎は廊下に出て、宏にいう。

「静かにしてもらえないか。何があったというんだ」

無視された。

宏は老人に向かって一歩詰め、杉崎など眼中にないかのようにまくしたてる。

「ふざけんなよ、浅野！　電話が通じねえってのはどういうことなんだよ。これじゃどこにも連絡できねえだろうが」

浅野は、か細い声で答えた。

「ですからそれは……大雪のためかと思いますが……電線が切れてしまったのだと思います」

「何とかしろよ！」

「と、おっしゃられても」

「てめぇは管理人だ。管理人ってのはよ、使用人だろ。金で俺たちに雇われてるわけだ。だったらいう通りに仕事しろや、仕事をな。命令だ。すぐに直せ。電線が切れたのなら繋げろ。もたもたすんな。早くしろ」

「無理でございます」

浅野は、落ちた眼鏡に震える手を伸ばし、拾いあげた。宏はその手に目を遣りながら愚《ぐ》痴《ち》る。

「くそ、何てこった。今日も吹雪だぜ。ますますひどくなってきやがる。これじゃ雪上車も出せねえよ。帰れねえじゃねえか。今日は街で用事もあるってのによ。せめて電話でもできればと思えば、不通ときたぜ。いらつく。どうしてくれるんだよ、俺の時間を。一時間でいくら稼げると思ってるんだ」

宏はポケットから携帯電話を取り出し、ボタンを押し始めた。昨日自分で、携帯は通じないといったはずだ。案の定、

「駄目だぜ」

青年は携帯を床に叩きつけた。機体は大きく跳ね、何かの部品が飛んでいった。

宏は沸点に達したらしい。血走った目で浅野を睨み、大股に近づく。

こんな男に八つ当たりされてはかなわない。

彼なら衝動で人を殺すかもしれない。

杉崎は二人の間に入った。

宏と胸がぶつかった。視線が激突する。同じくらいの身長だった。青年の目は突き刺さるように鋭い。

杉崎は目に力を込めた。宏は二歩引く。下がったというより、間を取った感じだ。

「てめぇは、何なんだよ」

宏の目は赤かった。怒りのためというより、睡眠不足のように見えた。目の周りに隈《くま》ができている。杉崎は低い声でいった。

「動きが取れないくらいで腹を立てるな。電話が通じなかったからといって八つ当たりするな。この男を殴ったところで、吹雪が止むわけでも電話が通じるわけでもない。少しは我慢というものをしてみろ」

「説教垂れるんじゃねえよ、このクソオヤジが。ぶっ殺すぞ」

「人からいわれることに慣れろよ、小僧」

「てめぇ……」

「杉崎だ」

「どけよ、杉崎。用があるのはそっちのジジイだ。使用人になんて何をやってもいい。殴ろうが蹴ろうが俺の自由のはずだぜ」

「聞くところによれば、あんたの使用人じゃない。北条家の管理人のはずだ」

「電話が通じなくなったのは、こいつのミスだ。文句があるなら杉崎、てめぇが電話を繋げてみせろよ」

でたらめな論理で無理難題を押し付けてくる。杉崎は議論の不毛を感じた。

「できない。理由は三つある。第一に、この家の電話と電線の位置を知らん。第二に、故障箇所がわかっても直し方がわからん。第三にこうも間近でヤニ臭い息を吐きかけられては、あんたのために動く気にならん」

「意外とユーモアがあるじゃないか」

宏はニヤリと笑い、

「いい気になるなよ、オッサン」

緊張が極限まで高まった時、宏の後方から池上と沢口がやって来た。

杉崎の背後で、浅野が立ち上がる気配を感じる。

「何やってるんですか！」

後ろから甲高い声がした。北条美夜だ。

「朝っぱらから何を騒いでるんですか。どうしたの浅野さん、ひどい……血が出てますよ、誰がやったの、あなたね、宏さん」

彼女は浅野の傷の具合を確認してから、杉崎と並んだ。

「宏さん、どうしてこんなことをしたんですか」

「何で俺だと決めつける。見てもいねえくせによ」

「あなたしかいません」

「てめぇ、いいかげんにしろよ」

「どうしてすぐ暴力を振るうんですか」

「いらいらするからさ」

「老人を殴るなんて！」

「俺に説教を始めるなよ、いらつくからな。面白くねえ時は、弱いもんに八つ当たりするのが常識だろうが」

「人でなし！　あなた人間の屑よ」

「うるせえぜ、ひっこんでろよチビ」

宏の唇がいびつに歪んだ。右手が素早く動く。

杉崎は瞬間に美夜の肩を引き、自らは一歩前に出た。彼女の盾になった格好だ。

同時に、誰かが後ろから宏の手をつかむ。

沢口だった。

「宏さん」

白服の美青年はいった。前髪が垂れ、右目を隠している。

「宏さん、やめましょうや。浅野さんやお嬢さんを殴ってもどうなるもんじゃありませんやね」

宏は振り返り、

「てめぇ、汚ねえ手を放せよ」

沢口は首を振って、顔に掛かる髪を払う。

「宏さん、こらえてください。ここは引きましょう。冷静になってください。そして、できることを探すべきです」

宏は全身で沢口の手を振り払って、吠えた。

「くそっ！　どいつもこいつも」

そして沢口を睨み、

「てめぇには、何ができるってんだよ」

「雪上車の運転ができますよ。電話が駄目なら、動く。これから車を出すってのはどうです」

「この吹雪の中を？　正気か？　麓にたどり着けるわけがねぇ。遭難するのが落ちだぜ」

「やってみなけりゃ、わからんでしょう。少なくとも、ここで暴れてるよりはいい」

「責任を持って街まで連れていってくれるんだろうな」

「喜んで」

「なら決まりだ」

宏と沢口は踵を返した。

玄関に向かい廊下を進んでいく。一瞬にして、浅野や杉崎たちのことは、宏の頭から消えたようだ。切り替えが早いというより、何かが欠けているのだろう。

事態の進行を静観していた池上が、少し遅れて二人に続いた。

杉崎は美夜と目を合わせ、

「鶏みたいな奴だ」

と、つぶやいた。

その時、玄関の方から月岡サオリが歩いてきた。

「宏、どこへ行くの？」

「車庫」

「雪上車なら使えないよ」

宏と沢口、池上は足を止めた。

サオリは額の辺りに手をやる。長い髪がみごとなウェーブを描いていた。杉崎は、髪を撫でる彼女の右手に目を止めた。薬指に赤い指輪を嵌めている。親指の付け根に汚れがあった。拭きそこねたのか、墨で書いたような小さな丸が見える。墨というより、油の類いだろうか。白い指の小さな汚れが、妙に網膜に焼き付いた。

沢口が聞く。

「雪上車が使えないって、どういうことです」

サオリは両手を組み、

「故障してるのさ。動かないのよ」

「昨日はちゃんと走りましたよ」

「昨日は昨日さ。今朝はぴくりともしないわよ。嘘だと思うんなら、見てみれば」

彼女は投げやりに応答した。

「行ってみようぜ」

宏は沢口に同行を求めたのだが、全員が動いた。サオリですら引き返した。

玄関を出ると、雪が吹き荒れていた。

あまりの量の多さに、空の様子がよくわからない。風が積雪を吹き上げ、雪が全方向から降っているような感じだ。

宏を先頭に、玄関の向こうにある車庫まで走った。歩いていると、凍りつきそうだ。

車庫には窓がなく、薄暗かった。

浅野が電灯を点けると、弱い光が室内に染み渡る。かなり広く、雪上車が三台は収まりそうだ。壁の周囲には作り付けの棚があり、工具や清掃用具などが整然と並んでいる。中央に昨日乗った雪上車があり、その隣に家庭用の除雪機が置かれていた。

雪上車は一見、昨日見たままの姿で、そこにある。

沢口が乗り込み、スタータースイッチを入れる。エンジンは黙ったままだった。彼は何度か同じことを繰り返していたが、やがて、

「駄目ですね」

と、肩をすぼめて出てきた。

髪をしきりに掻きあげてはいたが、整った顔に変化はない。

池上が向こうを向いてサングラスを外し、エンジンフードを上げて、中をのぞき込んだ。

彼はしばらく調べていたが、

「これでは、動かん」

とかすれた声でいい、再びサングラスを掛け、顔を上げた。

杉崎には、どうでもいいことが気になった。池上は何故いつもサングラスを掛けているのだろう。今もサングラスを外したのは一瞬だけで、すぐに掛け直してしまった。まるで自分の目を、他人に見られるのを恐れるかのようだ。どうしてなのだろう。もしかしたら池上のサングラスは、杉崎の革手袋のようなものなのではないか。考え過ぎだろうか。

池上は、宏の方を見ながら説明を始めた。

「故障ではない。誰かが壊した。電気系統がめちゃくちゃだ。プラグもない。すべて外されている。バッテリー液まで、抜かれている」

「丁寧な仕事ですね」

沢口が茶化す。宏がわめき始めた。

「壊された、だと？　どういうことだ。これじゃ車が出せねえ。帰れねえだろうが。誰がやったんだよ」

彼は大声を出しながら、女を指差した。

「てめぇが壊したのか、サオリ」

「あたしが？　何でさ？」

「右手を見せてみな。親指の付け根に汚れが付いてる。油汚れだろ、それ。てめぇが車を壊した時に付いたんじゃねえのか」

杉崎はある意味、感心した。宏は粗暴《そぼう》なだけでなく、観察力や洞察力もあるらしい。

サオリは平然と笑みを浮かべ、右手を上げて、ひらひらさせた。

「ああ、これ」

左手の人差し指で汚れを擦り落とし、

「鍵は付きっ放しだったしね、雪上車のエンジンを掛けてみたら、動かないのよ。だから、調べてみたのさ。今、池上がやったのと同じようにしてね。油はその時付いたんだよ」

「エンジンフードを上げて調べた、だと。てめぇにメカのことがわかるのか」

「わかんないわよ。わかったのはぐちゃぐちゃになってることだけよ。だから故障だと思ったのさ。昨日の走行で無理をして、ボロいエンジンにとうとうガタが来たんだろうって」

宏は疑わしそうに聞く。

「壊されたとは思わなかったのか」

「全然。あたしメカに弱いもん。さっき廊下であった時も、〝故障してる〟っていったろ」

「嘘です」

美夜が口を出した。

「雪上車の仕組みに詳しくなくとも、故障したのか、壊されたかの区別くらいはつくはずです」

「頭の固いおチビちゃんだわね。壊されたと思っても、故障した程度にいっておいた方が、そつがないだろ」

「そういうのを、嘘つきというんです」

「物事にはね、差し障りのない言い方ってもんがあるんだよ。あんた、考えたことを、そのまま口に出しちまうタイプだろ。子供じゃあるまいし。だから馬鹿にされるんだよ。あんたには処世術ってもんがないのかね」

サオリは蔑むように美夜を見下ろした。

「ないわよね、世間知らずのお嬢さんだもの。その歳になるまで何不自由なく暮らせるなんてさ、うらやましいよ。ちっとは世間の荒波に揉まれなよ」

美夜が凄い目でサオリを睨んだ。二人の視線がぶつかる。

浅野が九一分けの白髪に手をやりながら、控えめに割って入った。鼻に当てたハンカチが真っ赤に染まっている。

「私は不思議なのですが……サオリ様」

垂れ目から涙がこぼれそうだ。

「何故早朝から、こんな所に──車庫などに来られたのです?」

「ひどい顔してるね、浅野。血なんか付けちゃってさ。あたしが雪上車を見に来て悪い?」

「こんな朝っぱら、からでございますか」

「眠れなかったんだよ、風がうるさくてね。一睡もできなかったのよ」

杉崎は彼女の充血した目を見つめた。目の周りに隈もできている。宏と同じだ。二人とも同じように目を腫らし、同じように急に帰りたがっている。眠れないほど風が騒がしかったとは、思えない。

サオリは両手を腰の辺りに当て、話し続けた。

「朝になったら急に帰りたくなったのよ。こんな家、もううんざりしたわ。だから車庫に来てみたってわけ」

「サオリ様は、麻二様と共に、一月一日まで滞在される予定だったのでは」

「だから、気が変わったのさ。あたしは帰る。麻二だけ置いてくよ」

沢口が割りこんだ。

「自分で雪上車を運転するつもりだったんですか」

サオリは、白服のボディガードに流し目を送り、

「あんたに運転してもらうつもりだったさ。でもエンジンを暖めないと、すぐに発進できないだろ。だからエンジンを掛けに来たのよ。でも掛からなかった。それで部屋に戻ろうとしたら、あんたらに会ったというわけよ」

沢口は疑わしそうに目を細めて、

「そんなに急いでいたんですか。妙ですね。まるで何かから逃げたいかのようだ」

美夜が低い声でいった。

「まさかあなたが、月岡まことさんを殺したんじゃないでしょうね」

サオリは、その言葉を完全に無視し、沢口に向かっていった。

「ああ、逃げたいよ。当たり前じゃないか。こんな雪の監獄の中に、長いこといるのはごめんだね」

「気持ちはわかるぜ」

宏が、いくらか落ちついた声でいい、

「俺だってうんざりしてるんだからな。池上、エンジンは直せねえのか」

池上は黙って首を横に振る。

「じゃ、どうなるんだ」

宏の目が再び険しくなった。

杉崎は暗い不安に囚われる。

その気持ちを代弁するかのように美夜が低い声でつぶやく。

「電話が通じず、雪上車も動かない。私たち、この家に閉じ込められたんですね、完全に。しかもこんな、乱暴な人達と一緒に……」

宏はその言葉など聞こえなかったかのように、

「こんなんじゃ、らちがあかねえ、何とかしろよ、池上、沢口、浅野」

浅野が誠実そのものの口調で答えた。

「方法は、あります。スキーを使うのでございます。ただし麓までたいへんな道のりでございますので、お勧めは致しかねますが」

「俺のスキーの腕前を舐めるなよ」

「失礼ですが、冬山を甘く見てはいけません。土地の者でも、スキーで走破するのは困難かと思います」

「じゃ、どうしろと？」

「電話が通じるようになるのをお待ちになる。それが賢明かと」

「救助隊でも呼ぶのか。何日先か、わからないだろうが」

「せめて晴れるのをお待ちください」

「冗談じゃねえ。今だ、今すぐ雪を止めてみせろ」

「そんな無理難題を」

「ふん、スキーがあるんだろ、見せてみろよ」

「この数年使っておりません。手入れを致しませんと」

「アホか。スキーなんて腐るもんじゃねえ。見せろよ」

老人はしぶしぶうなずいた。

杉崎たちは玄関の方へ向かった。

灰色の御影石《みかげいし》の短い階段を上った玄関ポーチに、中世風の角柱が付いている。この上部に、欄干を巡らせた石のバルコニーでもあれば、正にドイツの城だ。

その玄関の隣の、数歩離れた所に、スキーの乾燥室へのドアがある。

浅野が先導し、六人がそれに続いて進む。

朝の光は弱く、薄暗かった。この荒れ模様では、昼になっても暗いままだろう。空気は切るように冷たく、重い。誰も口を開かなかった。

老人がゆらり、と玄関から出てきた。

北条秋夫だった。

白く長い顎髭をなでている。目が落ち窪み、頬骨に薄い皮が張りついていた。骸骨のような顔だ。

「君たち、何をやっているのかね。朝からみんなで集まって」

美夜が答えた。

「たいへんなんです。電話が通じないの。それに、雪上車も壊されてしまって」

「それは……えらいことだな」

秋夫に慌てた様子はない。ひどく落ち着いた口調だった。

美夜は先を急ぐ宏に、非難の眼差しを注ぎながら、

「宏さんが帰るっていって、聞かないんです。スキーで下りるって」

「無理だ」

秋夫は静かにつぶやき、一同と行動を共にした。無理だといいつつも、宏を止める気はないようだ。説得できる相手ではないことを知っているのだろう。

全員が沈黙のうちに足を運ぶ。陰気な葬列のようだった。

浅野は乾燥室のドアを見て、怪訝な表情をした。

後ろから沢口が聞く。

「浅野さん、さっきの話と違うじゃないですか。スキーはこのところ使っていなかったんでしょう。ならば何故」

青年の目がドアを見据える。

「……扉が開いているんですか」

ドアは拳が入るくらいに開き、液体のような闇がのぞいていた。

浅野は掠れた声でいった。

「妙でございますな。昨日の夕方――五時くらいでございましたか、お屋敷の周りの除雪

をしながら、このドアも確認致しました。その時は、確かに閉まっておりましたが」

沢口が浅野の目をのぞきこむ。

「乾燥室のドアに鍵は付いていましたっけ」

「付いておりません。といいますか、古い南京錠が錆びついてしまい、付け替えるのを怠っていたのでございます。面目ない話ですが」

杉崎は首をひねった。

「乾燥室に入るには、このドアしかないのか」

「はい。家の中につながっている出入り口はありません」

「おかしな造りだな。部屋の一つには違いないのに、ここに入るにはわざわざ玄関を抜けて、一旦外へ出なければならないわけだ」

「車庫のような、別個の小屋と同じなのでございます」

美夜は浅野をフォローするつもりなのか、

「だから、施錠していなくても何の問題もないんです。ここから賊が入っても、せいぜいがスキーを盗るくらいで、家の中には入れないんですもの。もっとも、こんな山の中まで来る泥棒なんていないけど」

沢口は何度かうなずき、

「しかし誰でも中に入れたことには違いないですね。昨日の夕方から、今朝にかけて何者かが乾燥室に侵入した」

「そんな必要がございますか」

「例えば昨夜、スキーで帰ろうと考えた者がいた、とかですね。そいつはこんな家に閉じ込められるのにうんざりし、一人脱出を図った。そこで深夜に乾燥室に忍び込む。スキーを盗むためにね」

「真夜中の気温は零下になります。闇の中では方向感覚もつかめません。しかも嵐の夜でございますよ。夜中に麓まで下りるのは、自殺するようなものです」

「そいつは冬山の恐ろしさを知らなかったのかもしれない」

浅野は首を横に振った。

微かに震える手でノブを握り、恐れるように、静かにドアを開いていく。

彼は部屋に入ると、乾燥室の電灯のスイッチを入れた。

明かりが灯る。

「うわっ！」

浅野は叫んで尻餅をついた。後ずさりし、部屋の中を指差す。目を見開き、顎をがくがくと上下させた。

「あわ、あれ、うわ、あわわ……」

言葉にならない。

宏が乾燥室に駆け込み、浅野の前に立つ。皆の視線が室内に集中した。

八メートル四方くらいの総板張りの部屋だった。作り付けの棚の中に、様々なサイズと色のスキー靴が並んでいる。

しかし、肝心のスキーがない——と杉崎は思った。

いや正確にいうと、ないわけではない。かつてスキーだった物ならある。

今では、残骸に過ぎないとしても。

それらはすべて三つか四つに折られ、部屋中に散らばっていた。

誰かがスキーをへし折ったのだ。

それだけではない。

乾燥室にはもっと異様な物もあった。

死体だ。

部屋の中央に、体格のいい男が大の字になっている。顔中に皺が走り、目玉が転げ落ちそうなほど目を見開いていた。つながった濃い眉は八の字になっている。口に何か——白い紙のような物をくわえていた。

中村清志だった。

宏の父——代議士の、中村清志が死んでいる。

喉を切り裂かれた上に、体中に切り傷や刺し傷が走っていた。胸には大型ナイフが突き刺さっている。血の海に床板の半分が埋まっていた。乾きかけた、しかし充分に生ぐさい臭いが鼻孔を刺激する。

慣れない。

杉崎は何度も死者の血の臭いを嗅《か》いできた。

しかし、慣れない。慣れることが、できない。

浅野はまだ立ち上がれずにいた。美夜は両手で顔を覆い、小刻みに体を震わせている。

宏は呆然としているように見えた。池上と沢口は、植物のように静かに、ただ立っている。

サオリはドアに手を掛け、身を乗り出して部屋の中を見つめていた。

秋夫は一番後ろで、遠くから死体を見やっている。腰の少し曲がった立ち姿から、諦念《ていねん》のようなものが滲んでいた。人の死に、慣れているような感じだった。

宏が、死体に近づいていく。全員が静かに乾燥室へ入った。

息子は、動かぬ父の足元に立って、ズボンのポケットに両手を突っこむ。

「オヤジ……こんな姿になっちまいやがって。汚ねえことばかりやってるからだぜ。ろくな死に方はしねえと思ってたよ。因果応報《いんがおうほう》っていうんだぜ、この因業《いんごう》オヤジが」

ポケットから煙草を取り出す。彼は無表情に火を点けた。儀式のように数回ふかす。それから煙草を死体に向かって、無造作に投げ捨てた。火は服を焦がし、血の湿り気で消えた。

「あばよ、オヤジ」

彼はこちらに向き、両手を広げ、冷たく笑った。

「さて、どうする？　月岡まことと違ってよ、明らかに殺しだぜ。自分で喉をかっ切って、体中切りまくって、あげくの果てに胸を刺して自殺する奴なんかいやしねえ。これは殺人だ。で、どうする？　犯人捜しでもするかい」

池上が突然、動いた。

一息に死体のそばまで行く。宏はそれに目もくれなかった。杉崎は、池上の黒い姿を逐《ちく》一《いち》目で追う。

池上はしゃがみ、被害者が口にくわえていた紙をゆっくりと引き抜いた。唾液が糸を引いている。二つ折にされたハガキ大の紙を開く。彼はそれに、ゆっくりと目を通した。

池上はその紙を、宏に渡す。

宏は興味がなさそうに、読みあげた。

「ツキオカだって？　何のジョークだよ」

　彼はそれを丸めて捨てた。紙は杉崎の足元に転がる。杉崎は拾いあげ、開いてみた。画用紙らしい白い紙に下手な字で、〝ツキオカ〟と四文字書かれている。月岡まことの時と同じだ。杉崎は唾液で湿った紙を四つに畳み、ポケットに収めた。

「オヤジは――」

　宏は入り口際まで戻ってきて、一同を見回す。

「中村代議士様は殺された。で、どうする、浅野？」

　浅野は美夜にすがって立った。全身を小刻みに震わせている。

「わ、わかるわけがございません。どうしたらいいのでしょう。警察にも連絡できませんし」

「そうさ」

　サオリが口を出す。

「助けを呼ぶことも、逃げることもできないってわけだわ。八方塞《はっぽうふさ》がりよ。でも、どうってことない。殺人があった以上、犯人もいる。あたしたちの中に、人殺しがいるんだよ。だったら自分たちの力で見つけだすしかない。捜して、潰すしかない。つまり、戦うしかないってことかも」

のようだ。

投げやりな口調とは裏腹に、その目は輝いていた。八方塞がりの状況を楽しんでいるか
浅野が小さな声でつぶやく。

「昨日警察を呼んでおれば、このような事態は避けられたのでは――」

美夜が唐突にいった。

「この中に殺人者がいるかもしれないって、そんなことがある……かしら」

彼女は人の話を聞かず、自分の考えの中に沈潜《ちんせん》していたらしい。

その時、新たな男が乾燥室に入ってきた。

のっそりした、まだ若い男だ。首がなく、ボールのような体をしている。緑のセーター
が限界まで伸びていた。ざん切りのオカッパのような髪の中に、むくんだような蒼い顔が
ある。鈍重な目を眠そうに瞬いていた。頬は焼いた餅のように膨らみ、分厚い唇が半開き
になっている。

北条秋夫が驚いた顔でいった。

「一郎君か、珍しいな」

美夜があからさまに不快な顔をする。太った男は中村一郎――宏の兄らしい。

杉崎は美夜の耳元で囁《ささや》く。

「あんたの婚約者の登場か」

「馬鹿いわないでください」

彼女は即座に否定し、眉をひそめた。

杉崎は重ねて質問する。

「親父さんがいった、〝珍しいな〟とはどういう意味だ」

「前にいったでしょ。あの人、めったに自分の部屋の外に出ないんです。どうしてこんな所に来たのかしら。よりによって、自分の父親が殺されている場所に」

死体に近づこうとした一郎を、秋夫が制した。

「一郎君は見ないほうがいい」

浅野が一郎の進路を塞いだが、その必要はなかった。

一郎は秋夫の指示に従い、素直に入り口側まで戻る。指で頬を掻くと、周りを見回し、うう、ああ……と低く呻く。目付きはぼんやりとし、焦点を結んでいない。

沢口はしゃがみ、スキーの残骸を拾い上げ、何か確認していた。

杉崎は、この男何をやっているのだろう——と思う。

沢口は、やがて立ち上がり、美夜に向かっていった。

「サオリさんやお嬢さんは、犯人はこの中にいるっていいましたが、そうでしょうか」

「他の可能性があるんですか」

「僕たちの知らない、不審者みたいな奴が忍びこんでるのかもしれません。外部の者が殺ったのかも」

サオリが鼻を鳴らす。

「こんな人里離れた家に侵入者？　しかも、ひどい吹雪なのに？　そいつはきっと、白熊みたいな奴ね」

宏とサオリの目が合う。宏はにやけていた。

「白熊か、そりゃいい。北陸に白熊がいてもおかしくないご時世よ。なんたって全国各地にUMAが出てるってんだからな。あっちに大蛇、こっちに大蜘蛛、ここら辺りにも、何がいたっておかしくねえ。あーあ、俺も羽がありゃな、フフフフ、こんなくだらねえゴタゴタからおさらばして、町まで飛んでくんだがよ」

「やめなよ宏、こんな吹雪の中じゃ、いくらあんたでも、さ」

「わかってるよ、それに俺は濡れたくねえんだ」

杉崎は首をひねった。妙な会話だ。

「ともあれ――ですね」

何故か沢口がまとめた。

「僕たちは死体を抱え、動きがとれない。まさに極限状況にいるわけです。これからどうするか、何をしたらいいのか、考えなければなりません。三十分後に、どこか一か所に……場所は……そうですね、応接室にでも集まって、みんなで相談することにしましょう。いいですね？」

九章　杉崎、沢口に戸惑う

杉崎が応接室に入った時、部屋はがらんとしていた。

浅野と沢口しかいない。

乾燥室を出ると、人々はばらばらになった。美夜も頭痛がするからといって、自分の部屋に帰っていった。

予定の時間に集まったのは、ここにいる三人だけらしい。

板敷きの中央に灰色の絨毯を敷いた、広い応接室だった。

壁紙は度を越した植物模様で、超アールヌーボー調とでもいうべき内装だ。金輪に取り付けられたシャンデリアが、太い格縁の天井から吊り下がっている。南側に大きなアーチ状の出窓があった。ドイツの城の中にいるような錯覚さえ覚えそうだ。

沢口は緑のソファの背に両手を広げ、足を組んでいる。

浅野はその後ろに、寄り添うように立っていた。

電話が、作り付けの棚の隅に設置されているのが目に入る。

受話器を取ってみたが、何の音もしない。確かに故障している。

杉崎は浅野を見ていった。

「どこが壊れてるのかね。一見、異常はなさそうに見える」

「故障箇所は家の中にはないようでございます。戸外の電線が切れたのでしょう」

「こんな山奥にまで、よく電線が引けたものだ」

「旦那様のお力をもってすれば、不思議なこととはいえません」

「浅野さんは吹雪のために、断線したと考えているのか」

「この荒れ模様ですから」

「今までにもそんなことがあったのか」

「ございません」

「誰かが」沢口が口を挟み、「電線を切ったんじゃないですかね」

杉崎は立ったまま、青年に向かっていった。

「そんなことをして何になる」

「外部との連絡を絶ち、僕たちを閉じ込める。そして中村清志を殺す」

「そのために雪上車を壊し、スキーも折ったのか」

「そうですね」

「犯人の目的が中村清志を殺すことだったとすると、月岡まことは自殺したと?」

沢口はうなずく。

「と、僕は思いますね」

杉崎はポケットからカードを取り出した。

「中村清志の口に、これが差し込んであった」

カードを沢口に渡す。

「〝ツキオカ〟……ね。これが何か?」

沢口は馬鹿にしたような顔をしてカードを眺めている。浅野が後ろからのぞき込み、妙な顔をした。苦い物を嚙み、吐き出したい時のような表情だ。ツキオカに心当たりがあるのかもしれない。

杉崎は聞いてみた。

「浅野さん、ツキオカに思い当たることがあるのか」

「い、いえ、まったくございません」

明らかに狼狽している。心当たりがあると白状したようなものだ。しかし杉崎は、とりあえず追及しなかった。沢口に目を戻し、

「昨日の月岡まことの部屋にも、同様のカードがあった。書かれた文字は同じで、字体も似ているし、紙質も大きさも、そのカードに近い。まことが自殺する前に、自分の苗字を書いた、という説も出た」

「僕がそういいました」

「しかし今日も同様のカードが現れた。これはどういうことなのか」

「誰かが信号を発信している、ということですかね。私が二人を殺したんだ——とかね」

「あんたは、まことは自殺したと考えているんだろう？」

「だから仮に、の話ですよ」

「では、その際の、ツキオカの意味は」

「前言を撤回することになりますが、月岡まことのツキオカじゃないのかもしれませんね。ツキとオカか。詩か何かでしょうか」

杉崎はふと、月岡麻二を思い出した。今日はまだ、あの五分刈りを見ていない。

「月岡麻二の姿が見えなかったが」

「弟が死んだんだ。部屋に籠もって泣き濡れてるんでしょう。いずれにせよ、カードの文字は麻二やサオリやまことの苗字ではない、らしい」

「では何だ」

「わかりませんね」

杉崎は話題を変えた。

「中村清志を殺した凶器は、ナイフだったようだ。あのナイフに見覚えはあるか」

「ないですね。僕のじゃないし」

沢口は浅野を見上げ、答えを促した。

「そう……でございますね。わたくしも見たことはございません。この家にあった物とも思えませんし。どなたかが、護身用に持ち込まれたのではないでしょうか」

杉崎は疑問に思った。

「あんな大型ナイフを女が使うだろうか」

沢口が答える。

「どうですかね。最近の女は怖いですからねぇ。どんな武器を持ってても、おかしくはないですね」

「この家の中に殺人犯がいる。そいつが、二人を殺したと仮定する。何故、犯人は殺人法を変えたのか」

「どういうことです」

「月岡まことの場合は、殺してから自殺に見せかけた。中村清志の時は無造作に切り刻んで殺した。何故か」

「あくまで月岡まことの死が殺しだったとしての話ですよ――まこと殺しが、最初から明らかに殺人だとわかったら、まずかったんじゃないですか」

「どうして」

「犯人の目的が二人を次々と殺すことだったとしたら、第一の被害者は自殺と見られた方が都合がいい。第二の被害者を油断させることができるし、そいつが逃走できない状況を作る余裕も生まれる」

「ならどうして思わせ振りに、カードを残す？」

「わかりませんね。自己顕示欲からでしょうか。確かに矛盾してますね」

「犯人は雪上車を壊し、スキーを折った。電話も使えないようにしたかもしれない。代議士一人を殺すのに、我々全部を外部と遮断する必要があるのか」

「その方が犯行は楽でしょうね。第二の被害者は逃げ出すことも助けを呼ぶこともできないんですから。もっとも……」

沢口は凄い笑みを浮かべた。

「犯人は中村さんだけでなく、別の獲物も狙っているのかもしれない。奴はもう一人殺すかもしれないし、二人殺すかもしれない。いや、もしかしたら犯人は、僕たちを一人ずつ殺していく……僕たちを皆殺しにするつもりなのかもしれませんよ」

「全員を？　動機は」

「親の恨みとかね、その類いの大時代的な動機を持ってる奴がいる。――あり得ませんかね」

浅野の表情が一瞬曇ったのを、杉崎は見逃さなかった。

この管理人は、確かに何かを知っている。

杉崎は言葉を噛むように、ゆっくりといった。

「一族とその友人、関係者皆殺しか。そんなことを考える犯人は狂ってる。少なくとも、浮世離れしている。それに、閉じ込めたとしても、あんたや池上を簡単に殺せるとは思えない」

「あなたもね、杉崎さん、簡単に殺られる人じゃない。でも僕たち三人のうちの一人が犯人だったとしたら、どうです。例えばあなたなら、難なく全員殺せそうだ。でなきゃ、犯人は、よほどピントのボケた奴なのかもしれません。あるいは一種のシリアルキラーとかね……」

沢口は言葉を飲み、家の主のように杉崎に勧めた。

「立ち話もなんですから、座りませんか。それにしても僕と杉崎さんと浅野さんしか集まらなかったとはね。妙な組み合わせですよね」

杉崎は彼の向かいに掛けた。

青年の後ろにある飾り戸棚の金具が、シャンデリアの光を浴びて金色に輝いている。棚にはガレ風のガラス工芸や、誰の趣味なのかビスク・ドールや現代作家の人形が並べられていた。

こうして見ると、目の前の青年も、飾り物の人形の一つのように見える。作り物の鑑賞品のようにきれいで、隙がない。

沢口はわざとらしく溜め息をつき、

「これからの相談をするといってもこれではねぇ。何てまとまりのない集団なんだろう。小説でも映画でもこんな時は、結構まとまるもんなんじゃないですか。この家の人たちは、バラバラだ。みんな自分勝手ですよ。話し合いが苦手な連中が集まったんですかね」

「人に頼らない者ばかりらしい」

「あなたもそうでしょう」

「殺人者と一緒に閉じ込められたとなると話は別だ」

「慣れてるでしょう？　殺しには」

「あんたとは違うよ、沢口」

「ボディガードは殺し屋じゃない」

「あんたと池上が揃っていながら雇用主を殺られるとはな」

「二人いたのがまずかったんでしょう。お互いに牽制してましたからね。ただし僕のミスじゃないですよ。昨晩は池上が中村さんに張りついていたはずです」

「あの大男がミスを犯した？」

「不思議です。考えられません」

「どういうガードをしていたんだ」

「昨夜八時頃、中村さんは夕食をとりました。その時は二人で、さりげなく見張りました」

「家の中でも見張るのか」

「一応はね。あなたのような部外者もいますし」

「夕食の後は？」

「夜中の十二時頃まで、中村さんの部屋の前で話し、それから僕は寝室に戻りました。池上は一晩中、中村さんの部屋の前にいたはずです」

「では犯人が中村の部屋に忍び込み、寝込みを襲ったという可能性は」

「まず、ないですね。池上がいてはね。それに血痕の問題もある。中村さんの部屋をちょっとのぞいてから、ここに来たんですけど、血の跡はありませんでした。被害者を寝室で殺してから、乾燥室へ運んだという可能性は低いと思います」

「被害者は乾燥室で殺された、とする。彼は何故そこへ行ったのだろう」

「犯人に呼び出された。あるいは宏さんのように、いきなりスキーで帰りたくなった」

「真夜中にスキーで帰りたくなるか？」

「色々な人がいますからね。常識的には、そんなことを考える奴はいませんけどね」

杉崎は少し考えてから、

「犯人が何らかの理由を付けて被害者を呼び出したとする。中村は寝室を出、乾燥室へと向かう。この時、池上はどう動く」

「一緒に行くか、さりげなく跡を尾けるでしょうね」

「そして中村は、呼び出された部屋で、ナイフを持った犯人に襲われた。ボディガードなら、どうする」

「当然、阻止しますね」

「だが中村清志は殺害された。池上は何をしていたのか」

「本人に聞いてください」

「ということは、中村清志が乾燥室へ行った時、池上はついて行かなかったのだろうか」

「だから池上本人に聞いてくださいって。僕は関知していません。でも奴は、お供したと思いますがね」

「被害者が一人で行った可能性は」

「ないではありません」

「どんな場合?」

「中村さん自身が指示した場合。例えば女と会うからお前は来るな、と命令したとか」

「中村の女が、この家の中にいる?」

「知る限りでは、いませんね」

「乾燥室で、デートか」

「変わった趣味の持ち主ですね」

杉崎は乾燥室の様子を頭に描きながら、

「もう一つ、気になることがある。スキーが何本も破壊されていたが、殺人の前に折られたのか、後で折られたのか」

「殺人の後で折られたようです。僕は幾つかスキーの残骸を持ち上げてみましたが——」

杉崎は、乾燥室の床にしゃがみ込んで何か調べていた沢口の姿を思い出した。

「スキーの下の床にも、しっかりと血が付着してましたよ」

「流れたのではなく？」

「飛沫状のものも幾つかありました。その上のスキーに血痕はありません。血が飛び散ってから、スキーが床に投げ捨てられたということです。残骸がばらまかれてから、血が飛んだのなら、スキーの上に血が付いていると思います」

「犯人は殺人を犯してから、スキーを折ったということか」

「そう考えるのが自然です」

「乾燥室のスキーはどれも、三つか四つに折られていた。女にできるだろうか」

「力持ちの女だっているでしょ」

沢口は投げやりにいった。事件の検討に飽きてきたらしい。

青年は、思いついたように提案してきた。

「杉崎さん、中村清志の死体を埋めませんか」

「明らかな他殺死体だ。勝手にいじっていいのか」

「いいですね。腐らせておくよりはいい」

「そうかもしれんが……」

浅野を見ると、老人も控えめに同意した。

杉崎と沢口は乾燥室へ行き、代議士の死体を戸外へ運ぶ。

沢口は月岡まことが埋まっている場所の側に埋めるのがよかろうと提案した。

異議はない。

死体を埋めるのに時間は掛からなかった。

作業を終え、応接室に戻ると、浅野が紅茶をいれて待っていてくれた。

二人は無言でアッサムティーを啜る。

熱い紅茶が喉を下り、零下の大気が一気に体温を奪っていたことを再認識させた。

室内の温度で、窓ガラスは真っ白に曇っている。

体がわずかに温まり、杉崎はおもむろに口を開く。

「ボディガード、失業したな、沢口」

「今やあぶれ者ですよ、杉崎さん」

青年は足を組み替えた。

「また一緒に戦いますか、杉崎さん」

「また？」

「昔のように、再び共に戦いますか」

「いっていることがわからんな」

「杉崎さんは、傭兵だったでしょう。僕もそうだったんですよ」

杉崎は左手の革手袋にそっと触れた。

「……一緒に前線に出た覚えはない」

「僕は覚えてますけどね」

目の前の青年を改めて見直す。どう見ても二十代だろう。杉崎が戦場にいた頃は……

「俺が戦場にいた頃には、あんたはまだ子供だったはずだ」

沢口は夢を見るような目をした。

「あなたは忘れたんでしょうが、僕は覚えています。僕たちは同じ死線をくぐり抜けましたよ」

杉崎は過去を振り返る。

彼はパナマで傭兵になった。

米軍グリーンベレー司令部の置かれた地域で、第八特殊部隊が常駐していた。部隊の任務は他国の軍隊の訓練だった。

杉崎は雑多な人種が混じった三十数人と、訓練を受けた。英語は多少は話せたが、スペイン語もその時覚えた。言葉がわからなければ、死ぬのだ。訓練の間にも、死者が何人か出ていた。

それから杉崎はベネズエラへ行かされ、戦争屋の一派に加わった。紛争に手を貸し、報酬次第で何でもした。二百人ほどのメンバーだった。大佐と呼ばれる男が指揮を執っていた。

傭兵をしていたのは、二十代後半から三十代前半にかけての四年間になる。

その頃出会った二百人の兵士の中には、沢口——ただし今の沢口——に似た男もいたかもしれない。

しかし、はっきりした記憶はなかった。

「覚えていますか、杉崎さん。ディーコン大佐を。全身筋肉の塊のような五十男だった。下唇が半分欠けていてね、興奮すると涎が垂れるんです。それがまた、怖くてね」

確かに杉崎を指揮していたのも、そのディーコンだった。

「僕は補充要員として入ったんです。砂漠やジャングルでの戦闘は苛酷ですからね、ばたばたと兵士が死んでいく。欠員を絶えず補充していなければ話にならない。だからあなたが、僕の顔を覚えていなくても、無理はないんです。あの頃の杉崎さんは若かった。若くて、まだ野獣みたいにギラギラしてましたよ。僕にはそれが眩しくてね」

眩しくなどなかったはずだ。

杉崎は暗い情念に振り回されるように戦い、殺した。

「その頃の杉崎さんは、とても冷たい人に見えました。すべての人間を、世界を、自分さえも、切り捨てているようだった。まるで獣のようでした。でもそれは、少し違ったんですね。僕は、ある戦闘中、体中に銃弾を受けて倒れました。覚えていませんか？　あなたは血みどろの僕を背負って、基地まで連れ帰ってくれたんです。意外でした。まさかあなたが僕を助けるなんてね。そういうことをする人からは、最も遠い人に見えましたから。普通なら、命の恩人ってとこですね」

普通なら、とはどういう意味だろうか。しかし杉崎にはもっと不可解なことがあった。

「少年兵を背負ったことはない」

「青年ならあるでしょう、僕くらいの」

「何度かは」

「そのうちの一人が僕です」

「あり得ない。あんたが年を取らないのでない限り」

「僕は年を取らないんですよ」

沢口は牙のような歯を出して笑った。

「あんた、不死身の怪物か、沢口」

「そうですよ。杉崎さんが助けてくれなくとも、放っておけば回復したはずです。タフですからね、僕は。あなたのやったことは、本当は余計なお世話だった。でも僕は……」

沢口の目が杉崎の目を捉えた。

「感動した。心を動かされたんです。ひどい修羅場の中、ぼろきれのような僕を背負って逃げた、杉崎さんにね。戦場であんな無謀な人助けができる人なんて、あなたしかいない。お人よし、おせっかい焼き——はっきりいって馬鹿だ。あれじゃ命がいくつあっても足りない。でも僕には感涙ものだった。同時に、この人は戦う人じゃないって思いました」

だから戦場を去った。

「今でも感謝していますよ。この借りはいつか、きっと返します」

杉崎は沢口の意図を図りかねていた。

彼のいうことが、まったくデタラメだとも思えない。

ディーコンの名が出てきた以上、杉崎の過去を知っていることは疑いない。しかし年をとらぬ人間がいるはずもなかった。

ならば……やはり、杉崎に助けられたというのは作り話なのか。

では何故——

「そんな作り話をする?」

沢口はうつむき、伏し目になった。

「作り話じゃありません。ホントです。感謝していると、本心をいってもいます。心から好きだといっても信じてもらえない、下手な女たらしの心境になってきましたよ」

「勘弁してくれないか」

「ま、簡単に信じてもらえるとも思ってませんがね」

沢口は目を閉じ、微笑を浮かべた。

浅野が、万引きを見つけられた少年のようにそわそわしている。

杉崎は呼びかけた。

「どうかしたのか、浅野さん」

「い、いいえ、大したことではないのかもしれませんが、妙なことに気づきました。とても奇妙なことなのです。いや、昨日から大変な事件が連続しているので、それに比べればささいなことかもしれませんが、それにしても……」

沢口が子供を叱るようにいった。

「はっきりいってくれませんか。まだるっこしいですよ」

「はい、沢口様。実はブロンズ像がないのでございます」

「ブロンズ？」沢口はいぶかしげにうなずき、室内を見回し、「ああ、あれですか。確かに見当たりませんね」

浅野は杉崎に向かって説明した。

「この部屋の隅にヴィーナスのブロンズ像が設置されておりました。そっちの、東側の隅……、そう、そこでございます。今は展示台しかございませんでしょう？　その上に一・五メートルくらいの裸像が立っていたのでございます。その像が消えました。不思議です。あんな物を持っていって、何に使うというのでしょう」

沈黙が生まれた。

応接室からヴィーナスのブロンズ像が消えたという。

予想外の事件をどう考えたらいいかわからない。

殺人に比べれば、大したことではないような気もする。

誰も意見を述べる者はなかった。

しばらくして、沢口が「屋敷の中を調べませんか」と提案した。

「一応家の中を確認した方がいい。不審者が潜んでいるかもしれませんよ、杉崎さん」

「外部からの侵入者がいるとは思えない」

「可能性がある限り、当たってみるべきです。念には念を」

「警察官みたいだな」

「自分の身を守りたいだけですよ」

「何故池上と組まない？」

「あいつ、まともじゃない」

「それが池上だろう」

「プロっぽくないんです。雇用主は殺されちまうし、最近は話しかけても反応が悪いし。ま、もともと無口な男ではありますがね。奴より杉崎さんの方が頼りになります」

浅野の案内で、家の中を調べていった。

部屋の数だけで三十以上ある。人手が足りず、充分な調査ができない。家人や客が使っている部屋はのぞかないことにした。沢口いわく「僕たちに捜査権はありませんからね」ということだ。

一巡したところ、異状はない。ドアや窓に侵入者の形跡もなかった。杉崎は間取りを頭に叩きこみ、誰がどの部屋を使っているかを記憶した。

応接間の前で、解散することにした。

浅野は、とぼとぼと廊下の向こうへ消えていく。

別れ際、沢口がいう。

「どうやら外部から入ってきた者はいないようです。雪女や雪男のようなモンスターも含めてね」

それから彼は、大真面目な口調で付け加えた。

「雪女と雪男って、字で書くと同類みたいだけど、絵で描くと全然違いますよね。一方は和服の美女、一方は毛むくじゃらな獣」

「面白いことをいう男だな」

「ありがとうございます」

「しかし、最悪の展開だな、沢口」

「何が、です？」

「犯人はこの家の中にいる、俺たちの知っている人間ということになりそうだ」

「最良の展開ですよ、杉崎さん」

「何故だ？」

「この家の人間なら、わかる。わかる奴なら、殺せる」

杉崎がのぞき込むと、青年は薄ら笑いを浮かべた。

「クールだな、沢口」

「自分が可愛い、みんなそうでしょう。僕にはもうガードする対象もいませんしね。その意味では……」

彼は杉崎を流し目で見て、

「あなたの方が大変だ。ちっちゃなお嬢さんをガードしなきゃなりませんからね。犯人は僕たち全員を殺そうとする可能性もあるのだから、お姫様のナイト役はきついですよ」

「皆殺し……か。殺人鬼だな、まるで」

「注意を怠らないことです」

「その殺人鬼は、あんたかもしれないわけだ、沢口」

「そうですね」

青年はフフと鼻で笑って、

「僕にも充分気をつけることです」

沢口は手を振って消えていった。

十章　浅野、怪物を語る

浅野典文は弟を思った。

彼の弟は康文《やすふみ》といった。

どうしようもない弟だった。落ち着きがなく、いつもそわそわしていた。あの男の近くには高価な物を置いておけなかった。すぐに盗まれるからだ。生まれながらの泥棒のような男だった。しかし、そそっかしそうな素振りとは裏腹に、しぶとさや忍耐力を持ってもいた。その意味では、自分と似ている。

康文は定職にも就かず、空き巣や置き引き、恐喝を繰り返し、何度も逮捕された。ひどい男であり、一族の嫌われ者、やっかい者だった。

しかし人間、生きていれば使い道もある。

人間など、要は操《あやつ》り方次第なのだ……

浅野は自分が非力であることを知っている。

昔からそうだった。だから他人を利用することを覚えた。子供の頃は、自分をいじめた相手を、よく康文に痛め付けさせたものだ。あんな弟でも、使い道はあったのだ。

彼は康文のことを頭から追い払う。

応接室で杉崎たちと別れてから、自室で一服した。それから乾燥室へ行ってみた。杉崎たちが片付けたため、死体は既にない。床に散らばるスキーの残骸をどうするか考えた。常識的には、そのままにしておくべきだろう。しかし死体すら処理してあるのだ。掃除しても差し支えあるまい。彼は折られたスキーを一か所にまとめ、少し迷ってから床を拭いた。

掃除を終えてから、自室に戻ってきた。

日記を付け始める。

事件を記録していく。いつかは警察が来る。その時のために、ことの顚末《てんまつ》を書いておいた方がいい。いろいろな意味で、その方が都合がいい。

ノートに、活字のようにきっちりとした字が綴られていく。

ページが半分ほど埋まった時、ドアがノックされた。

入ってきたのは杉崎だった。

この男は苦手だ。容姿は端正で、鄙《ひな》には稀ないい男の部類に入るだろう。しかし、油断がならない。おとなしそうに見えて、時に凶暴なムードを滲ませる。体も引きしまっていた。敵に回したら、やっかいな男だろう。ある意味では、池上や沢口よりも扱いにくいかもしれない。あのボディガードたちなら、ある程度行動の予測が付く。しかし杉崎は、読めない。何を考えているのか、わからない。

「杉崎様、どうされたのです？　顔色がよろしくないようでございますが」

「様はやめてくれよ。杉崎でいい」

杉崎は少し投げやりにいい、言葉を継いだ。

「浅野さん、話がある。ちょっと、いいか」

浅野は顎を引いた。頬がやや痙攣する。

椅子を示し、杉崎を座らせた。部屋の中央に小さな丸テーブルがある。浅野はペンを置き、書き物机から離れ、杉崎の向かいに座った。

杉崎は足を組み、唇を一本に結んで、厳しい目で周りを見回している。浅野は黙って言葉を待つ。来訪者は壁に掛けられた写真を見ながらいった。

「山が好きなのか」

話がある、といいながら、すぐに核心に入る気はないようだ。

浅野は様子を見ることにした。

壁には、額装された写真が四枚飾ってある。うち二枚は山岳写真だった。

「山登りが好きだったのでございます」

彼は自分の足を見て、

「今の体力では、もう登ることもできないでしょうが、誰でも歩けるような登攀《とうはん》コースを、景色を楽しみながら、ゆっくり進むのは最高です」

「まだ体は動きそうだが」

「いいえ。しかし山には、もう一度くらい行ってみたいと、いつも思っているのです」

「行くも行かないも、既に山の中に住んでいるじゃないか。こんな山奥の家の使用人など、あんたでなければ勤まらんだろう」

「確かに苦にはなりません。この家に何カ月籠もろうと平気です。私は自然が好きですので。この辺りは、絶景とはいえませんが、夏には夏、冬には冬、それぞれの姿で目を楽しませてくれます」

話しながら浅野は、杉崎の目付きが変わっているのに気づいた。

眼差しが鋭さを増している。しかしいつから変わったのだろう。浅野の話を聞いているふうでもない。

杉崎の視線を追う。

山岳写真を見ているのではないようだ。他の写真を睨んでいるらしい。正確にどの写真を見ているのかは、わからない。

「杉崎様、どうかなさいましたか」

「様はやめてくれ」

少しきつい口調だった。

浅野の体が瞬間、硬直する。

杉崎はすぐに静かな物言いに戻り、

「浅野さん、あんた……」

それから、言葉を飲んだように思えた。

「動物が好きなのか」

拍子抜けした。そんなことを聞きたかったのだろうか。

杉崎は何か別のことを言いかけて、やめたように思える。

「動物？　可愛いと思いますよ。しかし杉崎……様、何故ですか」

「カメレオンの写真が貼ってある」

四枚の写真のうち、一枚はカメレオンの写真だった。緑色のカメレオンが朱色の舌を伸ばし、蝿《はえ》か何かを捕っている。

浅野はそれに目を遣りながら、

「アンナでございますね」

「アンナ？」

「ペットの名前でございます。私はこの家に来る前は高崎で働いておりました。その頃、カメレオンを飼っていたのでございます。愛しい奴でしたが、死にました。もう三年前になるでしょうか」

「爬虫類が好きなのか」

「蛇は嫌いでございます。足がありませんので」

「足がない？」

「だから、カメレオンやトカゲは好きでございます。足がありますので」

杉崎の表情が緩む。

「浅野さん、あんたもよくわからん人だな」

少し間を置き、

「あんた、人間嫌いか」

「人は嫌いではありませんが、苦手でございます」

「動物の方が好きだと。しかも足のある生き物に限り？」

「そうです。例えば、狼ならどんなにいいかと思います」

「どうして」

浅野は窓から外を見て、

「北極圏に棲《す》む狼は、零下何十度のブリザードの中でも、吹きさらしの原野に眠るそうです。狼に生まれていれば、この程度の嵐など、何の問題にもなりません。吹雪の山荘に閉じ込められようとも、いつでも脱出できるわけです」

口調がいつもより軽くなった。動物について話すのは得意なのだ。

杉崎も軽口を叩く。

「あんた、狼男なら良かったのにな」

「狼男……」

浅野は真面目に考え込んだ。

「私はいつも思うのですが、狼男とは……狼女でもいいんですが、人が狼になったものなのでしょうか、狼が人になったものなのでしょうか」

おかしな質問だ、と自分でも思う。

杉崎は、少し考えてから答えた。

「人が狼になる――のかな」

「そうですね。大部分の物語は、人が狼になる、という方向性を持ちます。その登場人物は、普段は人間としての意識がある。しかし月夜になると、狼男になってしまう。そして悪虐無道の限りを尽くしてしまうのです。この〝しまう〟という点が問題で、彼らの逸脱は自ら望んだものではありません。だから狼男は、残虐な犯罪を犯し、人間に戻ってから思い悩んだりします。彼らは悲しむ化け物なのです」

浅野は、自分の口が滑らかになっていることに気づきつつ、

「ユニバーサル映画なんかでは特にそうですね。彼ら二本足の狼男は、他の狼男に噛まれたり、呪いに掛かったりしてモンスターになってしまいます。狼男は哀れな被害者というべきで、我々にも同情すべき余地を残しているのです。しかし古来から伝わる〝人狼〟となると話は少し違う」

「人狼？」

「ウィアウルフ。こちらは自分の意志で、四本足の狼に変身し、普段満たされぬ暗い欲望を満たそうとします」

「暗い欲望？」

「殺人とか強姦とかです」

「二本足と四本足の違いか。しかし、どちらの場合にも、人間が動物に変身することに変

わりはない」

「作者が、我々人間だからでしょう。だからどうしても人の視点が入り込む。狼男を人間でも動物でもない、まったくの異種族として描く場合でも、人の視点が入ることは避けられない。しかし、私は思うのです」

彼は夢中で話し続けた。

「狼男は完璧な異種族などではなく、人間が狼になるのでもなく、仮に狼が人間に変身するるのだったとしたら、どうでしょう。月の出る夜だけ、彼らは本当の姿でいることができ、それ以外は——自らの意志に反して——変身してしまうのだったとしたなら。彼らにとって、それは良いことなのか、悪いことなのか。狼は人になることを、喜ぶのでしょうか。もしかしたら、動物にとって、人間になることは、我々が動物になること以上に、怖いことなのではないでしょうか」

「なるほどね」

杉崎は顎に手をやり、

「しかし、まさか、世の中で人間が一番怖い、などといいたいわけではあるまいね」

「まさか。その結論に至るには論理の飛躍があり過ぎますし、また、そう思うのは人間の思い上がりです。私は変身の恐怖を語っているに過ぎません」

「あんたの話を聞いているうちに、『モロー博士の島』を思い出したよ」

「ウェルズですね。お読みになりましたか」

「学生時代にね。よく覚えているよ」

「ドクター・モローが絶海の孤島で、動物を人間に改造している、という内容です。その改造人間たちは、モローを主とし、疑似人間生活を営んでいるが、いつしか退化を始め、獣性を取り戻し、ついにはモローを死に至らせます」

「物語の主人公は、島に漂流してきた男だ。彼は、様々な怪物の姿を見て、こんなふうに思う。怪物が哀れで、博士は残酷だ。改造される前は、怪物たちは動物として、自然の中で幸せに暮らしていた。それが今は、人間性などという無駄な拘束を受けた上に、人間社会の法にまで縛られている。人類になど近づいたばかりに、彼らの疑似人間生活は、苦しみだけだ」

「だから改造人間は、モロー博士を殺すに至るのです」

「ならば、人間になった狼も、幸福ではないだろうね。彼らは月夜の晩だけ幸せでいられ、残りの時間を地獄で過ごす」

浅野はうなずき、いささか唐突に、思いつきを述べた。

「西洋の怪物で特徴的なのは、人間への指向性がある点です」

「どういうことだね」

「モロー博士は動物を改造し、人間にしようとした。フランケンシュタインは死体を寄せ集めて、人間を造ろうとした。彼らは怪物を作りたかったのではない。人間を造ることを目指し、結果的に怪物を生んでしまったのです」

「何故そんなことになるのだろう」

「何故そんな物語の構造になるのだろう、という意味なら、想像がつきます。西洋人には無意識のうちに宗教が刷り込まれています。思い出してほしいのは、キリスト教徒にとって、人を造るということは、あくまでも神の行為だということです。だから人が人を作ろうとしたら、できそこないの人間――すなわち怪物にならざるを得ない。そうでなければ神の立つ瀬がありません。『モロー博士の島』が発表された当時、批判的な評価が多かったのも、動物改造による人間創造というテーマが、瀆神《とくしん》的だったからでしょう。キリスト教はもともと、神と人間と動物の間に一線を画します。断絶しているからこそ、人は神を信仰できます。動物と境界線が引けるから、人としての矜持が保てるのです」

「ダーウィンの進化論なんかも、その点では瀆神的だったわけだ。人間が動物から進化したものだとしたら、いずれは神になれるかもしれない。つまりと人と神とは断絶していない。というより、動物から人間に至る進化が偶然によるものであったとするなら、それは神の摂理によるものですらないことになる。すなわち、神そのものが存在しない、かもしれない」

浅野はうなずき、

「それ故、ダーウィンの進化論は西洋人に衝撃を与え、ウエルズにも影響を及ぼしました。モロー博士は、動物を人間に進化させることにより、神になろうとしたのです。つまり、モローやフランケンシュタインは、新たな神なのです。神に成り代わろうとしたものは、当然、神によって罰せられねばなりません。だからモローは、自らの創造物によって殺されるのです。キリスト教が染み込んだ作者の手に掛かれば、そんな物語にならざるを得ないのです」

「単に、収まりがいいだけのことかもしれんがね」

「どういう意味ですか」

「そのオチを付けると、いかにもストーリーとしてのまとまりがいい」

「なるほど。ところでオチといえば『モロー博士の島』のラストは覚えていますか」

「確か、主人公がイギリスに帰ってくる」

「そして、いつも恐怖に襲われるようになります。出会う男も女も、一見、人間に思える。しかし、その正体は改造された獣ではないか。いつかは退化して、獣としての正体を現すのではないだろうか。主人公は、いつもそんな不安に囚われるようになるのです」

「誰も彼もが、動物人間に見えるか。一種の病気だね」

「そうでしょうか」

浅野は生真面目な声で、

「私には時々、人がケダモノじみて見えることがあります。〝動物〟ではなく、〝ケダモノ〟です」

「あんた、やっぱり人間嫌いだ」

「ここだけの話ですが、例えば、宏様は猛禽《もうきん》類に見えます」

いい過ぎだろうか？

しかし杉崎は認めた。

「確かにトリっぽいな」

浅野は少し調子づいて、

「サオリ様は蛇っぽいし、沢口様は狼みたいです」

「女性に対し、蛇というのはひどくないか」

杉崎は左手をポケットに隠し、

「で、俺は何に見えるね」

浅野は隠された手が、何故か気になったが、

「杉崎様は……そうですね……」

まじまじと相手の顔を眺め、観察してみる。癖のない、整った顔だ。

「……人間以外には見えません」

「ありがとう」

「特に褒《ほ》めているわけでもございませんが」

杉崎がつぶやくようにいう。

「誰も彼もが動物人間、いわゆる怪物……」

彼はどこか遠い目をして、

「浅野さん、あんたが考えるに、怪物とは？」

「よくわからない生き物で、醜くて、気持ち悪くて、怖いものですね」

杉崎は不可思議な笑みを浮かべた。

自嘲を込めたような声で、こちらの意見を反復する。

「なるほど……怪物とは、正体不明であり、醜悪で不快で恐怖を与えるもの、というわけだ」

言葉に苦渋《くじゅう》が満ちていた。

浅野は、その理由がわからぬままに話を続ける。

「想像上の産物が多いのですが、昔は異形の生物も、怪物とされていました」

「異形の生物？　二つ頭のある蛇とか？」

「西洋では、そういった普通の形でないものもモンスターだったのです。あるいは形は同じでも、極端に大きいものとか、小さいものも」

「巨人とか小人？」

「そして、いくつかの生物を混合したもの。例えばドラゴンとか、ラミア」

「ラミア？」

「ラミアは様々なものに変身するという吸血の美女です。最も知られているのは、下半身が大蛇で、上半身が美女という姿です」

「蛇女か」

「鱗《うろこ》に覆われた、人面の四足獣として描かれることもあります」

「そいつは、どんなものに変身できるんだ？」

「例えば、非の打ちどころのない美女になります。ギリシアのコリントの若者・リュシウスは、ラミアに誘惑され、結婚の約束までしてしまったといいます」

「けっこうロマンティックな話だな」

「ネッシーや雪男だって、別の意味でロマンティックではないでしょうか。彼らは、地球の遥《はる》かな歴史の中で、実在していた生物なのかもしれないんですから」

「怪物は古代生物の生き残りである、という説か。いつからそんな概念が生まれたんだろうね」

「それは、ですね……」

杉崎の顔をうかがった。彼は興味深そうな顔をしている。

「ちょっと講義してもいいですか？」

「どうぞ」

「怪物に関する記録は大昔から残されています。ギリシア時代から中世にかけて、怪物は、当時未知の世界であったアジアやアフリカの自然誌や紀行文の中に登場しました。有名なのはプリニウスの『博物誌』と、アレクサンドリアで成立した『動物誌』です」

「それらには、どんなモンスターが載っているのかね」

「前者には、口のない怪物であるアストミ、顔が胸についているブレムミュアエなどが出てきます。後者には一角獣や人魚が登場しています」

「中世以降はどうなっていく？」

「十五、十六世紀になると、宗教改革の混乱の中で、終末を告げる異兆としての怪物の記述が現れてきます。リュコステネスによって『異兆と証された年代記』が著され、ルターとメランヒトンがこれを宗教論争に利用しました」

「近代的な生物学が勃興するのはその後だね」

「そうですね。ゲスナーやパレの生物学は確かに新しい学問でしたが、その著作の中にはグリフォンやドラゴンの記述が見られます」

「実在の生物として？」

「そうです。架空の動物が消え去ったのは十八世紀のことです。リンネの分類体系には、まだサテュロスなどがしぶとく残っていますが、ビュフォンの『博物誌』からは、怪物は完全に姿を消しました」

「では、怪物の正体は古代生物だという説は？」

「十九世紀から出始めました。ラマルクという博物学者が、古代生物が今も存在するはずだ、といい出したのです」

「それが、現代のネッシーの目撃談にもつながっているわけだ。にしても浅野さん――」

杉崎は、こちらをじっと見つめ、

「あんた、怪物博士か」

「最近、UMAの目撃例が多いから、モンスターについて調べてみたのです。例えば、怪物の語源となったラテン語のモンストルムなのですが、……杉崎さん、どんな意味だか知っていますか。それは元来、兆候や警告を意味する言葉だったのですよ。つまりモンスターとは、災いの近いことを予言し、喧伝《けんでん》するための信号なのです。人々が怪物を恐れるのは姿形が怖いからだけではなく、それが大災害を予告しているからだ、というわけです」

「本邦の〝くだん〟を思い出すね。牛の頭を持ち、未来の災厄を予言するという」

「黙示録に現れる獣……とか、ですね」

杉崎は何度かうなずいてから、黙り込む。

浅野は、楽しい時間は終わりかな、と思う。

こんな話を続けて何になろう。

杉崎は再び壁の写真――アンナ――に目を戻している。

彼はさりげなく聞いてきた。

「カメレオンは皮膚の色を環境に合わせて変えるという。どの程度変わるのかね」

「保護色でございますか。そう……でございますね。まったく見分けがつかない、というほどには変化しません。草木が、もしゃもしゃと生い茂っている場所なら、なかなか見つけられないでしょうが」

杉崎はうなずきながらいった。

「カメレオンは緑色か？」

妙な質問だ。杉崎は写真を見つめている。質問というより自問だったのかもしれない。

しかし何故そんなことが気にかかるのか。当たり前ではないか。浅野も写真を注視する。

肉厚の緑葉に乗ったカメレオンが——緑色ではなく——別の、おかしな色に写っているのだろうか。いや、写真に異常な点はない。おかしいのは杉崎だ。

杉崎は、何かを思い浮かべるように遠い目をしている。

浅野が対応できずにいると、杉崎は話題を変えてきた。

「浅野さん、あんた自分の写真を飾ってるのか」

「そ、そうでございますよ」

浅野はとっさに答え、

「いけませんか？」

「いけないことはない。だが、そんなタイプには見えなかったんでね」

カメレオンの写真の隣に、男の写真が貼ってあった。

ぼさぼさの髪の下に、垂れ目がある。細い鼻をしていた。白いシャツを着た男は、庭にしゃがみ込んで作業している。木製の椅子に黄色のペンキを塗っているのだ。ハケを持つ左手の袖が黄色く汚れていた。男はいびつな笑いを浮かべて、カメラのレンズを睨んでいる。

「人相が悪いな、この浅野さんは」

「寝不足だったのでございましょう。時代劇の極悪人みたいな顔で写っております」

「髪もぼさぼさだ」

杉崎は、浅野のきっちりした九一分けの白髪を見ている。

「日曜大工の写真ですから。お休みの日には髪を整えない日もございます」

「何年前の写真かね」

「さて……アンナが死ぬ前だったことには違いないのですが、四、五年前でしょうか」

「あんたが二人いるようだ」

「だとしたら、どんなに楽でございましょう。仕事も分担してできますし」

「いやな仕事、大変な仕事は押しつけることができる」

「この家の方々はわがまま……いいえ、独自の考えで行動される方が多いので、猫の手も借りたいくらいでございます」

「だろうな。ところで――」

杉崎の視線が真っすぐに突き刺さってくる。

「本題だが」

嫌な予感がした。

杉崎は、やっと核心に触れるつもりらしい。ここに至るまで、ずいぶん時間を要したものだ。

「単刀直入に聞く。犯行現場に残されたカードの意味を教えてほしい」

「おっしゃることがわかりませんが」

「カードに書かれたツキオカの文字には、どんな意味があるのか」

浅野は即答した。

「見当もつきません」

杉崎はのぞき込むような目をする。

「いや、あんたは何かを知っている。ないし自分では何かを知っていると考えている。ツキオカとは――」

浅野は、頬がひきつるのを感じる。

「――地名の月岡のことではないのかね」

「地名……でございますか」

言葉が、やっと口を突いて出た。杉崎の視線は刺さるようだ。

「月岡温泉のある、県北の月岡だよ」

浅野は一つ、息を吐いた。杉崎の勘は鋭い。

秘密の核心を突いている。

しかし『あの事件』のことは、杉崎になど話す必要はない。

だが――

と、浅野は思い直す。

そもそも、どうして隠す必要がある？　この男に、知っている事実を話して、何か支障があるのか。

おそらくは、ない。

しかし浅野は慎重だった。

「ツキオカが……その、地名の月岡だとして、どんな意味があるのでございます？　何故犯人はそんな地名を犯行現場に書き残したのでございますか？」

「それを聞きに来た」

「と、おっしゃられても。杉崎様は、どうお考えになるのです」

「例えば、だ。月岡で何らかのアクシデントが起きた」

「アクシデント？」

「極端な話、誰かが死んだか、殺されたかしたのかもしれない」

「それが今回の事件とどう関わるというのですか」

「犯人は、月岡事件の被害者と親しかった者だ。親か配偶者か恋人か友達か、そんなところだろう。月岡まことも中村清志も、事件の加害者だった。犯人は彼らに復讐した。だからツキオカと書かれたカードを残した。犯人は、月岡を思い出せ、といっている」

「月岡で起こった事件が、今回の連続殺人の引き金になった。私がその事件を知っている、と?」

「思うね」

「残念でございますが……」

浅野は少し迷い、それから下腹に力を込めて、堅苦しい言葉でいった。

「繰り返し申し上げます。私は本当に何も存じ上げないのでございます」

十一章　杉崎、アダムに会う

浅野の部屋を出て、寝室に戻る途中、廊下の窓から妙なものが見えた。

誰かが歩いている。

雪の中を力なく、一歩二歩と進んでいく。

腕時計を見ると、午後八時を少し回ったところだった。あの白いコートの後ろ姿は男、しかも北条秋夫のように思える。この家を脱出するつもりだろうか。まさか？　この嵐の中をどこまで行けるというのか。

杉崎は窓ガラスに顔を近づけ、雪の中の男を目で追った。そいつは、車庫の方へと向かっていく。

杉崎は玄関まで走った。

外へ出ると、さっきの人物を探す。白いコートが、車庫の中へ消える瞬間を捉えた。

一気に車庫へと駆ける。

踏み込むと、電灯が薄暗く庫内を照らし出していた。男の姿はない。だが、故障した雪上車の向こうに、おかしな空間がある。

壁にぽっかりと、長方形の穴が開いていた。

隠し戸だ。この前入った時には気づかなかった。

杉崎は、隠し戸の入り口から奥を覗く。

果てしなく長い階段が、地下へと続いていた。

周りの壁はコンクリートで塗り固められている。

彼は階段を下り始めた。

一歩進む度に闇が深まり、冥府《めいふ》へと続くかと思われる。

地下三十メートルは潜《もぐ》ったと思われる頃、階段が終わり、真っ赤に錆びた鉄の扉が現れた。扉は半開きだ。天井や壁のコンクリートはひび割れ、地下水が染み出ている。

鉄扉の隙間を抜けた。

細い通路がある。

壁際に、大型の無線機が朽ちていた。床には、被膜の剝げた太いコードの束が走っている。途中にいくつかドアがあったが、すべてコンクリートで密閉されていた。

長い間、人間が通った形跡のない床に、足跡が一つ続いている。

白いコートの男の物だろう。

突き当たりまで進むと、さらに階段があった。一息つき、下りていく。

踊り場で、水に浸かった爆弾のようなものを見つけた。

ここはおそらく、旧日本軍の軍事施設だったのだろう。それほど大規模な物ではないが、地方の山奥に施工するのは大仕事だったはずだ。

階段を下り切ると、前の扉は大きく開いていた。

見ると、ホールのような広い部屋だ。

戸外と同じくらいの冷気が支配する中、白いコートの男が、革椅子の残骸に悠然と腰を下ろしている。

彼が持ち運んだらしい、小さなランプが、その姿をおぼろに照らし出していた。

白いコートの男はこちらを見るでもなく、いう。

「よく来たな、杉崎君。君も物好きな男だ。過去数十年、ここに足を踏み入れたのは、私と君だけだよ」

闇の中から北条秋夫の声が響いた。

地獄の王の声のようだった。

杉崎は室内へと進み、

「ここは旧軍隊の地下要塞か」

「要塞ではない。小規模な実験所だ。こんな辺鄙な場所の、しかも地下深くに建造した目的を考えてみたまえ」

「わからんね」

「生態兵器開発用の研究所だよ」

「細菌戦のための施設？」

「そうだ。ここに来る途中で、君も見ただろうが、施設の大部分は封鎖され、今ではこの部屋にしか入ることはできない。私は戦災孤児になり、地方の北条一族に引き取られた。そしてこの研究所の存在を知った。彼らは旧日本軍のために、生態兵器を開発していたのだ。私が来た頃には既に、地下研究所は閉鎖され、この部屋しか入ることはできなかったが」

「北条一族は、呪われた一族というわけだ」

老人はうなずき、室内を見回し、

「ここに下りてきたのは、……それでも数年ぶりになるか。私以外には、美夜も浅野も、誰もこの場所を知らない」

「何故こんな場所に来たんだ」

「わからない。君に戦争の話をしたからかもしれない」

「ノスタルジーに浸っている、というわけか」

凍えるほどの寒さだった。

冷凍庫の中にいるようなものだ。

老人は小刻みに体を震わせている。

部屋の周囲には、旧式の計器類が並び、いくつもの大きな空《から》のガラスケースが設置されていた。

大部分のガラスは古び、割れていたが、中に一つだけ、比較的新しい箱がある。

杉崎はそのガラスケースに近づく。

辺りは暗く、目を近づけても中の物を見極めるのは困難だった。

秋夫がランプを手に近づいてくる。

二メートル近い高さの箱に、異様な物体がフォルマリン漬けにされているのが、ぼんやりと浮かび上がった。

全身が体毛に覆われた、人間のような生き物だった。

手も足も胴体も、成人男性のものだったが、頭だけが違った。これは人間の顔ではない。

野生動物の鋭い目と、尖った耳、牙の生えた大きな口は、まごうかたなく、豹だ。

ガラスケースの中に、人間豹が入っている。

「これは……」

杉崎は絶句した。

耳元で、秋夫が静かに囁く。

「アダムだ」

そして、低い声で繰り返す。

「私のアダムだよ」

秋夫は、それから静かに、革椅子の方へ引き返し、再び腰掛けた。

杉崎は人間豹から目を離し、ランプに照らされた老人の姿に目を遣る。

ガラスケースが闇に沈む。

闇に浮かぶその姿は、疲れ、年老いたサタンのようだった。

杉崎は秋夫に問いかけた。

「その化け物が、人体実験の最初の成果か。あんたのモンスター第一号というわけだな」

沈黙が生まれた。

それが永遠に続くかと思われた頃、老人が口を開いた。

「まさかな」

彼は疲れた声でいい、

「私にそんな力はない。現代の科学力で、怪物など作れるはずがない。それは、夢だよ」

「夢？　こんな物が？」

「こんな物とは、なんだ！」

老人の口調に、いきなり怒りが混じった。

「新しい種を作るのは科学者の夢だ。人間がそんなに立派なものなのか。そうじゃなかろう。我々は史上最悪の種族だ。人は自然を壊し、母なる大地を汚していく。私は、人間の自然に対する裏切り行為を、絶対に許せないのだよ。あらたな種、いいや、人類の天敵を創造して、何が悪い？」

また始まった――と杉崎は思う。

怒りの発火点に自ら達し、火が消えるまでしゃべりまくるのは、この男の癖らしい。

「人類は地球を食い荒らす。他のあらゆる生物を食い、限りなく増殖し、文明の名のもと、自然破壊を徹底的に推し進める。文明、――そう文明こそが、悪の根源なのだ。文明は汚染物質を大量放出し、環境を破壊し続ける。人類はそれをコントロールできない。まるで癌細胞だ。地球はそのうち猛毒の星と化すだろう。これが許せるか。我々はそれほど偉大なのか。人類は駆逐されても仕方のない種族ではないのか。君はどう思うのかね、杉崎君」

「聞かれたので、答えるが――」

杉崎は一拍置いてから、

「そんな月並みな理由で、人類を絶滅させていいというのなら、それこそが人間特有のエゴというものだ。いつかあんたは俺を、〝人間〟そのものだといったが、そっくりお返しする。あんたも、薄汚い〝人間〟そのものだよ」

老人は低く笑った。

「かも、しれんな」

「だから、あんな――」

杉崎はガラスケースを顎で示し、

「醜いモンスターを造っちまうんだ」

「醜いか。一見そうも見えるが、あれこそは私の夢だ。私の科学者としての、見果てぬ夢そのものだ。杉崎君、君は少し誤解しているようだが……」

秋夫が杉崎の目を見据える。

「もちろんそのモンスターは本物ではない。偽物だ。造形作家に作らせた、人と豹の混合体なのだ。私は自分のために、そんな物を作らせた。知っているか？　日本は偽造怪物の名産地なのだよ。人魚の偽物は江戸末期、大量に輸出されていた。欧州の博物館に保存されている人魚の、ほぼすべては我が同胞の手によるものといっていい。日本人は怪物を作るのが上手《うま》いのだ。だから私は職人の手を借りて、そんなフィギュアを作らせた。まがいものでもいい、私は夢を形にし、手元に置いて、見ていたかったのだ」

「今さら、そんな言い逃れはよせ」

「何だと？　私が本当に怪物を創造したような言い草だな」

「そうだよ」

「馬鹿なことを。傭兵をやってるうちに頭がおかしくなったんじゃないのか。頭を撃たれでもしたのかね。それとも何十人、いや何百人も殺すうちに自然と狂ってきたのかね」

秋夫は唇を歪めて笑い、

「殺人マニアの君のことだ。何をいい出してもおかしくはない」

「俺が万一、狂っているとしても、傭兵を続けていたせいではない。ある事件に出くわしたからだ」

「ほう？」

「俺は、事件に巻き込まれた。……あんた」

杉崎は息を吐き、秋夫を睨みつけた。

今日はこちらが恨み節を聞かせる番だ。

「あんた、すなわち北条秋夫の関係した事件に巻き込まれてね」

「何？」

老人の声が震えた。杉崎はポケットに入れていた左手を出す。秋夫の視線が一瞬、その革手袋にとまったようだ。

杉崎はゆっくりと語り始めた。

「海外で戦っていた俺に、ある時、妙な仕事が舞い込んだ。珍しく日本で仕事があるという。日本人や日系人の傭兵が集められた。俺たちが受けた指令は、日本に渡り、二人の人間を捕らえろというものだった」

「米軍からの指令かね」

「そうだ。俺は第一の目標、麻薬密売人の老人を追跡した。そいつはピンク映画館の中で殺された。俺の目の前で射殺されたのだ。何者かが映画館の中でマシンガンを乱射した。犯人は逃走し、現在に至るまで捕まっていない」

「日本での話かね。ハリウッドのB級アクション映画のワンシーンではないのかね」

「射殺した奴らは、老人の死体から薬を奪った」

「麻薬かね」

「もっと悪い」

「毒薬か何かか」

「あんたの作った新薬——錬生薬だよ」

「色々な薬を作ったからな」

「密売人の名は北小路六輔。彼は何も知らずに問題の薬をばらまこうとしていた。本人は麻薬だと思っていたようだ」

「どんな薬なのかね」

「人体を強化、というより変化させる」

「すごいな」

「もともとはジャングルにおける戦闘用に開発されたものらしい。米軍はベトナムで苦戦したからね。その薬は兵士の耐久力や視力聴力を高めるためのものだった」

「そんなものは開発できない。ジュネーブ条約に反する」

「だから米軍は極秘に日本の製薬会社に依頼した。生物兵器部隊とも関係があったという、由緒《ゆいしょ》ある企業、北条製薬——あんたの会社に」

「絵空事だ」

「あんたたちは新薬開発に取りかかった。薬を体内に取り入れるだけで、人間の体組織を変化させる薬をだ」

「フフフ、確かに遺伝子情報を誤導することで、体組織の改変は可能だ。大脳の一部を刺激すれば、眠っている遺伝子情報を活かすことはできる。しかしそれは、戦闘に相応《ふさわ》しい人間を造るなどというのとは、別次元の話だ。そんな生物兵器の創造などフィクション、夢物語だ」

「夢というより、悪夢だった。あんたは強化兵を造ろうとし、結果的に怪物を生み出したのだ」

「私はフランケンシュタインか。考えてみればフランケンシュタインは立派なものだ。たかが医学生の分際で怪物の創造に成功したのだからな。私にはせいぜい、人間豹のレプリカを飾ることくらいしかできない」

「フランケンシュタインは罪が軽い。死人から怪物を造ったのだから。あんたの薬は生きている人間をモンスターに変えてしまう」

老人は一瞬、宙に目を彷徨《さまよ》わせ、呆れたようにいった。

「薬を射つだけで怪物に変身するだと？　ナンセンスだ」

「どうして射つ薬だとわかった？　飲む薬かもしれない。俺は何も説明していないはずだが」

「揚げ足を取るな。そんなことに深い意味はない」

「俺は第一の目標を殺され、第二の目標を追うことにした。山本久美《やまもとくみ》という金沢のバーのママだった。北小路が唯一、錬生薬を売った相手だ。俺は仲間と共に、目的地に赴いた……」

杉崎の頭の中で、過去の映像が甦った。

恐ろしい記憶だった。

山本久美のバーは地下にあった。

杉崎は仲間たちと共に、急な階段を下りていった。ドアの格子付きのガラス窓から、店内をのぞく。ほとんど見えない。血の臭いが鼻を掠めた。杉崎は軍から支給されたアサルトライフルを構え、ドアを静かに開けた。

とたんに血の臭いにむせた。

四人掛けくらいのテーブルがいくつかある、小さな店だ。

床が血まみれになっている。

手や足や胴体が、ばらばらに転がっていた。

人間三体分くらいはあるのではないか。

カウンターの隅の注射器が、店内の暗い照明を反射していた。錬生薬らしい。

部屋の右側に視線を飛ばす。

そして……

彼は見た。

この世のものとは思えぬものを。

杉崎は秋夫に、その時の体験を語った。

語り進むにつれ、苦汁《くじゅう》が込み上げてき、ついに耐え切れなくなった頃、話は終わった。

老人は閉じていた目を開く。

「それで、どうなったのかね」

「覚えていない。気づいた時には俺しか生き残っていなかった」

「山本久美はどうなっていたのだ」

「死んでいた。手足をすべてもぎ取られ、首が反対に曲がっていた」

「君がやったのか」

「わからない。やったのかもしれないが、記憶にない。しかし、俺はすべてがいやになった。引退を決意した」

秋夫は一つ息を吐き、視線を落とす。山本久美を追悼しているかのようだった。伏し目に深い憂愁が漂う。一気に十は老けたように見える。

老人は瞬きしながらいう。

「そして君は探偵になったというわけか」

「俺はすべてから逃げ、探偵になり、横浜に事務所を開き、それから知りもしない田舎に流れてきた。まさか、こんな所であんたと巡り合うとは思わなかったよ。最悪の偶然だ。それとも、運命というのかな」

秋夫は目線を上げ、いびつな笑いを浮かべた。憂慮の表情は掻き消えている。

「くだらん。君は怪物と戦った経験があるというのかね。まるでB級ホラー映画じゃないか。馬鹿馬鹿し過ぎて話にならん。どうしてそんな作り話をする？」

「作り話だったらどんなにいいか」

「人間が怪物になどなるものか。生命はそれぞれに細胞の組み方が違う。蜘蛛には蜘蛛の、象には象の、人には人の細胞の組み方というものがある」

「しかし遺伝子には進化の記憶が眠っているだろう」

「君はロマンティストらしい」

老人はからかうように講義を始めた。

「確かに我々は単細胞の生物から進化してきた。四足歩行だったこともある。これが二足歩行になり、体重を支えられるようになった時、脳の大きさが変わり、前頭葉が生まれた。

前頭葉によって我々は理性的な動物に変化したといっていい。この新しい脳の機能を抑え、旧脳を活性化することができれば、眠っている進化の記憶を呼び起こせるかもしれない。この考え方はとてもロマンティックなものだが、正しいかどうかはわからない。少なくとも旧脳を活性化したところで、他の生物への変態を促す可能性はゼロに近い」

「しかし完全にゼロでもない。胎児には初期の段階でエラに似た器官や尻尾が存在している」

老人は鼻で笑い、手を左右にひらひらさせた。

「すべての生物には遺伝子がある。これには最初の生物が生まれてから今に至るまでの情報が刷り込まれているらしい。人はアメーバのような単純な生物から、節足動物や魚類や両生類や爬虫類を経て、霊長類にたどりついた。遺伝子は何十億年もの生命の記憶なのだ。しかし人体には、進化の過程で、不要な遺伝子情報を使用しないシステムができている。人から恐竜が生まれることはなく、人が恐竜に変身することもない。まして怪物にはならない」

「〝遺伝子情報を使用しないシステム〟とやらを解除すればいい」

「できるものか。できたとしたら世紀の大発明だ。百歩譲って私がその薬を作ったとしよう。だが、そんな……ものすごい薬が、何故流出したのかね。君の話によれば、私は米軍の依頼でそれを開発したはずだ。なのに何故軍に渡らず、麻薬密売人などに流れたのだ」

「米軍は新薬製造計画をストップした。副作用が問題だったのだ。なにしろ兵士を強化するどころでなく怪物化してしまうわけだからな。あんたは実質上、米軍から薬の受け取りを拒否された。その後、薬が流れた」

「それはおかしい。米軍絡みの極秘新薬が流出するなど、考えられない」

杉崎は秋夫を睨みつけた。老人は鋭い眼光で見返してくる。

「北条秋夫、あんたがばらまかない限りな」

「私が、何故？」

「効果を試したかったのだろう」

「馬鹿をいうな」

「軍に拒否されたあんたは、それでも研究をやめられなかった。成果が見たかったのだ。だから実験をすることにした。人体実験をな」

「私はマッドサイエンティストか」

「その通りだよ。俺には、あんたが絵に描いたようなマッドサイエンティストに見える。人間を錬成し、他の生物に変える錬生薬。あんたが名付けた」

「錬金術にでも使う薬かね。私は錬金術師ではなく科学者だ。君の作り話は面白かった。杉崎廉は立派なエンターティナーだ。しかし、いささかうんざりしてきたよ。私は疲れた。

それに寒い。部屋に戻るよ。杉崎君、君も帰りたまえ。そして現実に目を向けろ。今はこんな話をしている場合ではない。外では嵐が吹き荒れ、北条家では殺人事件が起こっている。考えねばならぬ問題など、いくらでもあるはずだ」

「話を逸らすなよ。あんたこそ現実に目を向けてもらおう」

杉崎は手袋を外し、一気に三歩詰めた。

瞬間、老人は身構えた。

二人は二歩の距離を置いて対峙する。

杉崎は、剝き出しになった左手を閉じたり開いたりしながら、静かにいった。

「これが現実だよ、先生」

杉崎はランプを拾い、左手に近づける。

五本の指は橙色の光を浴び、闇の中で不気味に蠢いた。

秋夫は目を見開き、眼前に差し出された杉崎の手を凝視している。

「それは……その左手は……そうか、戻らなかった……左手だけ、元に戻らなかったのだな……」

老人の声はひび割れ、地の底から響いてくるかのようだった。

杉崎は左手で老人の顔を指差し、もう一度繰り返した。

「これが現実、これが現実なんだよ、先生」

十二章　美夜、脅える

杉崎は何故手袋を着けているのだろう。

美夜はベッドに座り、窓をぼんやりと眺めながら考えた。

窓ガラスが曇っている上に、雪が吹き荒れているので何も見えない。

杉崎が左手を見せてくれたことはなかった。古傷のようなものが残っているらしい。ひどい火傷の痕でもあるのだろうか。

彼の端正な顔を思い描いてみる。

やや面長の顔の中に、筋の通った高い鼻と、澄んだ鋭い目がある。控えめな二枚目俳優といった印象だ。笑わない。笑顔を見たことがない。しかし気難しいわけではないし、無口なわけでもない。年齢不詳で、青年のように見える時と、老人のように見える時がある。実際には三十代後半というところだろう。

身長は一七〇センチくらいだろうか、美夜よりかなり高い。わりとほっそりしているが、筋肉質だ。

過去について、語りたがらない。

彼に合う職業を考えてみる。

職人、だろうか。

自分に厳しい、腕のいい職人が、部屋の片隅で唇を一本に結び、黙々と竹細工を編んでいる。そんな姿こそ、杉崎廉という男に相応しい。

嫌いなタイプではない。

彼女にとっては珍しいことだった。

北条美夜は――

父、北条秋夫が嫌いだった。仕事ばかりしているから。

故中村清志が嫌いだった。いばっているから。

中村一郎が嫌いだった。デブだから。

中村宏が嫌いだった。キレるから。

池上正人が嫌いだった。がさつだから。

沢口京が嫌いだった。おしゃべりだから。

月岡麻二が嫌いだった。暗いから。

故月岡まことが嫌いだった。クズだから。

浅野典文が嫌いだった。わざとらしいから。

男だけではない。彼女は女も好きではなかった。

月岡サオリは最低だ。美人なのかもしれないが、教養がない。あんな性格の悪い女はいないと思う。音楽系アーティストもどきの染めた長い髪も厭味だ。それに、どうして私をいじめるんだろう。彼女に悪いことでもしたのだろうか。いや、していない。あいつはただ、私が嫌いなだけなのだ。それだけで、いやがらせをする。ひどい女だ。

美夜はすべてを嫌っていた。憎んでさえいた。

しかし杉崎には敵意を感じない。

彼を婚約者のダミーに選んだのも、心のどこかで好意を感じていたからかもしれなかった。

しかし杉崎の方はこちらをどう思っているのだろう。

わがままをいって振り回した。決して良くは思っていまい。

それに、かつて父の絡んだ事件に巻き込まれたともいっていた。どんな事件か聞いても、教えてはくれなかったことを思うと、思い出したくない体験なのだろう。ひどい目に遭ったのかもしれない。その事件が切っ掛けで、北条秋夫や——その一族に恨みを持つということは、ないだろうか。復讐に走るということは、ないのだろうか。

　中村清志の死体が頭をよぎった。

　血にまみれていた。傷だらけだった。あんなに切り刻む必要はなかった。心臓を突くだけで充分だっただろう。異常者かな――と美夜は思う。吐き気がした。死体なんか嫌いだ。汚いから。汚いものは、みんな嫌い。忘れてしまいたい。でも頭から離れない。彼女は何も手につかず、ぼんやりと時間を潰した。どうせやることもなかった。

　沢口が集合を掛けていたが、応接室には行かなかった。自分の部屋に戻り、鍵を掛けた時、そんな話があったことさえ忘れた。今に至るまで、思い出しもしなかった。沢口は集まって相談すべきだといっていたが、何を話し合うというのだろう。結論は決まっている。「何もできない」だ。

　風の音に耳を澄ます。

　家がわずかに震えている。

　巨人の指が静かに触れているようだ。こんな状況で何ができるというのだろう。

　食事もとらなかった。

　夜が更けると不安になってきた。

　殺人犯が怖いのではない。一人でいるのが、どうしようもなく不安なのだ。それは寂しさに似た感情だった。

杉崎の部屋に行こう。そう決めた。

思いつきで生きている。

思いついたら止まることはない。父によると「お前は条件反射で生きている」ということになる。余計なお世話だった。

杉崎の部屋に行くと、ドアに鍵は掛かっていなかった。

開けると、ベッドに寝転んでいる男の姿が目に入った。

眉間に皺を寄せ、ぼんやりと天井を眺めている。

いつもより顔の皺が深く見えた。疲れているのか、目も落ち窪んでいるようだ。

杉崎はこちらを見ずに、無愛想にいう。

「何しに来た？」

「話をしに。一人でいたくなかったんです」

「怖いのか？」

「いいえ、一人でいたくないだけなんです」

本心だった。

杉崎はどうでもいいかのように、

「そうか」

とつぶやき、黙り込む。

話はそれで終わってしまう。風の音だけが響いている。

しばらくして美夜はいった。

「今夜一緒にいてくれますか」

「誘惑ならお断りだ。その気にならない」

「うぬぼれないでください」

即座に否定した。

「私、そんな女じゃありません」

あまりに月並みなセリフに、自分自身、辟易する。

しかし杉崎は冷たく、

「そうか」

と答えただけだった。

沈黙が生まれる。今夜の杉崎は変だ。目に見えぬ鎧《よろい》を何重にもまとっているような感じがする。

彼女は男の横顔を見つめながら聞いた。

「どうしたんですか。何かあったんですか」

「別に、ない」

「今日一日、何をしていたの」

「乾燥室で死体を見た。あんたも知っての通りだ。応接室で話し合った。俺と沢口と浅野の三人でだ。それから家の中を調べた。しかし成果はなかった。メシを食った。浅野典文と話した。北条秋夫と話した。今はここでぼんやりしている」

気のせいか、北条秋夫の名を口にした時、声が沈んだ気がする。

美夜は、不機嫌そのものの男に向かっていった。

「ぼんやり、というより、思い悩んでいるように見えますけど」

「考え過ぎだ」

「浅野さんと何を話したんですか」

「世間話」

「お父さんと何を話したんですか」

彼は答えなかった。天井に向けた眼差しが鋭さを増しただけだ。

話が途切れる。

美夜は男の顔をじっと見ながら、

「私たち、いつまでこんなことをしていなければならないの」

「そっちが勝手にこの部屋に来た」

「そういう意味じゃなくて、いつまでこの家で、異常事態に耐えていなければいけないかってこと」

「空に聞いてくれ」

杉崎はそっけない。

そして——何度目か——会話が途絶えた。

美夜はその後も話しかけ続けたが、すべてはこんな調子だった。

さすがに少し疲れ、こう聞いてみた。

「私、どこに寝たらいいんですか」

「この部屋に泊まる気か」

「お願いします」

彼は静かに床に立ち、ベッドを指差す。

「どうぞ」

「杉崎さんはどうするんですか」

「床に寝る」

「枕とか、掛ける物は？」

「いらんよ」

杉崎は床に横になった。背中を向けたまま、ぴくりともしない。

美夜はベッドに腰掛け、床の男を眺めた。

十分もすると、彼は静かな寝息を立て始めた。

彼女は明かりを消し、ベッドに入る。

シーツに暖かみが残っている。あまり気分がよくはない。しかし疲れていたのか、数回寝返りを打つうちに、うとうとし始め、いつの間にか深い眠りに落ちていった。

ドアが静かに開いた。

黒い影が部屋の中をのぞいている。

美夜は声を出そうとしたが、できなかった。体も動かない。影は体が入る分だけドアを開き、足音もなく侵入してきた。手に何か、光る物を持っている。大型ナイフだ。中村清志を殺したのと同じ物のようだった。

杉崎を呼ぼうとした。声が出ない。床に目を遣る。誰もいなかった。影がナイフを振りかざした。

その瞬間、影の顔が雪明かりに照らされた。

杉崎――

それは冷たいほどに青白い、杉崎廉の顔だった。


美夜は目を覚ました。

嫌な夢だった。

杉崎廉に殺されかけた。

額に手をやると、この寒さにもかかわらず、汗で濡れている。心臓も激しく脈打っていた。時計を探したが、見当たらない。深夜には違いないが、何時なのか、わからなかった。

彼女は床を見た。

杉崎はいなかった。夢の続きを見ているようだ。ドアは閉まっている。

慌ててベッドから起きあがった。彼はどこへ行ってしまったのか。

不安に囚われた。夢で見たように、殺人者が侵入して来て、彼は殺されてしまったのではないか。いや、あのしぶとそうな男が簡単に殺されるとは思えない。それに杉崎が殺されたとしたら、自分も無事に済むとは思えなかった。

では、どうしたのか。杉崎は自分から部屋の外へ出ていったのか。

可能性はある。ドアを開け閉めする時、微かに軋んだのかもしれない。その音が眠る美夜の耳に入った。だから、あんなひどい夢を見たのだ。

彼はトイレにでも行ったのか。それとも……夢の中の杉崎のように、ナイフを持ち……誰かを殺しに行ったのだろうか。そんな馬鹿な。あの人が私たちを殺すはずはない。……いや、そうともいいきれない。彼は父との間に、何かトラブルがあったようだ。その恨みから一族や関係者を皆殺しにしようとするかもしれない。

それに、もし……彼が私に惚れているとしたら、どうだろう。杉崎廉は、私をガードしようとして、周りの怪しい奴らを片っ端から潰そうとしているのかも。なら、止めないわ。父も従兄弟《いとこ》も、みんな大嫌い。死んじゃえばいい。私さえ良ければそれでいい。でも……本当に杉崎が私のために殺人を犯すなどということが、あるのかしら。たぶんないわ。

いても立ってもいられず、廊下に出た。

雪明かりが床を、ほの白く浮かび上がらせている。

応接室の方から小さな音が聞こえてきた。

忍び足で進む。耳に入ったのは、男の声だった。杉崎だろうか。だとしたら、こんな夜更けに何をしているのか。ドアの二、三歩前で耳を澄ます。

応接室から、男の声が漏れてくる。

この声……

月岡麻二だ。

しかし、イントネーションがおかしい。常人の話し方ではない。弟のまことを失い、精神のバランスを崩したのかもしれない。そういえば昨日は一度も、麻二の姿を見なかった。彼は一日中、部屋に籠もっていたのだろう。

麻二は誰かと話しているらしいが、相手の声はよく聞こえない。杉崎だろうか。それとも……

「わ、私は知ってるんだよ。否定しても無駄だ。無駄だよ。お前だ、お前なんだ。お前が雪上車を壊したんだよ」

美夜の全身が耳になった。

相手が何か答える。

聞き取れない。

「ス、ス、スキーを叩き折ったのもお前だよ。電話線も、お、お前が切ったんじゃないのか、この、この、この殺人鬼！」

相手の声は依然としてはっきりしなかったが、短く否定したらしい。

耳に入るのは調子の外れた麻二の声だけだった。

「浅野から聞いたぞ。中村清志が死んだっていうじゃないか。お前が殺したんだ。他に誰がいるっていうんだよ。もしかしたら弟も殺したんじゃないのか、そうだ、き、き、きっとそうだ。まことも清志もお前が殺した。全部お前が殺ったんだ。何人殺せば気、気がすむんだよ」

美夜は一歩乗りだした。

緊張していたのか、足に力が入ってしまった。

床が大きな音を立てて軋む。

麻二の声がぷつんと切れた。

会話が途切れる。

あらゆる音が消えた。

耐え切れないほどの沈黙だった。

彼女は、自分の顔から血の気が引いていくのがわかった。

慌てて、しかし足音を殺しながら後退する。

杉崎の部屋には行かず、自分の寝室に戻った。

中に入ると、しっかりと鍵を掛ける。

胸が動悸を打っていた。

ベッドにもぐり込む。耳を澄ます。廊下は静かだった。

誰も追ってはこないようだ。

しかし彼女は、ドアを見つめた。

見つめ続けた。

誰かが、ノックするのではないか、何者かが——自分を殺しに——押しかけて来はしないか……と。

十三章　杉崎、信用を失う

杉崎は、朝のぼんやりした光の中、廊下の向こうに二つの人影が立っているのを見た。枯木のように細い男と、子供のように背の低い女の組み合わせだ。

浅野と美夜だった。

二人は開いたドアから応接室の中をのぞき込んでいる。

何故中に入ろうとしないのだろう。

浅野の九一分けの白髪が、珍しく乱れていた。徹夜明けのように青白い顔をしている。

美夜は眉間に軽く皺を寄せているが、どこかぼんやりした印象だった。

杉崎が近づいても彼らはこちらを見ようともしない。

腕時計で確認すると午前八時だった。杉崎は寝室から食堂へ向かうところだったのだ。

「どうかしたのか」

杉崎は二人に、静かに声をかけた。

すぐには反応がなかった。美夜は細い指で前髪をいじっている。指は神経質に震えていた。

浅野が低く息を吐いてから答えた。

「杉崎様……それが朝から大変なことになって……」

語尾が震えて消えていった。

昨日に続き、今日もか。

杉崎は舌を打ち、彼らに並び、応接室の中をのぞく。

中には男と女がいた。

ただし、生きている者に限っての話だが。

男女の他に死体があった。

月岡麻二が死んでいる。

確認するまでもない。ここから見てもわかる。麻二は緑のソファに仰向けになって倒れていた。胸の辺りに凶器が深々と突き刺さっている。出刃包丁のように見えた。流れた血がソファを黒く染め、床にまで滴《したた》っている。血は、ほぼ乾いているようだ。

死体は左手を五分刈りの頭に当てていた。眉が情けなく垂れ下がり、両目を見開いている。顔中に大きな皺が走り、十歳は老けて見えた。限界まで開いた口の中で、舌が妙な形にねじれており、赤黒い蛭《ひる》がのたうっているようだ。

部屋の中の生者のうち一人は中村宏だった。ロングヘアーの青年は、死体の足元で蔑むように麻二の顔を見下ろしている。もう一人は月岡サオリだ。女はドアの近くで腰に手をやり、宏の顔を眺めていた。

杉崎は部屋を一瞥し、ゆっくりと中に踏みこんでいった。

宏がちらりと振り返り、吐き捨てるようにいう。

「また死んでるぜ」

「月岡麻二か」

「見りゃわかるだろ。あの団子鼻、見間違いようがねえ」

「弟と兄が両方殺されたか」

宏はサオリを見、歯を剝いて笑った。

「てめぇが殺したんじゃねえのかサオリ」

「馬鹿いわないで。殺る理由がないわよ」

「まことと麻二が死に、月岡の一族で残ったのはてめぇだけだ。遺産を独り占めしようってんじゃねえのか」

「夫は平凡な一サラリーマンに過ぎなかったわ」

「日本有数の大企業で働いてたじゃねえか。それに保険金目当てということもある」

「忘れてもらっちゃ困るわね。月岡兄弟だけじゃなく、あんたの父、中村清志も殺されてるのよ」

「動機をごまかすために殺ったとかさ」

「どうしてこんな状況で、この家で、殺さなけりゃならないのよ。あたしが殺るのなら、もっとスマートに、目立たないように消すわ」

「かもしれねえな」

宏はあっさりと引き、再び死体に目を遣った。

麻二の白いドレスシャツの胸ポケットから、カードらしき物がはみ出している。宏は無造作にそれを抜き取った。

彼は陽にかざすようにしてカードを見、

「くだらねぇ」

と、つぶやき、杉崎に渡した。

ツキオカという金釘流《かなくぎりゅう》の文字が目に入った。これで三回目だ。またツキオカと書かれたカードが発見された。杉崎はそれを二つに折り、ポケットに収める。

「ツキオカ、ですか」

ふいを突かれた。いきなり後ろから声をかけられたのだ。

沢口だった。音もなく背後まで忍び寄っていたらしい。

沢口は杉崎に並んだ。すっきりとした鼻梁の線が美しい。頬の色が抜けるように白かった。

「僕は前から思ってたんですけど、杉崎さん――」

青年は横目で杉崎を見て、

「ツキオカって、地名だと思いませんか」

杉崎も同意見だったが、腹は割らず、

「何故そう思う」

「月岡で、ある事件が起こったからですよ。あまり良くない事件がね。しかも北条の一族……ここにいるメンバーが関係している、ね」

「沢口、よけいなことをいうんじゃねえよ」

宏が遮《さえぎ》った。

「あんなことが、この殺人事件に関係するわけねえ、黙ってな」

沢口は肩をすくめた。

「ということなんで、黙ってます」

杉崎は追及しなかった。浅野だけでなく、本当は沢口も宏もツキオカに思い当たることがあるらしい。ならば、聞き出すチャンスはいくらでもあるだろう。

杉崎は死体の胸に刺さっている凶器に目を近づけた。

「出刃包丁……かな」

「浅野！」

宏が叫ぶ。老人は恐る恐る応接室に入ってきた。美夜も続き、サオリと並んだ。サオリは顎をそらし、片方の眉を吊り上げて小さな女を見下す。

宏は、おどおどしている老人に向かい、

「浅野、凶器はこの家の包丁か」

「定かにはわかりませんが、そのようでございます」

「何でそんなことがいえる？　包丁なんて、どれも同じに見えるぜ」

「柄の木目と汚れ具合、大体の感じで、そう思うというだけのことでございます」

「犯人は女だぜ」

宏は唐突にいった。

一瞬沈黙が生まれた。杉崎には宏の論理がわからなかった。

何故そんな言葉が出てくるのか？

浅野が遠慮がちに聞き返す。

「女で……ございますか」

「当たりめえだ。包丁を振り回すなんぞ、女の仕業以外の何ものでもねえ。俺や沢口や杉崎がキッチンなんかに忍びこむかよ。刺すならナイフでグサリだぜ」

「一理ありますね」

沢口が同意した。

すかさずサオリが突っ込む。

「なんて馬鹿。あんたらみんな脳タリンよ。ちょっとは頭を使ったらどうなのさ。論理性のかけらもない。包丁を使ったから女が犯人だって？　そんなことで疑われてたら話にならないわよ。ナイフとか凶器が手元になけりゃ、誰でもキッチンくらい忍び込むさ。男女に関係なくね」

宏は鼻で笑って、

「本気でいってるんじゃねえぜ。ジョークだよ。にしても麻二の奴、死んでから、どれくらい経ってるのかね」

「五、六時間でしょうかね」

死体のあちこちをいじっていた沢口が答えた。

既に誰もが、現場保存など頭にない。

「根拠はあるのかよ、沢口」

「勘ですよ、宏さん。しかし大きな狂いはないでしょう。どう思いますか、杉崎さん」

「わからんよ。あんたは医者か」

「医者より死人を見慣れてるかもしれませんね」

宏は考えこむような顔付きをし、

「月岡麻二は、昨夜の午前二時から三時にかけて殺されたとする、ぜ。そこでだ、誰かアリバイのある奴はいるかい」

答えはなかった。

宏が、あきれたようにいう。

「全員アリバイなしかよ」

わずかに反応したのは美夜だけだ。何かいいかけて、やめたようだ。

沢口は、そちらにちらりと目を遣ってから、

「アリバイなんかないのが当然です。しかし、それとは別に、僕にはどうも奇妙に思えることがあるんです。それは麻二さんがこの部屋で死んでいたということです。僕は昨日、彼の姿を見かけませんでした。麻二さんは昨日一日中、寝室に閉じこもっていたと思われ

ます。なのに、どうして応接室で殺されたのか。何故真夜中にこんな部屋に来たのだろう。あなたはどう思いますか、杉崎さん」

「俺に話を振るな。被害者は犯人に呼び出されたんじゃないのか」

沢口は顎を撫でながら、

「あるいは被害者が犯人を呼び出したか」

杉崎は低い声でいった。

「月岡麻二が犯人を呼んだ？　何のために」

「例えば……犯人を脅迫するために。麻二さんは何らかの理由から犯人を知った。そこでそいつを恐喝することにした。いや、違うな。恐喝が目的じゃない。そいつは弟を殺した仇だ。麻二さんは犯人を呼び出し、復讐しようとした。犯人を殺そうとして、逆に殺られた——というのはどうです？」

「どうやって犯人の正体をつかんだんだ？」

「その一、犯行現場を目撃した。その二、手掛かりをつかんだ。その三、犯人本人から知らされた。その四、犯人を知っている——と思いこんだ」

「その四はどういう意味だ」

「麻二さんは死んだ弟のことを思い悩むうち、犯人はこいつしかいない、という妄想に囚われていったのかもしれません」

「あり得るな」

「そんなことより、だぜ」

宏が口を挟んだ。

「これからどうするか、だ。御託《ごたく》を並べてても仕様がねえ。どうするんだよ、浅野」

「と、申されましても、電話は通じませんし、嵐も止みませんし、状況は昨日といささかも変わりません」

一同押し黙った。風の音だけが響いている。誰も意見を出さない。

宏が周囲を見回し、独り言のようにいった。

「ここに、いねえ奴がいるな」

沢口が説明するようにいう。

「そうですね。死んだのは中村清志さんと月岡兄弟。この場にいるのは僕と宏さん、サオリさんと美夜さん、浅野さん、杉崎さんです。北条秋夫さんと中村一郎さんの姿がありません」

宏がすかさずいう。

「池上もいねえじゃねえか」

沢口はにっこり笑った。どこか場違いな笑顔だ。

「そうですね。忘れてました」

「そんなわけがあるかよ。相棒だろうが。わざとらしい男だぜ」

「ぼけてるんですよ。それに僕に、隠す必要がありますか」

浅野が静かに切り出した。

「秋夫様は、異常事が続いてお疲れなので、お起きにならないのでしょう。一郎様はもともと、めったなことで人前にはお出になりません。しかし池上様が――」

「この場にいねえのはおかしいぜ」

「眠ってるんじゃないですか」

「まさかな。あいつ三人を殺して逃げたんじゃねえのか」

杉崎も口を挟む。

「あるいは池上も殺されている――か」

沢口が杉崎を横目で見た。

「しかしあいつを殺せるのは杉崎さん、あなたくらいのものですよ」

「あんたもね」

「前にもこんな会話を交わしましたね、僕たち」

杉崎は沢口の目を捉えて、

「池上がまだ寝ているという可能性は」

「ありません。今朝、あいつの部屋に行ってみたんです。僕たちは中村清志さん——雇用主の死によって失業したんで、今後のことを相談しにね。でも池上はいなかった。部屋はもぬけのからでしたよ」

「寝た様子はあったのか」

「ベッドはきれいなままでした。池上は昨夜、眠ってないんじゃないですか。あいつがシーツを整えるとは思えませんしね」

「池上は眠りもせず、何をやっていたんだ」

「殺されて、雪の中にでも埋められたんですかね」

沢口は考えこむように小首を傾げ、

「しかし実際問題として、あの池上が簡単に倒されるとは思えません。どちらかといえば池上が犯人で、殺してから逃亡したと考える方が自然です」

「どうかしら」

サオリが一歩前に出た。

「逃亡するったってね、どうするのよ。周りは雪の檻で、嵐も吹き荒れてるし、あたしたちにはスキーすらないのよ。脱出できっこないわ。むしろこう考えた方がいいんじゃない？　池上は犯人だったが、逃げてはいない。家の中に潜み……」

彼女は芝居気たっぷりに目を見開き、言葉を飲んだ。

宏がうなずく。

「広い家だから隠れる場所はいくらでもありそうだぜ。そうだろう、浅野」

「どうでしょうか。大男一人隠れるとなると、難しいかもしれません。不可能、とまではいいませんが。しかし何故……何のために隠れるのでございますか」

サオリが答えた。

「決まってるじゃない。新たな被害者を狙ってるのよ。池上正人は闇に潜み、次の犠牲者を血祭りに上げようとしている」

宏も同意する。

「あいつ、俺たちを皆殺しにするつもりなのかもしれねえぜ」

「そうなんでしょうかね」

沢口が異議を挟んだ。

「池上に僕たち全員を殺す動機があるとは思えません。月岡まことさんは自殺したのかもしれないから除くとしても、麻二さんと中村さんを殺す理由さえ、見当たらない。それに僕たち全員を殺してからどうするんです？　この家を脱出する方法がない。晴れたら、歩いて麓まで下りるんですか。雪上車もスキーもないのに。それとも電話が復旧してから助けを呼ぶのでしょうか。その時、彼しか残っていなかったら、明らかに不自然です。たとえ、僕たち全員の死体を隠したとしても、です。まるで、自ら犯人だと名乗り出るようなものではありませんか」

サオリが、けだるそうに考えを述べた。

「全員殺してから……目的を達してから、自殺するつもりだったとしたら？」

沢口はうなずき、

「確かに、その場合は脱出の方法を考える必要はありませんね。しかし僕にはあいつが自殺するような男には思えなかった。単なる印象に過ぎませんけど」

浅野の後ろに隠れるようにしていた美夜が、初めて発言した。

「あなたたち、みんな変です。人が死んでるんですよ。それなのに……月岡麻二さんの亡骸を前にして、こんなことを話し合ってるなんて」

ややヒステリックな口調だった。沢口は整った横顔に薄笑いを浮かべる。

「かといって他にできることがありますか。ないでしょう？　それともお嬢さんにはいい知恵でもあるんですか」

美夜は唇を嚙みしめ、沈黙した。隣のサオリが口を歪めて笑う。

宏が突然大声を上げた。

「脱出する方法ならあるんじゃねえのか」

沢口が怪訝そうにいう。

「どんな方法が？」

「池上がスキーを折ったとするぜ。いや誰が折ってもいいんだが、そいつが全部のスキーを破壊すると思うか。当然、自分が使う分はキープしておくんじゃねえのか。俺が犯人なら、スキーの一つや二つ、いつでも使えるように、どこかに隠しておくぜ。脱出用によ」

「あり得ることでございます」

浅野が即答した。

「すべてのスキーが壊されたかどうか、わたくしには判断できませんでした。しばらく乾燥室に入っていなかったもので。だから犯人が一、二本失敬したとしても、わかりはしません。わたくしにわからないものは、ここにいる、どなたにもわからないと考えます」

沈黙が支配した。誰もが宏の考えを反芻しているようだった。

「それに、あの、ちょっとピント外れのことをいうようでございますが……」

浅野が自ら意見を開陳し始めた。珍しいことだ。

「どうも気掛かりなことがございます。それはブロンズ像のことでございます」

「ブロンズ？」

宏とサオリが同時にいった。浅野は一つうなずき、続ける。

「杉崎さんと沢口さんには昨日申し上げたのですが、この部屋にあったヴィーナス像がなくなっているのでございます。盗まれた、としか思えません」

「思い出したわ。ミロのヴィーナスに腕を付けたみたいなやつね」

サオリは値踏みするような目付きをし、

「高価な物だったの？」

「数十万というところでございます」

「たいしたことないわね。それに盗むったってさ、かなり大きな物だわ。身長は……」

サオリは美夜の頭頂を見て、

「こっちのお嬢さんくらいはあったし、重さだって相当なものだと思うわ。成人男性一人分くらいはあるんじゃないの。かなり大きめのね。そんな物を誰が盗むっていうのよ。まさか——」

二重の大きな目に、嘲るような色が浮かぶ。

「池上が盗んで逃げた、と考えている？」

「そのまさか、でございます」

「馬鹿馬鹿しい。なんでこんな状況で、あんな物を担いで逃げなきゃならないわけ」

「その理由が……見当もつかないのでございます。それ故、いっそう不気味でございます」

「どうでもいいことだぜ」

宏が吐き捨てるようにいう。

「それより死体を片付けちまおう」

「片付ける、か」

杉崎が低い声でいう。

宏はゆっくりと手を広げながら、

「雪の中に埋めるのさ。月岡まことみてえにな」

「そんなこと！」

美夜が強く否定した。

「駄目です。警察が来るまで殺人現場はそのままにしておかないと」

「頭が固えな。いつ電話が復旧するかもわからねえんだぜ。このまま死体を腐らせといていいのかよ。どう考えても雪の中の方が保《も》ちがいいぜ」

「でも――」

「埋めてよ」

美夜の発言を打ち消すかのように、サオリが言葉を重ねた。

「死体と一つ屋根の下なんてさ、気持ち悪いわ。さっさと片付けてちょうだい」

美夜はあくまで抵抗した。

「駄目ですよ。だってこれは、明らかに殺人なんですよ」

沢口が申し訳なさそうに付け加える。

「お嬢さんの気持ちはわかりますが、もう一つの他殺死体――中村清志の遺体は、昨日既に埋めちまったんです。杉崎さんと一緒にね」

「何ですって」

美夜は信じられないものを見る目付きで杉崎を見た。

「杉崎さんも手を貸したんですか」

「昨夜いわなかったか。いわなかったかも、しれないな」

「信じられない。杉崎さん、あなたまで。やっぱりあなた、信じられ……」

彼女は言葉に詰まったようだった。

宏が大声で結論を出す。

「話は決まったな。麻二は雪に埋める。沢口、浅野、やるぞ」

沢口は小さくうなずく。浅野は消え入りそうな声で、はいと答えた。

宏は杉崎を見る。

「お前も手伝うか」

「断る」

「だろうな。いけ好かねえ野郎だぜ」

宏は浅野たちに命じた。

「ホトケを外に運べ。俺はシャベルを三つ持ってくからよ」

沢口が死体の両脇に手を入れ、浅野が足を持つ。青年は無表情だったが、老人は震えていた。彼らは死体を抱え、ゆっくりと部屋を出ていく。宏とサオリがそれに続いた。

部屋には杉崎と美夜が残った。

杉崎は、暖房のために曇った窓ガラスを、手で拭いた。しかし外側に雪がこびりついており、何も見えない。少し窓を開けてみた。たちまち強風と雪が吹き込む。彼は素早く窓を閉めた。

気づくと美夜が横に来ている。

彼女はうつむいたまま、いった。

「杉崎さん。昨夜、どこへ行ってたんですか」

「何のことだ」

「私、昨日あなたの部屋に行きましたよね。ベッドに入ったら、たちまち眠ってしまったけど、真夜中に目が覚めたんです。その時、部屋にあなたはいませんでした」

杉崎は答えない。美夜の黒い瞳が男の顔を捕らえた。

「私、廊下へ出てみたんです。そしたら、話し声に気づきました。この応接室から、男の声が聞こえてきたんです」

彼女は言葉を切って杉崎の様子をうかがっている。

「……この部屋で誰かと誰かが話していたんです。一方は殺された、月岡麻二さんでした。精神のバランスを崩しているかのような、妙な話しぶりでした。そして、もう一人が、……私には誰だかわからなかったんです」

杉崎は一拍置いて答えた。

「そいつが犯人かな」

「あなただったんじゃないですか」

再び黙り込んだ男の顔を凝視しながら、彼女は言葉を重ねた。

「昨日の夜遅く、この部屋で被害者と話していたのは、杉崎さんだったんじゃないですか」

杉崎は軽く息を吐いてからいった。

「違う。俺は寝付きが悪くてね、眠れなかった。で家の中を調べ回っていた」

「屋敷の中を捜索？」

「不審者がいないかどうかね」

「真夜中に？」

「そうだ」

「そうですか」

彼女の口調に、男の言葉を信じた様子はなかった。

「杉崎さん、私、応接室の会話を聞いて、怖くなり、自分の部屋に戻ったんです」

「そういえば、俺が寝室に帰った時、あんたの姿はなかったな」

美夜は上目遣いに杉崎を見て、

「おかしいと思いませんでしたか、私がいなくて」

「ほっとしたよ。やっとよく眠れると思った。疲れていたんでね」

彼女は視線を男から外し、遠い目をした。

「そう……あなたは疲れていた」

美夜はそこに特別の意味があるかのように、杉崎の言葉を繰り返した。

「杉崎さんは疲れていたんですね。深夜に部屋を出て、とても疲れることをしてきたんですね」

十四章　沢口、発見する

麻二の死体を抱え、玄関に向かった一行は、異様なものを見た。

黒革の靴から白い紙が生えている。

池上の靴にカードが挿入されているのだ。

宏はそれを引き出す。

そこには歪んだ字で〝ツキオカ〟と書かれていた。

宏はカードをサオリに渡す。彼女はそれを、死体を持つ沢口と浅野に見せる。浅野は作ったような驚きの表情を浮かべ、沢口は眉一つ動かさなかった。

玄関に来た時、シューズボックスを調べるよう提案したのは浅野だった。池上が脱出したのであれば、当然靴は残っていないはずである。裸足で雪の中に出る馬鹿はいない。そこで宏がシューズボックスを探してみた。

池上の靴は残っていた。

サオリが、宏の肩越しにシューズボックスの中を見回し、つぶやく。

「全員の靴があるわよ。しかも全部乾いてる。この数時間は外に出た者すらいない。むろん逃げ出した奴もいない。池上も含めてね」

しかし残された池上の靴には、カードが挿入されていたのだ。

沢口は、サオリの手にある紙切れを、伏し目で眺めながら、つぶやく。

「靴があるということは、奴はまだ家の中にいる、ということでしょうかね。しかしカードが入っているということは……」

「池上も既に殺されている」

宏が言葉を引き取った。

しばらくして、浅野が切り出す。

「それは、疑問でございます。玄関に池上様の亡骸があったのなら、納得もできます。しかし今回はカードだけでございます。今まで、その紙は死体と共にありました。犯人がそれを残しているのならば、何故今回だけ、池上様の死体と一緒に置かないのでございますか。カードを靴の中に入れたのは何故なのでしょう」

沢口が答えた。

「カードを死体の近くに置けない理由があったんでしょうね」

「どのような、でございますか」

「例えば——思いつきですけどね。死体に手が届かなかった、とかね」

「手が届かない？」

老人は首をひねる。

沢口はにっこりと微笑んで、

「カードを置きたくても、死体が手の届かない遠いところに行ってしまった。どんな状況なのかは、想像もできませんがね」

宏が玄関のドアに手を掛けていった。

「行くぜ。寒くて仕方ねえ。妙な理屈をこねてても始まらねえし、仕事を済ませようじゃねえか」

「浅野さんの手も震え始めてますしね」

「しっかりしろや、爺さん」

サオリは浅野に、軽蔑を込めた視線を送って、

「あたし、部屋に戻るわ。後は任せる」

彼女は返事を待たずに身をひるがえす。

沢口は、廊下の向こうへ消えていく女の背中を見送った。

宏が号令を掛ける。

「始めるぜ」

ドアを開けると、男三人は吹雪の中に出ていった。

白一色の世界だ。雪が風に飛ばされ、千の矢となって突き刺さる。宏はぶるりと身を震わせて、独り言をいった。

「これじゃ、俺でも飛べねえ」

「何ですって？」

沢口が聞きとがめる。

「これじゃ麓に下りることなんてできねえ、っていったんだよ」

「そうですか」

沢口はどうでもよさそうに相槌を打ち、

「確かに右も左もわかりませんね。それにこの寒さ。凍てつきそうだ」

「がたがたいってねえで、手近な所に埋めちまおうぜ」

「穴なんか掘らなくても、放り投げておけば、埋まっちまうんじゃないですかね。雪が降り積もって」

浅野が震える声で反対した。

「一応穴を掘ってから、麻二様をお埋めいたしましょう。月岡まこと様と中村清志様のおそばに埋めるのがよろしいかと思います」

三人は、死者たちが埋められている所まで行き、一メートルほどの深さの穴を掘った。時間は掛からなかった。死体を入れると、浅野が麻二の両手を胸の上で組み、黙禱《もくとう》した。宏は老人の祈りが済むのも待たずに、雪を掛け始める。釣られるように、沢口と浅野も作業を始めた。

雪を掛け終える頃、沢口は宏の様子がおかしいことに気づいた。

宏はスコップを持つ手を休め、あらぬ方向を眺めている。

沢口はスコップを雪面に突き刺した。

「宏さん、どうかしたんですか」

「見な」

沢口は宏の指差す方向を見る。雪に二本の直線の跡が残っていた。

「スキーの跡……のようですね」

「シュプールだ。シュプールが続いてやがるぜ」

浅野もそちらに目を向けた。雪に霞んでよく見えないが、目を凝らすと、確かにスキーの跡らしき平行線が、斜面の下に向かって走っているのがわかった。シュプールの周りには、足跡も含め、一切の痕跡がない。

沢口は忌々《いまいま》しそうにいった。

「誰かスキーに乗って逃げた奴がいるようですね。スキーは全部壊されたと思っていたのに」

宏が毒づく。

「池上だよ。池上のクソッタレが。ふざけやがってよ。やっぱり奴が犯人だったんだ。スキーを叩き折ったのも池上だ。脱出用に、自分の物だけ残してよ。玄関に靴が残っているわけだぜ。そりゃスキーを履いてりゃ、履物なんぞいらねえよな」

浅野が誰にも聞こえないような細い声でいった。

「でも、あのカードはどう考えればいいのでしょう……」

答える者はなかった。

沢口はスキーの跡を目で辿ってみる。シュプールは建物一階の右端の窓から始まり、斜面の下の方へと続いている。一階の右端には池上の部屋があった。

「すると池上は――」

沢口は一組の平行線を指でなぞりながらいった。

「自分の部屋の窓から脱出し、滑り下りていったのですね。スキーの跡が、どのように続いているか、追ってみますか」

浅野が細い声で、

「それは、危険……」

といいかけて、やめた。何が危険なのか、含みのある口調に、沢口は引っ掛かったが、宏が気にするはずもない。

シュプールに向かって先を行く宏を、沢口は追った。スキーの跡まで着くと、彼らは平行線に沿って前進を始める。浅野も渋々といった様子で続いた。

沢口は浅野の方を振り向いていった。

「シュプールの深さを見てください。体重のある奴が履いていたらしい。相当深くまで埋まっています」

老人は、心ここにあらずといった様子で「はい」と答えた。何かが気に掛かっているようだ。

シュプールの続く先は、かなり強い急勾配になっている。積もる雪が三人の足を付け根まで埋め、舞う雪が視界を塞いだ。沢口は、浅野がふと、足を止めたのに気づいた。

「どうしたんですか、浅野さん」

宏も進行を止め、

「何だよ爺さん、疲れたのか？」

いらいらしながら言葉を重ねた。

「もうギブアップかい？」

「いいえ」

浅野は、はっきりと否定した。それから、宏の目を捉えて、

「危険でございます」

強い声だった。

「何が、だよ？」

「これ以上進むのは危険でございます。宏様も沢口様もご存じかと思いますが、この先は崖になっているのでございます」

「崖？」

宏と沢口の声が重なった。二人は目を見合わせる。

「そうだったぜ」

「思い出しましたよ。確かにこの先は、かなり高い崖になっています。落ちたらひとたまりもありません。この雪で目を塞がれ、スキーで突っ込んでいったとしたら、いかに池上でも助からないでしょう」

「百パーセント死ぬぜ」

三人は、しばらくそのままでいた。それぞれが、前進するのは危険だが、このまま引き返すのもどうかと迷っているようだった。

やがて沢口が自らいった。

「僕が見てきますよ。二人はここで、しばらく待っていてください」

青年は雪の中へ消えていく。

そして、五分ほどして戻ってきた。

「シュプールは崖の下に消えていました。スキーを履いていた奴は地獄へまっしぐらですよ」

「自分の目で確かめてえな」

沢口は止めようと思ったが、やめた。他人のいうことを聞く男ではない。

「では宏さん、そして」

老人の方を目でうかがい、彼がうなずくのを確認してから、

「浅野さんも、僕の後に付いてきてください」

三人は崖の縁《ふち》まで行った。シュプールは確かにそこまで続き、消えていた。宏と浅野は下を覗いている。沢口も、もう一度目を凝らしてみた。谷底まで数十メートルはあるだろ

う。崖は恐ろしく鋭い角度であり、ここから見下ろしているだけで、吸い込まれてしまいそうだ。岩盤は遥か下まで続き、底は二十メートルくらいから先は雪に煙って見えなかった。下からも風が吹き荒れている。

沢口は宏に向かっていった。

「これじゃ、下へ降りて死体の確認をすることさえできない」

「必要ねえ。落ちて死んだのは池上よ。前から、ちょっと頭が足りねえ筋肉野郎とは思っていたが、最後まで馬鹿な男だったぜ」

宏は目を細め、肩をすくめて、

「こうしていても仕方ねえ。戻るぜ」

三人は踵を返す。雪を掻きわけるようにして進んでいく。

途中で、放置しておいたスコップを拾った。沢口が三つまとめて運ぶ。

沢口は、宏の横顔を見ながら聞いてみた。

「宏さん、あの玄関のカードはどう考えればいいんでしょうね」

「気にするなよ、沢口。池上はスキーをキープしていたが、犯人ではないのかもしれねえ。あるいは池上に共犯がいたとかな。そいつはどこかの窓——自分の部屋かもしれねえな——から、池上が脱出していくのを見ていた。池上は窓から外に出て、スキーを履き、滑り始め、崖まで一直線に進み、そして消えた。あんな崖から落ちたら絶対お陀仏《だぶつ》だ。そいつはいずれ池上も殺すつもりだったが、相手は自分から勝手に、都合よく死んでくれたってわけだ。手をかけずに復讐は完成した。物足りねえくらいだった。そいつは図に乗ってカードを池上の靴に差し込む。まるで自分が殺したかのように、な」

「復讐……？」

沢口は首をひねる。

「宏さんは今、復讐といったが、池上も恨みを買って殺されたと思いますか。犯人は復讐するために、殺人を重ねているのでしょうか」

「知るか。例えばの話だよ」

宏は素っ気なくいい捨て、黙々と雪の中を歩いていく。

十五章　サオリ、一郎をもてあそぶ

サオリは廊下を歩きながら、ふと、不思議に思った。

宏の兄が、どうしてあんな男なのだろう。

容姿からして対照的だ。宏はすらりと背が高く、野性的ないい男だ。しかし一郎はぶくぶく太った、白豚のような男だった。

性格もまるで違う。弟が一つ所にじっとしていられないタイプなのに対して、兄は自分の部屋からほとんど出たがらない。

中村一郎のことは、あまり知らなかった。この家にいてもめったに顔を合わせない。会っても、会話がなかった。彼女は一郎が話すのを聞いたことがない。あの男は「うう」とか「ああ」としかいわないような印象がある。

一郎は毎日をどのように過ごしているのだろう。部屋に籠もって、何をしているのか。行って、見てみようか——と思う。

中村一郎の部屋に入ったことはない。

聞くところによると一郎は、かなり昔から幽閉されるようにして、この家に住んでいるという。もともと、少し発育の遅れた児童だったらしいが、代議士の父は施設に預けることを好まず、人里離れた旧友の家に息子を預けた。一郎は半ば監禁されながら半生を過ごして来たという。

サオリは一郎の部屋の前で足を止めた。

ノックする。

「一郎さん、いる?」

反応はなかった。

戻ろうか、と一瞬思って、やめる。

ノックを繰り返す。室内は静かなままだ。

彼女の中で、いわれのない怒りが込み上げてきた。一郎はおそらく中にいるはずだ。あの程度の男が、この私を、ないがしろにするなんて。

サオリはドアを叩き続ける。出てくるまで、ノックを続けるつもりだった。

何度も叩くうちに頭の中が真っ白になってきた。手が痛い。しかし、やめなかった。彼女は握り拳に力を込め、殴るように叩きつけ、部屋の中に呼びかけ続けて、やがて大声で叫んでいる自分に気づいた。

「一郎！　開けなさいよ！　中にいるのはわかってるのよ！　一郎、開けな！」

ドアが少しだけ開いた。

闇の中から、象のようにおとなしい目が、上目遣いにこちらを見ている。鬱陶《うっとう》しい。

サオリはドアを蹴った。ドアが激しく開く。中の男は尻餅を搗《つ》いた。彼女は部屋の中に大股で入ると、音を立ててドアを閉めた。

床を後ずさりする男を睨みつける。

一郎は首を横に振りながら、手と尻で後退した。

彼女は下唇を舐めると、異様に陽気な声でいう。

「一郎さーん、ハッピー？　元気してるー？　あたし、サオリよー」

床に横座りした一郎の目に、脅《おび》えの色が走った。だらしなく弛んだ頰の肉を歪め、口を半開きにしている。

サオリは獲物を狙う獣のように目を細めて、唇の周りの皮膚に、ニキビのような吹き出物があった。

「一郎さん、あんた、あんまりじゃない。あたしみたいないい女がさ、あんたみたいな不細工な男の部屋に遊びに来てやってるのに、どうしてすぐにドアを開けないんだよ。ふざけやがって。あーあ、痛い。ノックし過ぎて、手が痛くなっちまったじゃないか」

一郎は首を横に強く振り、う……あ……と呻いた。

「そうか、そんなに嬉しいんだね。嬉しいんだろ。あたし、退屈してんだ。ちょっと話をしようよ。あたしたち話したことなかったしさ、ちょうどいい機会だろ」

男を一睨みし、

「――そうだろ?」

一郎はびくんと体を震わせた。

脅える小動物のようだ、と彼女は思う。こんなに太った大男なのに、蛇に睨まれた鼠のようにうろたえている。

彼女は腰に手を当て、ぐるりと部屋の中を見回す。

かなり広い壁の一面に、ビデオやDVDが並んでいた。歴史、文化、芸術などの教養物も、映画やテレビドラマなどの娯楽物もある。すぐにでも営業できそうだ。一角に大きなテレビが置かれ、周りにビデオデッキやDVDプレーヤー、レーザーディスクが設置されていた。スピーカー付きのCD・カセットデッキもある。

「なるほどこれなら、一生でも部屋に籠もって暮らせそうだね。馬鹿みたいに見えて、ちゃんとメカも使えるんじゃないか」

彼女は、一郎の震える足に目を止め、

「あーら、あんた……」

彼はじりじりと、窓際まで後退していく。腰が抜けているようにも見える。

「オシッコちびりそうじゃない。何がそんなに怖いのよ。あたしが怖いの、それとも女が怖いの、美人が怖いの、他人が怖いの。女が一人入ってきたくらいでさ、何を恐れるっていうのよ。そんなんであんた、これから生きていけるの、生きていく資格があるの？」

一郎は目を見開いて、こちらを見上げ、体を小刻みに震わせている。

彼女は視覚の隅に、違和感のあるコーナーを捉えた。

そこだけ室内の空気が変わっている。

見ると、ホラーのビデオやＤＶＤが並んでいた。『悪霊の棲む館』『残酷の沼』『妖婆・死棺の呪い』『魔鬼雨《まきう》』『人間人形の恐怖』といった凶々《まがまが》しい文字が、凶悪な空気を漂わせている。

彼女は無造作に一本のＤＶＤをつかみ出す。

「『蛇女』か。こんなのもあるんだ。ふーん。ハマー・ホラーじゃなくて、日本で撮られた映画ね。これ、面白い？」

彼女は、ＤＶＤを男に向かって投げ付けた。彼の体が、びくりとする。

「あんた怖いの、好きなの？　そんなに弱っちいくせに、ホラーも結構揃ってるじゃないか。ちなみに、あたしはこう見えて、怪奇もの、好きよ。怖いの、大好きなのよ〜」

サオリは男に一歩近づき、

「ねぇ一郎、おねーさんと一緒にDVDでも見ようか。その『蛇女』を見ない？　特殊メイクもいかした、日本の蛇女をね。一緒に座って、肩でも抱きながらさ。それとも——」

彼女は唇を薄く開いて微笑んだ。

「本物の蛇女の方が、いい？」

サオリは一瞬だけ、顔を変えた。

せいぜい蛇女らしくしてみたが、どうだろうか。

一郎はある意味、興味深い反応を示した。

惚《ほう》けたような表情になっただけだったのだ。

目を見開き、弛んだ頬に皺を寄せ、だらしなく口を開いている。唇の端には、泡が浮かんでいた。唐突に、意外な物を見せられたので、驚くしかないといった様子だ。

つまらない。

彼女は舌を打つ。

「うんざりするよ。あんたには通じなかったようね。だからウスバカは嫌いなんだ。このウスバカ、ボケ、カス、クズ。あんたはどうせ、何をいってもわからないんでしょ。あたしが何をしたってさ、人並みの反応すらできないんだ。このデブ、スクラップ、ノウナシ。あたしが、何をいっているのか、わかる？　あたしのいってること、わかってる？　あんたなんか、どうせ、蛇女が何かも知らないんだろう？　教えてやるよ、このウスノロ」

サオリは両手を腰に置き、酔ったような口調で続ける。

「蛇女はね、〝縞馬《しまうま》のような縞、豹のような斑《まだら》、孔雀《くじやく》の目、深紅の筋を持ち、その身を覆える銀色の月は、彼女が息するごとに、消えては、また輝き、あるいはその光が、さらに暗い綴《つづ》れ織りと綾《あや》をなす〟ってさ。〝頭にはアリアドネの冠のごとく、星をちりばめた青白い炎を戴いていた。その頭は蛇、されどああ、甘くも苦い、彼女は真珠のような歯並びもまったき、女の口を持っていた〟ってね。何いってるんだかわからないだろ。目なんかキョロキョロさせてさ。キーツだよ、ジョン・キーツ。『レイミア』さ。あたしは蛇女を語る言葉の中では、キーツが一番好き。きれいだもの。蛇女をきれいに語れるなんて、やっぱり天才だよ」

一郎は呆気にとられたように、ただぼんやりと女を眺めている。

「聞いてんのかよボケ」

彼女は手近にあったビデオを二本取り、男に投げ付けた。ビデオは彼の顔に当たり、額を浅く切った。一郎はうう……と弱々しくうめく。

女は満足げにうなずき、

「これがジョン・ランプリエールになると、ちょっと怪しくなるのよ。ランプリエールの事典によると、ラミアはアフリカの怪物だった。女の顔と胸を持ち、他の部分は蛇だという。それは旅人を誘い寄せては貪り食った。言葉を発することはできず、シューシューいう快い声で人々を惑わせる——んだとさ。言葉がしゃべれないなんて、その蛇女、よっぽど頭が悪かったんだろうね。まるであんたみたいにさ、この家畜。もっとも家畜なら、もっと役にたつか、食えるから。食えるといえばよ、ラミアは美しい女の形をして、幼い子供を誘い、貪り食うんだそうよ。多情なユピテルは美女ラミアと通じ、それをユピテルの妻・ユーノーは嫉妬した。それでユーノーはラミアを醜く変え、その子供を皆殺しにした。で、ラミアは狂い、他人の子供と見れば見境なく食べてしまうようになった、というのさ。あたしの話を聞くのは楽しいかい、このタコ」

彼女は一つの棚に手を掛け、思い切り引いた。棚は大きな音を立てて倒れ、数十本のビデオが散乱する。彼女は足元に転がった幾つかを蹴飛ばし、部屋中に撒き散らした。

「気持ち悪《わ》りぃんだよ。——ったく」

一郎は頭を両手で覆い、がたがたと震え始めた。

「あたしの話は面白いだろ、ためになるだろ、ありがたく聞けよ。ランプリエールはいけすかないが、もっとゲスな奴がいる。コラン・ド・プランシーさ。あいつはラミアのことをこう書きやがった。それは砂漠にいる魔物で、女の姿をしているが、足に竜の頭がついている。ラミアは墓地にも出没し、死体を掘り出して食べ、骸骨しか残さない。……だってさ。馬鹿にしてるよ。ふざけるにもほどがある。蛇女はグールかい。冗談いうんじゃないよ。誰が、死体なんて食うか。腐肉なんて食えたもんじゃない。あたしが好きなのはレアさ。殺したての、血の滴るようなヤツが好きなのさ」

サオリは静かに一郎に近づいていく。

彼はいやいやをするように、ゆっくりと顔を左右に振った。

「ほーら、気をつけな、おねーさんが、そっちへ行くよ、そっちへ行って、太った坊やを食べちゃうよ。頭から食べちゃうよ。バリバリってね」

一郎の双眸《そうぼう》から大粒の涙が流れ始めた。

「あーら、あらあら、泣いてるの。やだねぇ、大の男が泣くんじゃないの。いい歳をしてさ。涙が似合うのはいい男だけ。怪物の涙は、よけいに醜いって、覚えておきな」

サオリの目が、足元に転がったビデオの一つに留まる。パッケージがなく、中古品のようだ。彼女はそれを手に取る。

「何よこれ」

一郎が、はっとした。

彼女は、ビデオ本体に貼られたタイトルシールに、素早く目を走らせる。

一郎は、ああ……とうめいて手を伸ばしたが、すぐに手を引っ込めた。

彼女は二歩引き、男と距離を取り、大声でゆっくりという。

「そんなに大事なものなの、どれどれ。〝揺れる電車の中で～痴漢に暴かれた女教師の性～〟麻田《あさだ》かおり〟だって。何よこれ、エロビデオじゃないの、やーらしい。最低」

彼女は一気に男に詰めより、ビデオで彼の頭を軽く叩いた。

「や、やめてくれ……お願いだ……出ていってくれ……」

少年のような甲高い声が、一郎の口から漏れる。

「あーら、あんた、ちゃんとしゃべれるんじゃない。おねーさん、びっくりしちゃったなー。そうならそうと、最初からいってよねー」

「………」

彼女は手に一層の力を込め、ビデオで男の頭を小突き続ける。額の切り傷が広がり、血が滴り始めた。

「ちょっと一郎君、あなたもやっぱり男だったのね。エロビデオを見てるなんてさ。どうして男って、こんなのが好きなんだろ。そういえば麻田かおりってさ、北条美夜にちょっと似てるわよね。というより、あのチビが麻田かおりを縮めたみたいなんだけどさ」

一郎は顔に恐怖の表情を貼りつけている。眉間を血が一筋伝っていく。彼女は、小突く手を止めない。

「昔の男の一人が、この手のビデオのマニアでね、結構一緒に見たよ。あたしも妙に詳しくなっちまった。男って、みんなダメなのよ。映像と現実の区別もつきゃしない。女にビデオみたいな阿呆な演技を求めてさ。くだらないったら、ありゃしない。あんなにいつまでも能天気にアヘアへいってられますかってんだ。ま、あたしはたまに、やっちゃうけどね。でも一郎君、あんたは気をつけなさい。こんなものばっかり見てたら、インポになっちゃうわよ。一生、ナマの女を相手にできなくなって、しまいますわよ」

サオリはいたずらっぽく笑って、

「あんたには、そんな心配いらないか。もてないもんねー。それとも一郎君は、もうインポになってるのかしらん。どうれ、おねーさんが確かめてあげましょうか。ほうら、おねーさんに、見せてごらん」

彼女は男のズボンを一気に引き下げた。

彼は抵抗しなかった。体が硬直し、立ち上がることすら、できないようだ。

「あらま、可愛い縞のパンツだこと」

彼女はパンツも引きずり下ろした。

「他の部分のお肉は豪勢だけど、ここはまたえらく、みすぼらしいのですわね、お坊ちゃま」

彼女はいきなり、一郎の一物をつかんだ。彼は細い悲鳴を上げる。女はかまわず、いじくり始めた。

「あんたどうせ、一人でいつもやってんだろ。暗い部屋に閉じこもってさ。何度も擦ってんだろ。美夜に似た女優のビデオを見ながらね。どうよ、気持ちいい？　あんた、あたしみたいな極上の女が、かまってやってんだよ。気持ちいいっていいな。ほうら、いい気持ちっていえよ。何だい言葉もしゃべれないの。涎が垂れてるじゃないか、汚いね。ほーれ、ほれほれ、感じるかい。まったく、なんで北条美夜みたいな女が、男に人気があるのかね。あたしには理解不能だよ。あのテの女がそんなにいいのかね。だったらさ、あたしをあの女だと思えよ。おねーさんは美夜なのよ。あたしは美夜よ。あたし、美夜です。あたし美夜。何よ、その潤んだ目は。何なんだよ、その眼差しは、気持ち悪いよ、まったく最低だよ、あんた、この変態――」

彼女はいきなり手を放し、立ち上がった。

「そうだよ！　気持ち悪りぃんだよ！　変態！」

怒声を上げ、男の剝き出しの股間に蹴りを入れた。一郎は悶絶し、転げ回る。彼女は所かまわず蹴り続けた。彼は泣き叫ぶ。サオリは哄笑《こうしょう》した。

「ははは、そうだよあんたは最低だ。このままぶっ殺してやろうか。殺してやるよ。あんたなんか死んだって誰も困らないよ。むしろみんな喜んでくれるんじゃないのかい。無駄飯食いがいなくなったってね。殺すよ、一郎。あたしがあんたを殺してやるよ、ははは、はははははは」

十六章　沢口、杉崎に頼る

雪の中、前を行く宏の背中を見て、沢口は――野獣のような男だ、と思う。

短気で粗暴だが、それだけではなく、雪を掻き分けて進む姿が、どこか獣くさい。比喩《ひゆ》ではなく、けだものじみているのだ。動作の端々が、人間らしくない。どこがどうと、具体的に指摘することはできないのだが。

中村宏だけではない。相棒の――いや、相棒だったというべきか――池上正人もかなり獣的な男だった。大男だったが、見事に気配を消し、豹のように素早く動くことができる。あんな男に狙われたら、常人なら一たまりもない。

訪問客の中では、月岡サオリも獣人めいていた。生きのいい美人だが、生きが良すぎて動物くさい。どこか、原始のにおいがする。遥か昔から生きているような気配があった。

これも、宏と同じく、どこがどうとは、指摘できないのだが。

もっとも他人のことはいえないか……沢口は薄く笑う。

サオリは、こちらのことをどう思っているのだろうか。あの女とは以前、どこかですれ違っているかもしれない。記憶にないとしても、その可能性はある。杉崎廉と同じように。ただし杉崎よりも、遥か昔に。

サオリと出会ったとしても覚えてはいないが、杉崎のことならよく覚えている。彼は年を取った。人間は老いる動物だ。それが良いことなのか悪いことなのかわからない。おそらく、どちらでもないのだろう。杉崎は、沢口のいうことを鵜呑《うの》みにはしなかったが、確かに彼とは面識があったのだ。

傭兵の頃の杉崎は、触ると切れそうなほど尖っていた。常に周囲に気を巡らせ、索敵しているかのような男で、誰にも心を許さず、人と交わることをしなかった。沢口の顔を覚えていなくて、当然だ。

当時の杉崎は、一見クールな二枚目風の容姿で、しかし与えられた仕事は確実に成し遂げた。先陣を切って暴れるタイプではなく、一歩引き、作戦を正確に遂行する、真に恐るべき兵士だった。

杉崎と比較的親しかった老兵から聞いたことがある。杉崎は伊勢の出身で、貧しい家庭に育ち、若いころから運送関係のヤバい仕事に手を出していたという。そうしなければ高校や大学に進学することは不可能だった。しかし、就職も決まり、大学を卒業しようとした矢先に、ちょっとしたいざこざから、チンピラヤクザを殺してしまい、逃亡するはめになったらしい。彼は得体の知れぬ船に乗り、東南アジアに流れ着き、転落の一途を辿った。あげくは傭兵になり、戦争までしたのだ。

しかし——と沢口は思う。

杉崎は変わった。もはや沢口の知っていた危険な男ではない。角が取れ、極度に穏やかになった。牧師でも勤まりそうだ。年を取り丸くなるのは当然としても、それだけではなさそうだ。何があったのだろう。よほどの体験をしなければ、ああはなるまい。左手の革手袋も気になる。昔はあんなものは嵌めていなかった。怪我でもしたのだろうか。彼は手袋を外すことはないようだ。どうしてか。昔は、負傷の跡を気にするような男ではなかった。今は、違うのだろうか……

北条家の玄関まで、もう少しだ。

間近にあるのに、幻のようだ。

雪に霞んで朧《おぼろ》に浮かぶ巨大な洋館は、建物の幽霊に見える。

沢口は足が重くなったことに気づいた。

疲れたわけではない。

しかし、一歩進むごとに、足が鉛のようになっていく。何故かはわからない。脅えているわけでもなかった。沢口が脅える理由などないのだ。

しかし足が重い。体が北条の家を拒否している。得体の知れないものが、後ろから体を引っぱっている。

こういう時には何かが起こるものだ。

予測できないことにしろ、予想通りのことにしろ、何か、良くないことが。

案の定——

「あっ！」

浅野が頓狂な声を上げた。

筋ばった指で、一つの窓を指している。

「あ、あ、あそこをご覧ください」

沢口と宏も示された地点を見た。

一見しただけでは何だかわからなかった。さっきもここを通ったはずだが、気づかなかった。

窓ガラスに、妙な物が貼り付いている。赤い葉っぱか、ヒトデのような物だ。目を凝らして見ると、人の掌のようだった。部屋の内側から、赤い……血まみれの掌が、窓ガラスに貼り付いているらしい……のだ。

「旦那様の寝室でございます」

三人は窓に近づいた。応接室の隣の部屋だった。ガラスには雪と氷が付着し、部屋の様子はうかがえない。

しかし、ここまで来ると、わかる。

窓に付いている物は確かに、手だった。

指を広げ切った赤い手が、ガラスに貼り付いてる。

床に倒れ、窓に手を伸ばしたら、こんな具合になるかもしれない。

「今度は北条の爺さんか」

宏がうんざりしたように毒づき、沢口を見る。

「いいかげんにしろよ、沢口。何人殺したら気が済むんだよ、この殺人鬼が」

沢口も切り返す。

「こんな馬鹿げた大量殺人を起こす奴は、キレ者のあんたしかいませんよ、宏さん」

「かもな」

二人は冗談めかして当てこすりをいい合った。

妙にのんびりした空気が漂っているのが、異様といえば異様だった。

玄関に入ると、宏が足を止めた。

沢口たちは先に進もうとしたが、宏は動かない。ぼんやりしたように、うつむいている。

沢口は宏を見て、いった。

「どうしたんです？」

宏は床を見たまま、ぼそりという。

「……部屋に戻る」

「北条さんの部屋の様子がおかしいんですよ。見に行かないんですか」

「興味がなくなったぜ。どうせまた、死んでるんだろ」

「あなたが殺したのなら、見なくても様子がわかるでしょうね」

「皮肉なら効かねえよ。俺が殺ったと思ってくれてもかまわんぜ。とにかく、あの部屋には行かん。死体は見飽きた。後は任せる」

宏は階段を二段ずつ上がっていった。

沢口が足を進めようと一歩踏み出す。

「お待ちください」

浅野が止めた。見ると、真っ青な顔をしている。

「沢口様、申し訳ありません。情けない話ですが、体調が思わしくないのです。私も少し、部屋で休みたいのですが」

老人の体は小刻みに震えていた。

沢口はあきれた。

「いったいあんた方、どうしたというのです？　この家の主人が亡くなっているかもしれないんですよ。宏さんはともかく、浅野さんが来てくれなきゃ、話にならないじゃないですか」

「面目ないことでございますが、沢口様、どうかご理解ください」

沢口は目に冷たい嘲りの表情を浮かべる。

「確かに浅野さんは寒い中、老体に鞭打って、がんばり過ぎたかもしれませんね。ゆっくり休んでください」

浅野も二階に消えていく。

沢口は溜め息を一つつき、廊下を進み始めた。

狂っている。みんなが、狂い始めている。

彼は北条秋夫の部屋の前で足を止め、少し考えると、隣の応接室へと戻った。

中に入ると、ソファに杉崎が座っていた。目を閉じ、眠っているように見える。

「やはり、僕にはあなたしかいないようだ」

沢口は独り言のようにいい、それから静かに語りかける。

「杉崎さん、美夜さんはどうしたんですか」

杉崎はゆっくりと瞼を上げた。

「体調を崩したらしい。寝室に戻った」

沢口は肩をすくめた。

「美夜さんもですか。宏さんと浅野さんも、ご同様です。結局、頼りになるのは杉崎さんだけということですね」

「当てにされても困る」

「いいえ、当てにしますよ。なにしろ、この家のご主人も死んでしまったようですからね」

杉崎が、かっと目を見開いた。

「北条秋夫が？」

沢口は少し狼狽した。

杉崎があからさまに——必要以上に驚いている。

彼は、予想外の杉崎の反応に戸惑いながらいった。

「月岡麻二さんの死体を埋めに行って、妙な物を三つ、発見したんです。一つはツキオカと書かれたカードで、二つめはスキーの跡です」

沢口は、さっき見てきたことを話した。池上の靴に、ツキオカと書かれたカードが差し込まれていた。外では、シュプールを発見した。池上はスキーで脱出しようとし、崖から転落したらしい。

「自分用のスキーを隠していたところを見ると、スキーを破壊したのは池上かもしれません」

「池上が折ったのか」

「おそらく。で、話を戻します。僕たちが見つけた三つ目のものが、窓ガラスに張り付いた血まみれの手です」

「血まみれ……」

「北条秋夫氏の寝室の窓ガラスに、血まみれの手が張り付いていました」

杉崎は、どこかぼんやりとした口調で、聞き返してきた。

「秋夫の手とは限らない」

「だからですね――」

沢口は杉崎の目を捕らえると、

「見に行きましょうよ。隣の部屋ですし、一人で行くのは、怖くてね」

「つまらんジョークだ」

「一人で死体に会うのは不安です。それで理由にならないとしたら、少しでも一緒にいたいから、というのはどうですか」

「もう少し面白いことをいえよ」

二人は部屋を出た。

北条秋夫の書斎を通り、続いて寝室に入る。

ドアに鍵は掛かっていなかった。向かって左側にベッド、正面に窓がある。縦縞のパジャマを着た男が俯せの格好で床に倒れていた。救いを求めるように窓ガラスに右手を差し出している。掌がガラスに密着していた。後頭部の白髪が赤く染まっている。二人は被害者の顔を確認した。

「北条秋夫さんですね。死んでいる。いいかげん死体を見るのも、うんざりしてきましたよ」

窓からの緩い光が、杉崎の目の周りに深い影を作っていた。

彼は頭を垂れ、低い声で何かつぶやく。

言葉は聞き取れなかったが、沢口にはその姿が、祈りを捧げているように見えた。

杉崎は死体に一歩近づき、深く沈んだ声でいった。

「これにも、うんざりだ」

死体がカードをくわえていた。引き出すと、汚い字でツキオカとある。

「そしてあれが凶器ですね」

沢口は床に転がる花瓶を指差した。

死体の足元に落ちた銅製の花瓶に、血がべったりと付着している。

沢口は辺りを見回し、

「特に争った形跡もありませんね。犯人は、秋夫さんが油断したところを見澄まして、手近にあった花瓶で後頭部を一撃した、というところでしょう」

「殺された時間は？」

「さぁ、よくわかりませんけど、午前二時から三時に掛けて、つまり月岡麻二さんと同じくらいなんじゃないですか」

「いつもながらだが、よくわかるね」

「わかりませんよ。でまかせです」

二人はしばらく死体を見下ろしていた。

沢口には、杉崎の端正な顔に冷たさが増しているように見えた。

彼の目付きには、秋夫を蔑むような色まで浮かんできたようだ。

「珍しいですね」

と、沢口はいった。

「あなたが感情を表に出すなんて」

「そうか？」

「僕が北条秋夫さんの異状を伝えた時、あなたは、あからさまにうろたえました。そして今、どんな顔をしているかわかりますか？　親の仇を見るような表情ですよ。杉崎さんは、このホトケをずいぶん嫌って……憎んでいたようだ。違いますか。過去にいざこざでも、あったんですか」

「あんたにいう必要はない」

「僕たちの仲じゃないですか」

「どんな仲だ？」

男たちの間に、白々しい空気が漂う。

沢口は大げさに肩をすくめ、切り出した。

「寒くなってきました。こうしていても仕方がない。応接室に戻りましょう」

二人は静かに部屋を出た。

応接室に戻ると、ソファに向かい合って座る。沢口は、さっきまで麻二の死体のあった位置に、無造作に腰掛けた。杉崎が、からかってきた。

「気持ち悪くないか、沢口」

「どうして？」

「あんたは麻二の死んでいたソファに座っている」

「血の付いた部分を避ければ、どうということはありません」

「殺人現場保存上の問題があるのでは？」

「まだそんなことをいっているんですか。美夜さんじゃあるまいし。今さら、市民の義務をうんぬんするとはね。そもそも、こんな所まで警察が来ますか。少なくとも、すぐには来られません。現場保存なんてどうでもいいんです。違いますか。それに僕は、健全な市民でもありませんしね」

杉崎は視線を逸らし、

「状況は最悪だな」

「実際、僕たちが思っているより、ずっと悪いかもしれない」

「昨夜は月岡麻二と北条秋夫の二人が殺された。もしかしたら池上正人を加えて、一夜にして三人が死んだのかもしれない。殺人鬼が家の中を跳梁《ちようりよう》している。俺たち生き残り組も、一枚岩とは到底いえない」

「バラバラです。烏合《うごう》の衆《しゆう》ですね。ついでに嵐も止みそうにない。このままでは殺人者が暴れ回らなくても、最悪の事態を迎えるかもしれません」

「どうなる？　食料はあるようだし、全員飢え死に、ということはなさそうだが」

「殺し合いになるかもしれない。とにかく無事では済まないでしょう」

杉崎は思案顔になった。

「殺し合いか」

「生き残りを考えてください。宏さんと、僕と、杉崎さんが含まれてるんですよ」

「あんたらと一緒にしないでくれ」

「とにかくですね、殺人鬼の正体が誰だとしても、僕たちが極めて不安定な状況にいることだけは間違いありません」

「その殺人鬼のことだが、一連の事件の犯人が、生き残りの中にいることは確かだな」

「そうでしょうか」

二人の視線が正面衝突した。

「何がいいたい、沢口」

「特に何も」

「残された者以外に犯人がいるとでも」

「可能性がない、とはいえませんね」

「どんな可能性がある？」

「具体的な考えは、別に」

考えがないではないが口にしなかった。

杉崎は首をひねり、質問を変えてくる。

「また被害者が出ると思うか」

「犯人は殺し続けるでしょうね」

「既に四人が死んでいる。犯人は目的を達した可能性もある」

「希望的観測ですね。物事は悪い方に考えておいた方がいい。結果が出てからの失望が少ないから。犯人はまだ、殺そうとしている可能性もあるんです。あなたも狙われているかもしれない。そんな時、さて、杉崎廉ならどうします？」

「わからんね」

「僕には、あなたがどうするかわかります。杉崎さんなら、殺される前に殺すでしょう。犯人をね」

「自分と同じだと思うなよ」

「僕や杉崎さんなら、殺られる前に殺りますよ、必ず」

杉崎は首を横に振った。

「いずれにせよ、犯人がわからない。従って手の打ちようもない」

沢口は両手を静かに広げ、

「だからね、わかる必要なんてないんですよ、そんなもの。自分以外のすべてを殺せばいいんですから」

杉崎は一瞬、言葉に詰まった。

「……あんたの考えそうなことだ」

「僕は自分が犯人ではないことを知っている。つまり殺人鬼は他の、誰かだ。それを突きとめられないなら、全部殺してしまえばいい。その方が、自分が殺られるよりは、はるかにいい。疑わしきは、罰せよです」

「罰せず、だろう。あんたは今、狼みたいな顔をしているよ」

「僕は狼男ですから」

「確かに沢口京なら、自分以外のすべてを皆殺しにしようとするかもしれない。それに中村宏も、同じように考えるタイプかもしれない」

「ああ……、宏さんね、あいつは危険な男だな。それに月岡サオリもね」

「今の状況では、殺し合いが始まる可能性が高い、ということか」

「そういうことになりますね」

「犯人がわかれば、事態を収拾できるかもしれない」

「どうですかね。でも、探偵をしてみますか」

「俺は探偵だよ」

「そんなショボイもんじゃない。快刀乱麻《かいとうらんま》の名探偵ってやつですよ」

「古い言い回しをするね」

「僕は見かけよりずっと年を食ってるもんでね」

「で、あんたの見るに、犯人は？」

「わかりませんよ。一緒に考えてください。今までに……」

沢口は細い人差し指を立て、眉間に当てた。

「少なくとも四人の死体が確認されています。始まりは、あなたが来た日のことでした。月岡まことが死んでいたのです」

「自殺だろう」

「おそらくは。しかしどうだかわかったものではありません。何故ならカードの件があるからです」

「カードを置いた者がいるとしても、月岡まことが殺されたとは限らない。彼が都合よく自殺してくれたから、犯人は、それに便乗したのかもしれない」

「そんなことをして何になるのですか」

「誰かに恐怖を与えようとした」

「どうしてカードが恐怖につながるのです？」

「ツキオカの意味を知っている者にとっては、恐ろしいことだったのかもしれない」

杉崎は一拍置き、

「最初の、月岡まことの事件だけではない。続く三つ――中村清志、月岡麻二、北条秋夫――の、明らかな殺人事件の犯行現場にも、カードは残されていた。ここに、池上正人を加えてもいいかもしれない。発見された五枚のカードには、いずれも同じ、ツキオカの文字が記されている。このカタカナ文字の謎が解ければ、犯人の正体を突き止められるかもしれない」

沢口はわざとボケてみた。

「そのカタカナ文字に、どんな意味があるというのですか」

「こっちが聞きたい。あんたは知っているんだろう？」

「そうですね」

あっさり白状し、

「しかし杉崎さんはどう思いますか」

相手を試した。

「ツキオカは地名だろう。県北の月岡で何か異常事態が起こった。それが今度の事件につながっている」

「まぁね……」

沢口は唇の端で笑ってみせた。

あまりじらしても意味がないだろう。

「月岡で起こった事件なら知っています。去年のことです。新聞の地方欄にも出ましたから、杉崎さんも読んでいるんじゃないですか」

「地方欄など見ない。住み始めたのも、今年からだ」

「月岡の温泉は有名ですよね。で、一族郎党で行くことになったのです」

「誰が行った？」

「北条秋夫と美夜、中村親子と僕、月岡兄弟」

「そのメンバーで温泉旅行？」

「後にも先にも一度きりです」

「中村一郎は行かなかったのか」

「出無精なもので」

「池上は」

「まだ雇われていませんでした。あいつが来たのは半年くらい前だったと思います。新参者なんです」

「月岡サオリも旅行に行ったのか」

「そういえば、見かけませんでしたね。夫婦不仲なんでしょう」

「浅野は使用人だから参加しなかった？」

「浅野さんはその頃、まだいなかったのです。彼が雇われたのは、月岡事件があった直後でした。それまでの使用人、田中さんが交通事故に遭ったもので」

「田中さん？」

「田中明《あきら》――七十過ぎのお爺さんでした。轢《ひ》き逃げに遭い、足を骨折したのです。犯人は捕まっていません」

「月岡事件の直後に交通事故があり、そのため浅野が使用人として採用された」

杉崎は少し首をひねってから、

「話を戻す。で、月岡で何が起こった？」

沢口は短く息を吸ってから、静かに語り始めた。

「僕たちは古くて小さなホテルに泊まりました。ロビーで、僕がチェックインの手続きをしている時、事件は起きたのです。僕たちは皆で一杯引っかけて来たため、泥酔《でいすい》している奴もいました。特に宏がひどかった。その宏に、少年がぶつかりました。一人旅をしていた十六歳の少年でした。宏は凶暴な上に、酔っていましたから、少年に絡み、殴る蹴るの暴行を始めました。僕たちは黙ってその様子を見ていました」

「傍観していた？　誰か止めなかったのか」

「誰も。少なくとも僕たちは、誰も。二人の中に割って入ったのは、フロントのおじさんです」

「少年はどうなった？」

「血を吐いてましたけどね、自分の足で歩いて、部屋に戻ったようです」

「大した怪我はしなかったんだな」

「そうらしいですね。しかし……彼は死にました」

「死んだ？」

「屋上から身を投げたのです。自殺でした」

「何故？」

「もともと死ぬか生きるか見つめ直すための一人旅だったといいます。少年はイジメに遭い、登校拒否だったらしい。迷いに迷い、旅に出た。その矢先、理不尽《りふじん》な暴行を受けたんです。死にたくなって当然でしょう」

「客観的に見て、宏の暴行と少年の自殺に論理的な繋がりはない」

「遺族はそうは考えなかったでしょう。少年を傷つけた奴、黙って見ていた輩を心底憎んだかもしれない」

「それが今回の、一連の殺人の動機だと？」

「かもしれません。少なくともカードのツキオカの文字の示唆《しさ》する方向ではあります」

「少年の名は？」

「佐藤《さとう》ナントカです。下の名前は忘れました」

「佐藤か。彼の遺族は」

「よくは知りませんが、父と母ときょうだいはいたと思います。だが他に、思わぬ所に関係者がいても不思議ではありませんね」

「思わぬ所、か」

「例えば苗字の違う姉とか、伯父とかの類いですね。あるいは佐藤君と親しかった赤の他人であるとか」

「そいつが、少年に代わって復讐していると」

「かもしれませんね」

沢口は投げやりにいった。
急に興味がなくなったのだ。
飽きっぽい。
一瞬にして、何もかもが、どうでもよくなる。
もともと大したことではないのだ。
すべてが。
杉崎が、こちらをじっと見つめながら、考え込んでいる。
月岡事件と今回の事件との関連に、思いを馳《は》せているのだろう。
ご苦労なことだ。

十七章　浅野、怪物を再考する

浅野は日記を書こうとしたが、書けず、ボールペンを机に置いた。

指でこめかみを揉む。

やはり、疲れている。無理をし過ぎた。避けられなかったとはいえ、若者たちと共に死体を埋めることなど、しょせんは無理だったのだ。嘘をついてでも、休息するべきだった。これでは体力がもたない。自分には、やらなければならないことが、まだたくさんあるというのに。

息子の彦一《ひこいち》のやつれた顔が浮かぶ。

彦一はごっそりと肉が落ち、日々、死神のようになっていく。建築会社が倒産し、借金を抱え、高利貸に追われているのだ。早く何とかしてやりたい。金が必要だ。このままでは、息子夫婦は首をくくるしかなくなるだろう。

老人は深いため息をつく。

机の上を手で拭ってみる。薄く埃が付いた。汚れている。自室の清掃は後回しになるものだが、事件が始まってからは、他の部屋の掃除もしっかりとはやっていない。ゴミ箱を見ると、ゴミが溢れていた。

ゴミは何故増え続けるのだろう?

浅野は埒《らち》もないことを想った。

ゴミは人間が生きていく限り、無限に増え続ける。

必要な物や美しい物は、何もしなくても失われていき、目を離している隙に、ゴミだけが増殖していくのだ。放っておけば、やがてはゴミがすべてを覆ってしまうだろう。

ゴミは管理されねばならない。

しかし同時に、完全に駆逐することもできない。

ゴミの出ない生活などというものはあり得ない。

それは秩序というものの中に、最初から孕まれている矛盾なのだ。この矛盾は、生物—排泄物、地球—廃棄物といった、もっと大きな関係にも含まれる。

もしかしたら……

浅野は瞑想する。

……最近目撃されている怪物と、人間との関係も、これに近いのではないだろうか。

怪物が実在すると仮定しよう。

醜悪なモンスターは、我々にとってゴミといっていい。すると生活―ゴミという関係と、人間―怪物という関係は、意外と類似しているのではないか。

システムがあるところには必ずノイズが発生する。ノイズ＝ゴミは必要悪であり、システムの順調さを示すものですらある。つまりゴミと秩序は表裏一体なのだ。

してみると、人間が存在する以上、怪物も存在する。それは表裏一体なのだ、とはいえないか。

言葉遊びだ。レトリックの遊戯に過ぎない。

浅野は苦笑しつつ、もう少し考えを進める。

システム―ノイズの関係と、人間―怪物の関係には決定的な違いがある。システム―ノイズの関係は、生活がゴミを生み、人間が排泄物を生み、地球が廃棄物を生むように、システムがノイズを生む仕掛けである。ところが人間―怪物の関係はこれに当てはまらない。人間は別に怪物を生むわけではない。つまり人間―怪物とシステム―ノイズの関係は根本的に異なるものである。ならば――

すなわち怪物は存在しない。

と、いうことになる。

いや——

そうだろうか。

本当に、人間は怪物を生まなかったのか。

今の科学力なら、やろうと思えば、フランケンシュタインやモロー博士のように真の怪物を創造できるかもしれないし、事実、新生物を作り出している可能性もあるのだ。

そして、我々が怪物を誕生させた時、初めて、人間—怪物の関係が、システム—ノイズの関係として完成し、止揚《しよう》されて、この時、地球に付属したあるスイッチが押され、今まで存在を認められていなかったはずの太古からの怪物たちまで、すべてが存在を許され、この世に陸続《りくぞく》と姿を現すようになった、というのはどうか。それが、怪物が頻繁に目撃される今の状況なのではないか。

これは進化とはいえないが、進化に近い、状況の改変とはいえるかもしれない。

そもそも、生物進化のメカニズムでさえ、本当は誰にもわかりはしないのだ。それが徐々に起こっていくのか、ある瞬間に起こるのかさえ、我々は見定めることができない。

何が状況改変のスイッチを押すかなど、人間にはわかるはずもないのだ。

人類が怪物を生み出した瞬間に、状況は変わったのである。

それが、世界にＵＭＡがはびこり始めた理由なのだ。

こうして浅野は、いかがわしい結論を導き出した。

信じてはいなかったが、正しい仮説である可能性も、ないとは限らない。

しかし確かなことが一つある。

ゴミが生まれてしまったら、我々はそれと共存するしか道は残されていない、ということだ。

例えば、生活していれば必ずゴミが生まれる。だから清掃が必要になる。

同様に、社会が存在すれば、当然犯罪者も生まれる。だから、警察が必要とされるのである。この時、警察の役割は犯罪を最小限にとどめることであり、犯罪を根絶することではない。一度きれいに掃除しても、再びゴミは生まれるように、犯罪者をいくら逮捕しても、新たな犯罪者が誕生していく。犯罪を根絶やしにすることなど、できないのだ。

この点を勘違いすると、とんでもないことになる。

あらゆるゴミ、ノイズ、排泄物、廃棄物、犯罪、そして怪物を排斥することは、この世界の秩序の崩壊に繋がる。システムからゴミを根絶しようとする〝主義者〟たちがいたとしよう。彼らが、その理想的な主義を全うした時、そこに生まれるものは、完璧な〝秩序〟などではなく、ゴミなくしては存在し得ないはずの〝秩序〟が瓦解《がかい》した世界――すなわちゴミだけの世界に他ならないだろう。

我々はゴミと共に生きるしか術《すべ》はなく、怪物と共に生きるしか道はない。

しかし……

浅野はふと気づいた。

今までは怪物をゴミと仮定してきた。

しかし人間の方がゴミだったとしたら、どうなるのだろう。

怪物が人間＝ゴミを根絶した時、そこに生まれる世界が、我々にとってはゴミの山だったとしても、怪物たちにとっては完璧な秩序だったとしたら……

そうだ。

怪物の世界観、価値観など、誰にもわかりはしないのだ。

奴らが人間を根絶やしにしようとする時、我々はどうなってしまうのだろう。

それとも、たとえ人間がノイズの立場だったとしても、やはりそこには何らかの、システム―ノイズの関係が存在し、人類は存続を許されるのだろうか……

浅野は半ば馬鹿馬鹿しくなり、半ばは怖くなって、考えるのをやめた。

動くことにしよう。

北条秋夫の部屋に行かなければならない。

考えなければならないこと、やらなければならないことは山のようにある。

廊下に出ると、寒さに体が震えた。

風邪をひいたのかもしれない。

喉が少し痛む。

応接室の前を通り過ぎる時、話し声が耳に入った。興味を覚え、ドアに耳を近づける。

男二人が会話しているようだ。内容はよく聞き取れなかったが、時々〝ツキオカ〟とか〝死んだ〟とかいう言葉が混じるので、おそらく事件のことを話し合っているのだろう。声の感じからすると、沢口と杉崎だろうか。

浅野はしばらくそうしていたが、やがて隣の部屋に向かった。

秋夫の書斎に入っていく。

気のせいか、黴くさい臭いがした。

寝室へのドアを開く。足を踏み入れず、書斎からその部屋を眺めた。

窓際に縦縞のパジャマを着た男が倒れている。右手を窓ガラスに付けていた。

浅野は黙禱し、ドアを静かに閉めた。

少なくとも沢口は、この部屋に入ったのだろうが、さすがに――麻二に続いて――秋夫の死体を埋めることにはならなかったようだ。それとも、これから仕事にかかるつもりなのだろうか。

浅野は主の椅子に力なく腰掛け、うなだれたまま五分ほどそのままでいた。

辺りを見回し、静かに立つ。

机の横の書棚に手を伸ばし、一番上の段の、青い背表紙を引く。

すると、その書棚にあったすべての背表紙が一気に外れた。そのコーナーは隠し戸になっていたのだ。中から黒光りする銃身がのぞく。秋夫のライフルだ。

浅野は銃を取り出す。

意外と重い。触ったのは初めてだ。

秋夫は常々いっていた。この銃は自殺するためのものだ、と。しかし浅野は、その言葉を疑っていた。彼はやはり、護身用に、これを保持していたのではないだろうか。

ライフルを机に立て掛け、隠し棚の中をのぞく。弾丸のケースはすぐに見つかった。彼はそれも取り出し、机の上に置いた。隠し戸を再びはめ込む。

隠し棚のことは秘密でも何でもなかった。

この家の中にいる、ほとんどすべての者が知っているはずだ。秋夫が殺された今、誰が銃を手に入れるかは大変な問題だった。

その重要性に気づいたのは、自分が最初らしい。

もう一度書斎の中を見回し、ライフルと弾丸ケースを持つ。

ドアを少し開け、廊下の様子をうかがう。誰もいない。彼は部屋の外に出て、静かにドアを閉めた。

猫のように足音を消しながら、しかし速足で地下室へと向かう。

廊下の突き当たりに、黒いドアがある。

それを開けると、地下への階段が薄い闇へと続いていた。

気が滅入《めい》る。この階段にはどうもなじめない。どうしてこの一角には電灯がないのだろう。壁に手を触れながら、ゆっくりと下りていく。

地下室への階段は十四段だった。

あと三歩で地下室への入り口に着く。

地下室のドアはなく、更に濃い闇が室内へと続いている。

入り口脇にあるスイッチを押し、室内灯を点けた。鈍い光が地下室を照らし出す。足を踏み入れると凍えるような寒さだった。

様々な物が雑然と置かれている中を、足元に気をつけながら進み、作り付けの棚の前へと向かう。

棚は壁のかなり上の方にある。奥まで、よく見通せない。彼は木製のみかん箱を足場にして、その中をのぞき込んだ。浅野は一見そうは見えないが、かなり上背がある。彼より大きいのは池上くらいだ。

棚の奥行きは一メートルくらいで、歯の欠けたノコギリや、赤錆の浮いたカナヅチが置かれていた。箱がいくつかあり、錆びて劣化したクギが何十本も詰まっている。彼はその棚の一番奥に、ライフルと弾丸ケースを押し込んだ。

地下室を出ると、電灯を消した。

そのとたんに、妙な気配に囚われた。

前方の——階段に、何かいるような気がする。

振り返り、もう一度スイッチを入れる。明かりがわずかに階段を照らした。

誰もいない。

見えないものが……いるのでない限り。

浅野は再び電灯を消して、細く息を吐き、暗い階段を上り始める。

一、二、三……

無意識のうちに段数を数えていた。

さっきの気配は、気のせいだったのかもしれない。

……十一、十二、……十三。

階段を上り切った。十三段。この階段は確か、十四段だったはずだ。

数え間違えたに違いない。

黒いドアを後ろ手に閉めながら、やはり、疲れているのだ――と、浅野は思った。

＊

地下室への階段は薄い墨を流したような、頼りない闇に包まれている。嵐の音も、ここまでは微かにしか響かない。廊下に通じる黒いドアが、静かに開く。

すると。

闇の中から徐々に、人の形をしたものが現れた。

影の中から湧いてでたかのようだった。

〝それ〟は大股に階段を下りていく。

小さく口笛を吹いているようだ。何の曲なのか、陰々滅々としたメロディーだった。

階段を下りきると、電灯のスイッチを入れて、地下室の中に入っていく。

〝それ〟は室内をうろつき回っていたが、やがて作り付けの棚の前で足を止めた。

足元にあった木製のみかん箱を蹴り飛ばす。

棚の中をのぞき込む。

カナヅチやノコギリなどの古い大工道具が放り込まれているのが見える。その奥に、目的の物があった。

手を伸ばし、ライフルと弾丸ケースを取る。

口元がほころんだ。これで、仕事はずっと容易になるだろう。刺したり、殴ったり、絞めたり、毒を盛ったりするより、ライフルを使う方が遥かに楽に、確実に殺せる。

浅野典文は、いい物をくれた。

うっとりとした目付きで、しばらく銃身を眺めている。

〝それ〟は人知れず、この屋敷に忍び込んでいた。家の中は、くまなく回っているが、誰にも見つかっていない。

得物を手に、地下室を出る。明かりを消し、階段を上っていく。

〝それ〟は低い声で何かつぶやいている。
一、二、三……
階段の数をかぞえているのだ。

浅野典文のように。

……十三、十四。

階段は十四段あった。ドアノブに手を伸ばしかけ、やめる。〝それ〟は踵を返し、ドアを背に座り込んだ。

少し時間を置いた方がいいかもしれない。

ライフルを持ったまま、廊下を歩くのは、さすがにリスクを伴う。誰かに会ったら終わりだ。夜が来るまで、ここで待機した方がいいだろう。

いいや。

そうでもないのかもしれない。

ライフルを持ったまま、廊下で誰かに会っても、問題はないのかもしれない。

何故なら、目の前に現れた奴を殺せばいいだけの話だから。

誰であろうと、出会ったさきから撃ち殺してしまえば、何の問題もないのだから。

十八章　杉崎、食事する

「意外に現代的な厨房だな」

という杉崎の問いに、沢口は微笑みながら答えた。

「秋夫さんは、衛生面にはうるさかったんですよ。だから、この部屋だけは昨年改築したんです」

新品のように輝くシステムキッチンがあり、立派な換気扇も付いている。

大形冷蔵庫が二つもあった。古い洋館の調理室というより、モダンな豪邸のキッチンという方がふさわしい。ガラス棚の中には、高価そうなグラスや皿などの食器類が並び、ちょっとした美術品の展示コーナーのようになっていた。

部屋の中央にどっしりとした白い楕円のテーブルがあり、かなり大規模な配膳ができるようになっている。

杉崎と沢口しかいないせいか、余計部屋が広く見えた。

杉崎は美夜の部屋へ行き、秋夫の死を報告してきた。彼女は取り乱すこともなく、何をいっても、ぼんやりと座ったままだった。

それから沢口と再び合流し、腹ごしらえをすることにしたのである。

「見てください」

沢口が何か発見した。

促された方——ステンレス製の流し台の中、をのぞき込む。

ハムとチーズがゴミのように投げ込まれていた。

太いハムは半分ほど包装が剝がされ、丸齧《まるかじ》りされている。円形のカマンベールチーズは三分の一が欠けていた。

沢口はチーズをつまみあげ、呆れた口調でいった。

「えらくお行儀の悪い人がいたらしいですね。冷蔵庫からハムとチーズを取り出し、食堂まで行く間も惜しみ、切りもしないでかぶり付き、あげくの果てに流しをごみ箱の代わりにして、捨てたらしい。まるで獣人の仕業です」

「ジュウジン？」

「ケモノのヒトです。ケダモノみたいな奴が屋敷の中に潜んでいるのかもしれない」

「潜んでいる？　俺たちの知っている誰かがやったのではなく」

「今、この家の中にいる人で、こんなことをする奴がいますか」

「思い当たらんね」

「だったら、何者かが入り込んでいるのです。そしてその潜入者が、僕たちより先に、この厨房で飢えを満たしたということです」

「誰が、そしていつ潜り込んだのだろう」

「わかりません」

「前に不審者がいないか、屋敷の中を捜索してみたが、異状はなかった」

「一応はね。しかし充分な調査とはいえなかった」

「どんな点が」

「例えば、家の中に犯人の協力者がいたとします。彼ないし彼女は、犯人を招きいれ、自分の部屋にかくまうことができた。僕たちは各人の部屋の中まで隈なく捜したわけではありませんからね」

「その通りだな。しかし潜入者イコール犯人と、いい切れるのだろうか」

「可能性は、高いと思います。被害者を殺すためでなかったら、何のために、真冬の、こんな家に忍び込むというのです」

杉崎はうなずいた。

沢口はチーズの噛み口を眺めながら、

「豪快な食い方です。チーズの歯型から、犯人の正体を突き止める推理小説が、昔あったような気がします」

「では質問だ。そのチーズを齧ったのは何者なのかな」

「歯並びのいい男でしょう」

「どうして男だとわかる」

「歯型が大きい」

「口の大きい女かもしれん」

「確かに。警察の鑑識班にでも渡せば、何らかの手掛かりが得られるのでしょうが――」

彼はチーズを再び流し台に放り投げ、

「素人には何もわかりはしませんね」

杉崎は、その様子を眺めながら、あきれたように、

「あんたも獣人なみに行儀が悪いね、沢口」

「ごめんなさい。獣人なんです」

沢口はしらっと受けて、冷蔵庫を開けた。

「色々入ってるが、侵入者が手を突っ込んだとなると、あまり気持ちが良くない」

「見かけよりナーバスだな」

「見かけ通り繊細なんですよ」

彼は冷蔵庫を閉め、食品の収蔵棚を物色し始めた。

「杉崎さんは何が食べたいんですか」

「缶詰かな」

「カンヅメ？」

「調理しなくて済む」

沢口は魚の缶詰を二つと缶切りをテーブルの上に置き、

「杉崎さん、あなたは早く所帯を持った方がいいですね。食べたいものを聞いて、缶詰なんて答える人には初めて会いました。普通は肉とか魚とか、パスタとかステーキとか、そんなふうに答えるものなんじゃないでしょうか」

「所帯を持てというが、こんなことをいっている男のところに来る女はいない」

「ルックスだけなら、女が寄ってきそうなんですけどね。本当は杉崎さん、女が嫌いなんじゃないですか」

「確かに女は嫌いだが、男はもっと嫌いだよ」

「おっと、僕のことも嫌いなんですか、残念ですね」

沢口は大きなフランスパンを出してきて、半分に折った。

杉崎は缶詰の蓋を切りながら、

「せめて箸かフォークくらい使おうか」

二人は、缶から直接中身を食い、パンを齧った。

沢口はツナを箸でつまみながら、

「これじゃ、エサですね。とうてい立派な食事とはいえません」

そして魚肉を口に放り込み、

「ま、旨いからいいか」

「食えりゃ、いいんだよ」

「浅野さんの偉大さがわかりますよ。彼は僕たちがばらばらに食事を摂っても、文句一ついわず、料理を用意してくれるわけですからね。調理のできる男は素晴らしい。尊敬します」

「しかしさすがの彼も、今はメシにまで気が回らなくなったらしい」

「当然でしょう。こんな状況なんですから。神経もまいるし、体力も保《も》ちませんよ」

「浅野といえば、彼には兄弟がいるんじゃないのか」

「そうだったかな。どうしてそう思うのです」

「浅野の部屋に、写真が貼ってあった。よく似た男が写っていたが、同一人物とは思えなかった」

「そういえば、聞いたことがあるような気がする。彼には、弟か何かがいて、ずいぶん悪い奴だったとか」

「悪い奴?」

「フーテンみたいな。でも、いいえ、よくは知らないんです。ちょっと耳に挟んだ程度でね、確かそんな話があったような、ないような」

沢口は言葉を濁す。

二人は一通り食べ終えると、コーヒーを飲むことにした。

沢口がコーヒーミルをひくと、香ばしい匂いがほんのりと辺りに漂う。杉崎は心が少し和《なご》むのを感じた。美夜とクリスマスにケーキを食べて以来、久しぶりに日常生活が戻ってきた感じだ。考えてみれば、ここは、異次元といっていいほど異常な環境なのだ。

カップにコーヒーを注ぎ、こちらに運んでくる沢口の姿はエレガントで、陰りのある美貌は、落ちぶれた貴族のようにも見える。

前に置かれた褐色の液体を口に含むと、深く濃い味が舌を刺激した。

沢口も隣に掛け、コーヒーを口にする。

「杉崎さんは、アルコールの方は、どうなんです？」

「今は飲む気分じゃないね。あんたは」

「飲むと、暴れそうなんでね」

「怖いね。俺では、かなわないだろう」

「でしょうね。にしても杉崎さん、あなたは緊張を緩め過ぎています。僕が連続殺人の犯人で、そのコーヒーの中に毒が入っていたら、どうするんです。コーヒーに青酸カリを入れるなんてのは古典的な手口のはずです」

「その時はその時だね。それに、あんたはそんなことはしないだろう」

「ふーん、僕を信用するなんてね、隙だらけの探偵だ。あなた、ハードボイルドじゃないですね。杉崎さんはいつから探偵業をやっているんですか」

「四、五年になるかな。まだ新米だよ。この地域に来る前は横浜でやっていた」

「営業的には、こんな田舎とは比較にならんでしょう」

「騒がし過ぎてね、俺には向かなかった」

「映画とか見てるとさ、ドラマの私立探偵って何かルールを持ってるでしょう。口に出すかどうかは別にしてね。あなたには、そういうの、あるんですか」

　杉崎はしばらく考えて、

「依頼人を守ることかな」

「守る？」

「そう、守る」

「依頼人に関することは決して他人に明かさないとか、依頼は責任を持ってやり遂げるとか、そんな意味ですか」

「そうだね、そんなところだ」

「シンプルですね。当然のことでもある」

「ルールなんてもんは、本来口にするのが気恥ずかしいほど単純なものさ」

杉崎はカップを静かに置き、

「沢口、前から気になってはいたんだが、あんた本当に昔、俺と会ったのか」

「はい。会って、命を助けられてます。僕は嘘つきだけど、嘘はつきませんよ」

「どっちなんだ」

「今は本当のことをいっています」

「あんた、日本人か？」

「何故？」

「ちょっとフランス人みたいにも見える」

「さて、僕は何人なんでしょうかね。実は自分自身にもよくわからないんです。色々なところで暮らしましたしね」

「例えば」

「フライブルクという町に、しばらく住んでいました」

「ドイツか」

沢口はあいまいにうなずき、いたずらっぽい笑みを浮かべ、妙なことをいい始めた。

「落ち着いた良い町でしたけど、僕はそこで怪物を見たんです」

「怪物？　最近目撃されてる大蛇とか怪鳥みたいなもんか」

青年は今度は深くうなずき、

「僕はその頃、肉屋の手伝いをしていたんです。今思うとひどい仕事場で、血と肉の臭いが体に染み込んでしまってね。洗っても落ちない。僕自身は平気――というより、むしろ好きな臭いなんだが、周りには迷惑を掛けたでしょう。その店である日、確か十二月十二日のことでしたが、親方と二人で死んだ牝牛をさばいていたんです。そしたら、そいつの腹の中から出てきたんですよね。モンスターが」

「どんな奴が？」

「人間に近い顔をした、子牛でした。頭は禿げ、角のような瘤《こぶ》が二つあります。目が一つしかなく、長い舌をだらりと垂らしていました。体中腫れ物に覆われ、体毛は抜けています。死産でした。この怪物は坊主子牛と名付けられました」

「ボウズ?」

「僧侶、ですね。背中に皮膚が垂れ下がっているのが、頭巾付きの修道服に似ていたし、頭の禿げた部分が、剃髪に似ていたからです」

「西洋人らしい見立てだな」

「その姿は絵に描かれ、町中で売られました。売れ行きは好調でした。死骸は乾燥させてから、アンリ……確かアンリ・ド・サクソニアの家に三日間保管されました。それから彼はザクセン公フリードリヒにそれを送ったので、当時はそこにあって、怪物の姿を毎日見ることができました」

「ザクセン公? 今でもそんなものがいるのか」

「どうですかね。しかし今も昔も怪物がセンセーショナルなものだったことは事実です。だから当然、それを自分のために利用しようとする者が現れる。たとえば、奴だ。そいつは坊主子牛を論争の道具とした。彼は怪物が発見された翌年、『坊主子牛』という冊子を出版しました。福音主義を称えるプロパガンダのためです。モンスターを、堕落した僧侶たちへの攻撃手段として利用したんです」

「宗教が絡むと、話が見えなくなるんだがね」

「大丈夫です。易しい話ですよ。で、その男によると坊主子牛は、落ちた修道士を象徴していたということになる。坊主子牛は、うわべは宗教的であっても内面は獣的な、聖書に抗う怪物である。その耳は混乱を、だらりと垂れた舌は下らない言葉を象徴し、肌がむきだしになっている裂けた僧衣は教義の支離滅裂を、頭巾は異端に対する頑迷を、体毛の欠如は偽善を意味している。——と、いうわけです」

「そんなことをいって聖職者を攻撃した、バチアタリな奴は誰なんだね」

沢口は物想うような目をした。

「ルターですよ。陰気な、薄い茶色の瞳をした男だった」

「ルター？」

「マルティン・ルター。中学生でも知ってますよね。僕が住んでいたのはフライブルクですが、あの頃は国の名もドイツではなくザクセンと呼ばれていました」

「沢口、あんたも妙な男だな。どうしてそんな、見てきたような嘘をつく」

「繰り返しますが、今は本当のことをいっていますよ」

「でも嘘つきなんだろう」

「はい」

「ルターといえば、おそらく……十五世紀から十六世紀にかけての人物のはずだ。あんたは六百年以上も生きているというのかね」

「もっと長いかもしれませんね。マルコ・ポーロ、知ってますよね」

「名前は」

「彼は十三世紀から十四世紀くらいの人です」

「まさか、知り合いなんじゃないだろうね」

「面識はありませんね。でも『東方見聞録』は読みましたよ。杉崎さんは？」

「読んでいない」

「あれね、中国の記録はかなり正確で、インドに関してはデタラメだっていわれてるんです。マルコは知識として蓄えられたインドの驚異に取り憑かれていて、そのために、奇怪な文章を書いたってね。でも本当はどうだったんでしょうか」

「マルコ・ポーロが、どんなおかしなことを書いたのかね」

「アンガマン島の島民は、全員が犬の頭をしている。つまりキュノケパロイのことです。マルコはキュノケパロイの存在を肯定している。あるいは、スマトラには、毛がない尾をつけた男が山地に棲んでいる。そしてマダガスカルに飛来するグリフォンは、ヨーロッパでいうような鳥とライオンの合成体ではなく、鷲に似た、とてつもなく巨大な鳥だという。

この怪鳥は、象を大空に高く吊るし上げ、地上に叩き落として殺し、餌食《えじき》とする。島民はこの鳥をルクあるいはロックと呼ぶ」

「グリフォンにキュノケパロイ……か」

「まだまだあります。例えば彼は一角獣を見たという。それは、スマトラ島に棲息し、象と同じくらい大きい。また、中国では、カラジャン王国で、ドラゴンを見たともいう。これは、とてつもなく巨大な蛇で、ライオンのような爪を生やした短い足を持ち、口は人間を一呑みすることができるくらい大きく、鋭い巨大な歯を生やしていて、胴体は樽のようだった」

「その話なら聞いたことがある。『一角獣』の正体は犀《さい》で、『ドラゴン』の正体は鰐《わに》だ」

沢口は静かに笑った。

「フフフ……本当にそうなのでしょうか。角付き四本足にも色々いますからね。全部が全部絵本の中の一角獣みたいに、すなわち白馬のように、美しい姿をしているわけではない。マルコの見たものを犀と決めつけるのは人間の知識の限界を示すに過ぎません。また、とてつもなく巨大な蛇が、鰐ってのもどうですかね。だって中国でしょう。あそこは、蛇女の名産地だ」

「名産地？　蛇女にも〝取れたて〟とかあるのかね」

「古来、質のいい蛇女は中国産と決まっています。『白蛇伝』って知ってますか。若者が、蛇の化けた美女と出会い恋に落ちるって話です。これは、いくつもの小説、芝居、映画で語られました。この物語が広く流布したのは、中国が蛇女のブランドだったからです。違いますか」

「違いますか、といわれてもわからんよ」

「マルコは中国で本当の大蛇を見た……いや、他にも各地で多くの、真のモンスターに出遭った可能性がある、ということですよ」

「本当かね？」

沢口は真面目な顔で一つうなずくと、話に飽きたのか、二つのカップを持って立ち上がった。

流し台の中のハムとチーズを、無造作に生ゴミ用のゴミ箱に放り、カップを洗い始める。

杉崎は缶を片付けた。

沢口はカップを棚に戻し、丁寧に手を洗いながら、

「杉崎さん、もうすぐ日が暮れますね。また夜が来る。今夜も何か起こるんじゃないですかね」

淡々と不吉な予言をした。

「その根拠は？」

「予感ですよ。嫌な予感がするんです。今夜は何だかとても悪くて、長い夜になりそうな、そんな気がするんです」

十九章　美夜、罠に嵌まる

美夜は脅えていた。
寝室を電灯が寒々しく照らしている。
誰も信用できない。
杉崎でさえ怪しいものだ。
浅野も何を考えているのかわからない。
宏やサオリや沢口は、もともと信用していない。
今、家に残る人々の中で、最も非力なのは自分だろう。
この状況では、誰が何時、暴走し牙をむいてくるかわからない。
机に向かい、前に置かれた紙切れを見る。
ドアの透き間から差し込まれていた物だ。
拾ってみると、手紙だった。午後十時少し前に見つけた。気づかなかっただけで、だいぶ前から届いていたのかもしれない。何者かが、知らぬ間に手紙を置いていったのである。

午前零時——あれから二時間が過ぎている。

応接室で杉崎と別れてからは、ほとんど部屋に籠もっていた。食事もとっていない。夕方に杉崎が来て、父の死を告げた。彼女は見に行かなかった。見たくもなかったのだ。ここから一歩も出る気にならなかった。もっとも一度だけ小用で部屋を出たか。

それにしても……

この手紙は何なのだろう？　おかしな文章だ。私を、どうしようというのだろう？

もう一度、八つ切りくらいの紙切れに目を落とす。

そこには、こうあった。

〝オマエはヒトゴロシだ。午前一時に乾燥室へこい。　サオリ〟

角のない、丸い文字だ。月岡サオリの直筆らしくもある。どうやら呼び出されているらしい。

サオリは私が犯人だと思っているのかしら？　それならそれで、かまうもんか。知ったことじゃないわ。放っておこう。第一なによ、この手紙。「こい」だなんて。「来い」くらい漢字で書けば？　なんて無知無能。これだから馬鹿の相手はしてられないのよ。あんな女と二人きりになったら、何をされるかわからない。きっとひどい目に遭わされるんだ。

こんな手紙無視しよう。

無視しよう……

でも。

気になる。

やっぱり気になる。

………

時計はいつの間にか、午前一時の五分前を示している。

あと五分か。

行くか。行ってみるか。

サオリに会いに。

罠が待っているかもしれない乾燥室へ。

彼女は立ち上がった。

廊下に出ると体が震えた。寒いのだ。恐怖や緊張感を奪ってしまうほど、寒い。廊下の気温は戸外とほとんど変わらないのではないだろうか。

嵐が吹き荒れているのだろう、強風が窓を揺らしている。どこからか透き間風が入ってきた。猫のように足音を忍ばせ、廊下を進んでいく。何故辺りが気になるのだろう。階段を下り、玄関へと向かった。玄関脇の乾燥室へ行くには、一旦外へ出なければならない。シューズボックスを開き、外履きに履きかえた。濡れた靴がコンクリートの床に丸い染みを作る。ドアを開けると、雪と風が猛烈な勢いで吹き込んできた。

戸外へ出て、後ろ手にドアを閉める。一気に乾燥室へと駆ける。六歩で行けた。乾燥室の鍵は掛かっていない。ドアを開けると暗い室内に踏み込み、電灯を灯す。

青白い光が、弱々しく室内を照らした。

するとそこに、

あった。

確かに、

あった。

夢ではない。いや、それとも夢なのだろうか。罠でもない。いや、それとも罠なのだろうか。それはわからない、わからない、がしかし、確かに……ある。確かに、そこに、あるのだ。

死体が。

中村一郎の醜く太った、白いハムのような死体が、そこに……ある。

以前中村清志が死んでいた床に、今度は一郎が横たわっていた。

折られたスキーの残骸は一か所に片付けられ、がらんとした部屋の中央に、ただ死体だけがあった。

美夜は一郎にゆっくりと近づいていく。

男は大の字になり、天を仰いでいる。頭の横に、白いカードが置かれていた。〝ツキオカ〟の文字が読める。彼女には、その意図がどうしてもわからなかった。なんでいつも、いつも、こんなものを置いていくのか。

死者の胸にナイフが突き刺さり、白いセーターを赤く染めていた。白目を剝き、口が限界まで開き、頰から口にかけてのだぶついた皺が深く刻まれたまま固まっている。

なんて醜いんだろう。

美夜は心底思った。

こんなの人間じゃない。いや今は死んでるから人じゃなくてただの物体か。でも生きてる時から人じゃなかった。部屋に閉じこもり、何もせず、ただ太っていくだけの生き物なんて、人間じゃない。豚だ。いや豚ですらない。そんなの豚に失礼だ。こんなの家畜以下だ。肉だ。床に投げ捨てられた肉だ。食べることすらできない、単なる肉の塊だ。こんなものと結婚しろだなんて、どうかしている。そうよ、どうかしているわ、みんな、どうかしてるのよ……

その時。

「美夜！」

後ろから怒声が飛んだ。

「あんたが殺ったんだね、美夜」

振り向く。女が立っていた。サオリだった。

「やっぱりあんたが犯人だったんだ。一郎を刺し殺したね。今までの奴らも、北条美夜が、みんな、みんな、みんな殺したんだ」

サオリはドアの桟に手を掛け、大きな目でこちらを睨みつけながら、凄い笑みを浮かべた。

罠か？　美夜は考えた。いや、そうではない。いやいや、それとも、これが罠なのか。そうかもしれない。少なくともこの女、私が犯人だと思っている。思っていなくても、犯人に仕立てようとしている。サオリは家の中に駆け込んで言いふらすだろう。「美夜が一郎を殺した。ナイフで刺すのを、この目で見た」と。すると、どうなる？　生き残りは皆、冷静ではない。サオリの言葉を鵜呑みにし、私を犯人扱いするだろう。宏は決めつけ、「てめえが殺ったんだな」。浅野はうろたえ、「まさか、あなたが」。沢口は冷たく、「僕は美夜さんだと思ってましたよ」。……目に浮かぶようだ。しかし杉崎は……、杉崎は何というだろうか。

リンチが始まる。私は間違いなく殺される。

いやだ。

そんなの、絶対にいやだ。

理不尽な処刑になんか、遭ってたまるか。なんでこんな女のために、私が死ななければならないのだ。

サオリが低い声でいう。

「そんな可愛い顔と、ちっちゃな手をしてさ、よくも一郎を殺せたもんだよ」

「私……殺してません」

「まだいうか」

「だって私、午前中から一歩も部屋の外に出てないし、まして外へ出て乾燥室に入るなんて」

「この嘘つき女が。反吐《へど》が出るよ。あんた魔女だ。みんなあんたが殺したんだ。いいふらしてやる。あんたが殺人鬼だって、いいふらしてやるよ」

サオリは踵を返して消えた。

美夜は少しぼんやりしていた。

どうしたらいい？　サオリは敵だ。宏もそうだろう。沢口は得体が知れず、敵側につく可能性が高い。浅野はどうするかわからないが、頼りない。力になってくれそうなのは、やはり杉崎か。

そう、杉崎だ。彼ならたぶん、味方になってくれるだろう。

私を守ってくれるに違いない。

美夜は乾燥室を出て、家の中へ入っていき、一気に杉崎の部屋へと走った。

廊下は不気味なほど静まり返っている。

サオリはどこへ行ったのか。

杉崎の部屋に着くと、ノックもせず、ノブを引いた。

「杉崎さん、私、私です。美夜です」

ドアが開かれると、慌てて室内に駆け込む。

杉崎は普段通りの涼しい顔をしている。午前一時を回っているが、眠ってはいなかったようだ。彼女は両手を振り回し、一息にまくし立てた。

「杉崎さん、私、困ったんです。罠に掛かっちゃって。あの汚い女が罠を仕掛けてきて。何よ、サオリって。だから嫌いなのよ。ひどい女。ひど過ぎる。ああもう、どうしたらいいかわからない。私呼び出されて、呼ばれて、行っちゃった、行ったのが間違いでした。あ、あんな、あんなことになるなんて。予測してたけど、でも。でも、あんまりです。サオリって汚い。一郎が死んでて。それで私に罠を……」

自分でも何をいっているのかわからない。

「どうした？」

彼は静かにいう。

「あんた、小学生みたいに見えるよ。小さな女の子が、交通事故を目撃して慌てふためいている。何をいっているのかすら判然としない。そんな感じだ」

美夜は、ぽかんとした。次の言葉が出てこない。

杉崎は、じっとこちらを見ながら、落ち着いた口調で続ける。

「俺はあんたに親父さんの死を告げてから、沢口と食事をとり、後はこの部屋に籠もっていた。夜が更けても一向に眠くならない。そこに、あんたが来た。午前一時二十分。いったい何があったのかね」

「私、私……」

彼女は深呼吸し、事の顚末を話し始める。

杉崎に事態を飲み込ませるまで、数分を要した。

「つまり一言でいえば、美夜さん、あんたは月岡サオリの罠に掛かった、というんだな」

「ひどい女でしょ？」

彼女は、杉崎の目をじっと見上げながら、

「どうしたらいいんですか、杉崎さん」

杉崎は何かいいかけた。

その時だった。

ドアが激しくノックされた。

殴打というべきだった。足も加わっている。拳を叩きつけ、蹴破ろうとしているかのようだ。蝶番《ちょうつがい》が金切り声を上げる。

怒声が響く。

「杉崎！　杉崎！　杉崎！　杉崎！　杉崎！」

魔物のような連呼だった。

「杉崎！　開けろ、女がそこにいるのはわかってる！　美夜を引き渡せ！」

宏だ。

ドアが激しく揺れている。美夜の頭を妙な連想がよぎった。こんな場面は映画でよく見かける。外にいるのは、醜悪なモンスターかゾンビで――

「宏か。ノックはもっと上品にやれ」

美夜の連想を杉崎の冷静な声が断ち切った。

宏が外から怒鳴り返す。

「ああ？　何だって？　今、何ていった？　杉崎よ、お上品過ぎて聞こえねえぜ。てめえは、おとなしく女を渡せばいいんだよ」

「断る」

杉崎は怒鳴り返しつつ、動いた。ベッドを移動させ、ドアを塞ぐ。彼女が手を貸す隙もないほど、無駄のない動作だった。

宏は殴打を続けながら、繰り返す。

「美夜を出せよ、杉崎」

「状況がわからん。この女が何をしたというんだ」

「殺しだよ。さっきアニキを殺した。一郎はクズだが、俺の兄だぜ。よくも刺し殺しやがったな」

「中村一郎が死んだ？」

「そうよ。そのチビが殺りやがった」

「証拠でもあるのか」

応答しつつも、杉崎は冷静に、机やキャビネットをドアの前に積んでいく。見る間に、即席のバリケードが出来上がった。

「証拠だと？　サオリが見てたんだぜ。こんな確かな証拠はねえだろうが」

「何を見たというんだ」

「そのお嬢ちゃんがよ、アニキの背中にズブリとナイフを突き立てるところを、だよ」

「嘘よ！」

美夜は即座に否定した。

彼女はドアの外に向かって、

「私、さっき一郎さんの死体を見たけど、胸を刺されてたわ。でたらめいわないで！」

「うるせえ！　つべこべいうな。胸でも背中でもどっちでもいいんだよ。殺ったのは、てめえなんだからよ」

「濡《ぬ》れ衣《ぎぬ》よ」

杉崎が加勢し、

「彼女は殺っていない、といっている」

「ふざけやがって。まだごまかすつもりかよ。てめえがアニキを殺ったんだよ。それだけじゃねえ、そいつが全部殺ったんだ。この猟奇殺人鬼が！」

美夜は議論の不毛を感じた。怒り狂っている男に何を話しても無駄だ。宏は冷静な時でさえ、理屈が通じないというのに。

——というより、議論が成立するわけもないのだ。

宏はサオリと組んで、最初から自分を陥れるつもりなのだろうから。

杉崎は揺れるバリケードを押さえ付けながら、

「言い掛かりだ、といっても聞かないだろうな、宏」

「聞かねえよ」

杉崎は彼女にちらりと目を遣って、

「女を渡したら、どうする?」

杉崎はどうしてそんなことを聞くのだろう。

美夜の胸にふと、疑いが兆す。

この男を信用してよかったのだろうか。

彼は変節するかもしれない。いきなり自分を宏に差し出さないとも限らないのだ。そして自分だけが助かろうとする。

いや、杉崎はそんな男ではない……と思いたい。

しかし。

彼女は彼の顔をじっと見つめた。杉崎は冷静そのものに見える。バリケードを押さえている兵士というより、コテで壁を塗っている左官といった感じだ。彼にとっては、こういった異常な事態こそが、日常というものなのかもしれない。

ドアの向こうから声が響く。

「女を渡したら、だと？　殺す。当たりめえじゃねえか。でもただで殺しちゃ、つまらねえ。そうだなぁ、まず、てめえから死んだほうがましと思うくらい、ゆっくりと可愛がってから、殺してやるよ」

「ゲス！」

彼女は思わず叫んだ。

杉崎は再びこちらを見て、

「宏、あんたは下種《げす》だといってるよ。残念ながら、そんな男に美夜さんは渡せないね」

「何故だ。てめえに何の義理があるってんだよ。できてるのか」

「違うよ」

「金でも、もらったか」

「いいや」

「じゃ、どうして」

「依頼人だからだ。俺は依頼人は守る」

ドアもバリケードも壁も音を立てて軋んでいる。

美夜は部屋全体が揺れているような錯覚に陥り、再び妄想に囚われた。ドアを揺らしているのは、本当に宏なのか。人間なのか。ひょっとしたら、もっと別の、何か、醜悪な化け物なのではないだろうか。

「依頼人を守るだと。笑わせるぜ。守れるものならやってみな。てめえも一緒にぶっ殺してやるからよ。終わりだぜ。話し合いは終わりだ。これからは……」

いきなり殴打が止んだ。

水を打ったような不気味な沈黙が広がる。

杉崎は低い声で聞き返す。

「これからは？」

「殺し合いだ！」

杉崎は振り向いた。美夜と視線が絡み合う。

空気が凍結している。

やがて、地の底から響くような声が聞こえてきた。

「てめえらとは殺るか、殺られるかだ。生き残る道はただ一つ。敵を殺すこと。てめえらにとっては、この俺を潰すことだ。それができなければ間違いなく、死ぬぜ。ついでにいっておくが――」

杉崎は耳を澄ます。

「こっちは銃を手に入れられそうだぜ」

宏はいきなり哄笑を始めた。嘲るように、笑った。

足音が遠ざかり、やがて消えていく。

美夜は床に座りこんでいる。

「銃がある……か」

杉崎は静かにいった。

美夜は視線を宙に彷徨わせながら答える。

「父のライフルのことだと思います。ぜんぜん使っていなかったけど、持ってることは持ってました。それは本棚の隠し扉の奥に、押し込んであります。宏さんもサオリさんも、むろん浅野さんも在りかは知っています」

杉崎は眉をひそめた。

「書斎で、親父さんからライフルを向けられたことがある。うかつだった。死体をあらためた時、銃のことに気づくべきだった」

「打つ手はないんですか」

「ない。飛び道具があるとないとでは戦力に天地の差ができる。宣戦布告された以上、当面の敵は宏とサオリだろうが、沢口や浅野がどう動くかもわからない。こちらは圧倒的に不利だ」

「どうするんですか？」

美夜は床に座りこみ、子供のように無造作に両足を投げた。

頭の中が真っ白だ。

彼女は、頼りない声で、ぼんやりといった。

「殺し合いって……私、殺されるんですか？　そんなのいや、……私そんなの、絶対いや。宏、宏なんてあんな、……あんな獣みたいな男、大嫌い。嫌いなんです。あんな男に犯されてから殺されるなんて、私、いやです。絶対にいやです。杉崎さん、助けて。私を助けてください。お願い……お願いです。私を守って、私を守ってください」

二十章　宏、変身していく

宏とサオリは、ドアを蹴破るようにして浅野の部屋に入った。

パジャマ姿の老人は後ずさりし、獣を見るような目でこちらを見る。

宏は思う。

何故そんな目で見る？　俺たちが怖いのか。びくびくしやがって。そりゃ、ちょっとは乱暴だけどよ。俺たちは、普通の若もんだ。美男美女の口に入るかもしれねえぜ。だから、そんな目で見るなっての。

取って食いやしねえぜ。

しかし確かに俺たちも、どっかが違ってきてるのかもしれねえ。背中から漂うオーラみたいなもんがよ。いや目付きも尋常じゃねえのかも。動作の端々もおかしい……どことなく、おかしくなりかかってやがる。

俺とサオリは気づかねえうちに、二匹の獣になりかけてるのかもしれねえ。

宏は後ろのサオリに目を遣る。

彼女は艶やかに微笑み、ボールペンを指先でくるくると回していた。

浅野が、詰まったような声で問いかける。

「こんな深夜に、どうしたというのでござ……」

宏は、最後までいわせなかった。

片手で突き飛ばす。浅野は壁に激突し、へたり込む。一気に詰め、足を飛ばす。顎に当たり、歯が飛んだ。老人は呆然としている。痛みよりショックが大きいのだろう。

「宏様、何をなさる?」

腹を蹴る。二度、三度。相手は床に転がった。吐き気が込み上げたのか、袖で口を押さえている。

宏は無言だった。

サオリがしゃがみ、浅野の耳元で低く囁く。

「北条秋夫の銃はどこにあるの? 浅野」

「銃? 何のことでございますか」

女はボールペンを老人の頬に突き刺した。

凄まじい悲鳴が上がった。

サオリは目をうっとりとさせ、ポールペンを引き抜いた。血が糸を引く。

「あたしたち、さっきね、北条秋夫の部屋へ行ってみたの。でも書斎の隠し棚にはライフルがなかった。念のため寝室まで隈なく探してみたけど、どうしても見つからない。あんた、隠したでしょ。どこに銃を隠したのさ」

「ひぇ、ひゃ……」

浅野の声は言葉にならなかった。

サオリは髪をつかんで男の顔を持ち上げ、血まみれのポールペンを、老人の右目の辺りに持っていく。

「答えるのよ、浅野。秋夫のライフルはどこにあるの」

宏が聞いたことのない優しい声だった。

彼女は、口を逆三角形に開いた笑みを浮かべている。赤く長い舌が見えた。心なしか、長過ぎるような気がする。宏は改めてサオリの舌を見た。彼女の舌は、何故こんなに長く、赤く、ちょろちょろと動くのだろう。

ポールペンの先が、浅野の眼球の数ミリ前に来ている。

女の指は震えていた。

「やめな、サオリ」

彼は制した。

女は不満そうに鼻を鳴らす。

「爺さんがショック死でもしたら、元も子もねえだろうが。はやく吐いちまいな、浅野」

宏は浅野の襟をつかみ、立たせた。失禁している。尿の臭いが鼻を突いた。

宏はもう一度問いかける。

「銃の在りかをいえよ」

「し、しかし……」

拳を鳩尾《みぞおち》にめり込ませた。老人は体を二つに折って、激しく吐く。

「いっちまえよ、浅野」

「……わ、……わかりました。旦那様のライフルは、物置部屋……地下室に隠してあります」

「案内しろ」

宏は浅野の背中を突いた。老人はよろめき、それからゆっくりと前進し始める。

力ない後ろ姿だ。

妙だな——と、宏は思う。

浅野の体が一回り小さく見える。どこか、いつもと違うような気がした。

パジャマ姿を見慣れないせいだろうか。

壁に貼られた写真が目に入る。

浅野とは思えぬ人相の悪い男が、左手にハケを持っていた。どうしてこんな物をあえて飾っておくのだろう。もっと写りの良い写真はいくらでもありそうだ。しかし、この顔は、暴行を受けた後の、今の浅野には近い。

老人は左手でドアのノブを握り、部屋の外へ出ていく。宏とサオリも続いた。

宏は再び、違和感に囚われた。その理由を少し考えたが、わからなかった。

どうでもいい。

彼は、暗い廊下を進む浅野の、弱々しい背中を追った。

足音もなくサオリがついてくる。

突き当たりのドアを開けると、階段が下に続いていた。老人は闇の中に溶けていく。宏は彼の背に、ぴったりと付いた。

階段を下りきると、浅野は明かりを点けた。

細い光が狭い部屋を照らし出す。雑多な物が所狭しと詰めこまれている。浅野は作り付けの棚に近づき、みかん箱に乗り、奥をのぞき込んだ。

「おや」

老人は頓狂な声を上げた。

「ない……ライフルがありません」

「ふざけるんじゃねえぞ」

「旦那様の銃はここに片付けておいたんです。それがなくなっております」

「どけ」

宏は怒鳴り、老人を突き飛ばし、棚をのぞいた。屑のような物以外、何もない。

もう一度詰問しようとした時、予想外のことが起きた。

浅野が飛び掛かってきたのだ。

老人とは思えぬ力で首を絞めてくる。

宏は膝を鳩尾に叩き込んだ。

肘をこめかみに打ち付ける。死んでもおかしくない強さだ。骨が砕ける感触があった。

浅野は棒のように倒れる。

それきり、ぴくりとも動かない。

「ねぇ、そいつさぁ……」

暗闇から女が甘い声で囁く。

「くたばったんじゃないの」

彼女は階段の暗がりから出ようとしない。

「死んだんなら、食ってもいい？　あたし、その男を食ってもいい？」

宏は大げさに肩をすくめる。

「冗談をいってる場合じゃねえが、イカモノ食いはやめときな。腹を壊すぜ」

浅野は微動だにしない。後頭部が、みかんの木箱に当たって裂けたらしく、床に血が広がり始めた。

宏は近づき、脈を取ってみる。

「サオリ、こいつ、ほんとに逝っちまったみてえだぜ」

「あーあ、殺しちゃった」

「正当防衛さ」

「さっきもいったけど、そいつ、食っていい？　うまそうじゃない。〝できたて〟って感じでさ」

「ジョークはやめろといってる。ふざけてる場合じゃねえ」

「あら、ふざけてないわよ」

宏は女を見た。闇の向こうに、抜けるような白い顔が浮かび、真っ赤な唇だけが動く。

「今さら、何をうろたえてるのさ」

彼は一拍おき、

「銃の在りかがわからなくなったのが、困る。面白くねえ」

宏は地下室の中を捜したが、ライフルは発見できなかった。

サオリは動こうとしない。

「爺さん、嘘をついたんじゃねえのか。本当は別の場所に隠したとかよ」

「耄碌《もうろく》してたのかもね」

「しょうがねえ、素手で殺るか」

「刃物くらいあるわよ。素手で殺したいんなら別だけど」

「杉崎がネックだ」

「二人がかりなら、どうってことないわ」

「凶器は必要ないか」

「あたし、いらない」

「じゃ、すぐにでもおっ始めるか」

「ドアが塞がれているわよ」

「窓から入れるぜ」

彼らは地下室を出て、階段を上った。

廊下の空気は冷たく、どこからか甘酸《あまず》っぱいような臭いが漂ってくる。放置された死体が臭い始めたのかもしれない。二人は急ぐでもなく、玄関へと向かう。

宏には後ろに続く女の気配が気に掛かる。

サオリには得体の知れないところがあった。

怖いというわけではないが、何かが異質だ。浅野を追い詰めたあたりから、特にその気配が強くなってきている。

外に出ると、嵐が吹き荒れていた。やみそうにない。雪に足を取られながら、建物の周りを回り、杉崎の部屋の窓を目指す。サオリは何もいわずについてきた。

すべての部屋の明かりが消えている。杉崎の部屋も例外ではない。

到着すると、宏は中をのぞき込み、首をひねった。

「誰もいねえ」

罠か、と思い、室内を子細《しさい》に観察する。ドアはベッドやキャビネットで塞がれている。

二人の姿はなく、トラップが仕掛けられている様子もない。

窓に手を掛けると、あっけなく開く。

「鍵も掛かってねえぜ、こりゃ……」

二人は目を見合わせ、同時にいった。

「逃げたな」

一瞬、サオリの目が暗闇で異様に光ったように見える。

彼女は右手で指差す。

「これを見なよ」

示された方を見ると、足跡があった。窓から始まり、東の方角へと続いている。二人分はあるようだ。杉崎と美夜が逃走した跡だろう。

「追いかけようか」

サオリが、どこか嬉しそうにいった。

宏は空を見上げ、いきなり笑い出す。

彼女は怪訝そうに聞く。

「何がおかしいのさ」

「だってよ、この嵐だ。外へ出て、どこへ逃げるっていうんだよ。町を目指しているのなら必ず遭難する。自分たちから凍死しに行ったようなもんだぜ」

宏はいつまでも笑い続けている。

サオリがふと、生真面目な表情になって、いった。

「そうね。町を目指したんならね。でも、あたし、ちょっと別の可能性に気づいたんだけどさ、それは――」

二十一章　杉崎、過去の幻を見る

杉崎は両手で雪を掻き分けながら進んだ。腰まで埋まり、一メートル進むのに何分も掛かる。指の感覚もなくなった。

時々、すぐ後ろについてくる美夜を見た。うつむき、黙々と歩く彼女に問いかける。

「この方角でいいのか」

美夜はうなずいた。

美夜の方向感覚だけが頼りだった。

北条の家を出て、東側の麓方向へ向かう。猟師が使う小屋があることを、美夜が思い出したのだ。小屋には簡単な無線装置もあるらしい。そこに行くことにした。

一時撤退だ。

殺し合いを避けたのだ。むやみに血を流すより、逃げた方がいい。

歩いて三十分ほどの距離だという。冬以外の季節ならば、の話である。

もう一時間半も歩いた。午前三時を回り、大気は極限まで冷えている。目的地には一向に着かない。雪は真っ白な壁となって行く手を塞ぐ。積雪を掻き、足を引き抜いて、一歩ずつ進んでいく。

馬鹿なことをしている。

〝遭難したい〟といっているようなものだ。

風が一瞬にして体温を奪い、体を震わせる。

美夜の手が、革手袋に覆われた彼の左手をつかむ。

握り返せない。パワーがあり過ぎる。しかし何という無用の力だろう。極寒の大自然の前では何の役にも立たないばかりか、女の手を握り返すことさえできないのだ。

雪はますます激しい。

頭が朦朧とし、周りの光景が幻のように思えてきた。

考えてみれば非現実的だ。どうして深夜、女と猛吹雪の雪山などを歩いているのだろう。すべてが幻想なのではないか。今の状況も、少し前のことも、大昔のことも、あらゆるものが、まぼろしに思える。本当に、あの北条家で連続殺人など起こったのだろうか。閉ざされた環境で、人がばたばたと殺されていく。そんなことが、人生に起こり得るのか。例えば自分は登山家で、今、山で遭難し、一瞬のうちに長い夢を見ているのだとしたら、どうか。美夜と会ったことも、事件に巻き込まれたことも、いやそれ以前の過去の経験すらも、すべては夢だったのではないか。

自分が記憶していたものの、すべてがまぼろしだったとしたら。

記憶ほどいいかげんなものはない。

話に聞いてイメージしたものや、テレビや映画で見たものが、子供の頃の思い出として残っていることがある。いや、長じてからの記憶にしても、怪しいものだ。

彼が傭兵をやめる切っ掛けになった、あの事件も、現実の記憶かどうか疑わしい。

あれこそは、生々しく残った血の感覚とは裏腹に、いかがわしい、夢幻そのものの体験だった。

そうだ。

おそらくは悪夢、幻想だったに違いない。

自分は傭兵を続けるうちに、狂い始めていたのだろう。確かに、頭のネジを外さなければ、あの環境では生き残れなかった。山本久美の事件も、彼の狂った脳髄が見せた悪夢だったのかもしれない。

彼がこんな——女の手も握り返せない——左手になったのは、山本久美が死んだ日のことだった。

久美は麻薬密売人の北小路六輔から、北条秋夫の錬生薬を手に入れた女だ。

そして彼に、魔界を見せた女でもある。

目の前の、雪のスクリーンに、過去の映像が一瞬のうちに連続して映った。

幻——のようだった。

山本久美のバーが見える。

それは、地下にあった。

杉崎は仲間たちと共に、急な階段を下りていった。ドアの格子付きの窓から、店内をのぞく。中はほとんど見えない。血の臭いが鼻を掠めた。杉崎は軍から支給されたアサルトライフルを構え、ドアを静かに開けた。

とたんに血の臭いにむせた。

四人掛けくらいのテーブルがいくつかある、小さな店だ。床が血まみれになっていた。

手や足や胴体が、ばらばらに転がっている。人間三体分くらいはあるのではないだろうか。

少なくとも、三人は殺されている。

視界の端で、輝く物を捕らえた。目を凝らすと、カウンターの隅で注射器が、店内の暗い照明を反射していた。錬生薬らしい。

部屋の右側に視線を飛ばした。

シュールな光景が見えた。

白く巨大な蜘蛛の巣が、一面に張り巡らされている。

何か動くものが……巣の中央にいた。

女に近い形の生物が、逆さ吊りのように頭を下にし、天井からぶら下がっている。

長い髪が床に届いていた。豊かな二つの乳房が下に垂れている。

一見、体に妙なペイントをした裸の女に見えた。

左右の脇腹から、尖った四本の足が生えていなければ、の話だ。

彼女には計八本の手足があった。

女は多くの手足をぞわぞわと動かし、体を回して頭を上に持ってきた。顎の辺りが妙に赤い。よく見ると、口の中から指が生えているようだった。

いや、違う。

指は次第に赤い口の中に消えていく。彼女は人間の手を、食っているのだ。

杉崎の脳髄は、目の前の映像を否定した。

あってはならない。こんなものが、いてはならない。

兵士たちは叫び声を上げ、店の中に踏み込み、ライフルを発射した。九ミリの弾丸が叩き込まれていく。何十発という高速弾が命中した。

しかし杉崎は信じられないものを見た。

蜘蛛女の体に命中した弾丸が、皮膚から浮き上がり、床に落ちたのだ。弾はかすり傷さえ付けることもできず、バラバラと床に転がる。女は食いかけの手を吐き出すと、耳まで裂けた口で笑った。両脇から長い牙が二本伸びている。

来る、と思った。

何かはわからないが攻撃が来る。

杉崎はカウンターの奥へ飛んだ。

反射的な行動だった。今までも、これで生き延びてきた。強い傭兵が優秀とは限らない。生き残ってこその兵士だ。死を感じ取るのだ。予測ができれば回避できる。杉崎はその勘を戦場で身に付けていた。

彼が飛んだ瞬間、〝それ〟が来た。

隣にいた男がばらばらになった。

輪切りだ。体が数個の円筒形になって四散した。部屋中に血が飛び散る。這いつくばった杉崎の目の前に、下顎から首にかけての肉塊が転がった。

何人かの兵士がカウンターの陰に転げ込んでくる。呆然と突っ立っていた男が、また殺られた。

その時、気づいた。

蜘蛛女の股の辺りから、キラリと光る物が見えのだ。糸を吐いている。怪物はピアノ線のように強靭《きょうじん》な糸を相手の体に巻き付け、敵を寸断するらしい。

日系人の傭兵がゴッドやらガッデムやらわめきながら銃を乱射した。

怪物は攻撃の手を休め、目を細めて微笑んでいる。

まさに戦場だった。

死の臭いがする。自分の死臭だ。このままでは必ず死ぬ。百パーセントだ。反射光が目を掠める。カウンターの上の注射器だ。日系人がばらばらになった。顔面に血が叩きつけられる。考えない。生きる。生き残る。注射器。後ろの大男が叫びながらライフルを撃ちまくっている。大男の首が飛んだ。次は自分——杉崎の番だ。

彼は注射器に手を伸ばした。

薬はまだ残っていた。左手に注射する。瞬時に、記憶が飛んだ。

気づくと……

杉崎は血の池の中に一人、佇んでいた。

蜘蛛女は死んでいた。手足をすべてもぎ取られ、首が反対側に曲がっていた。

どうなったのか、は覚えていない。杉崎がやったのかどうかもわからない。ただ、左手だけが変わっていた。どう見ても、人間のものではなかった。

すべてが嫌になった。

彼は引退を決意し、探偵となった。

そして、ここにいる。

ここに――いるのだろうか。

雪のスクリーンには、もう何も映らない。

果てしなく白い闇が続くだけだ。

女と、吹雪の雪原を彷徨い歩く。

自分をこんな体にした男の娘を守り、逃避行を繰り広げている。

しかし彼女の父は、本当にそれほどの力を持っていたのだろうか。山本久美を蜘蛛女に変え、彼を怪物にするほどの。

すべては、行く手を塞ぐ雪の壁に、一瞬だけ映った、幻の映像ではないのか。

なんて馬鹿なのだろう。

幻想に惑わされるなんて。

なんて愚かなのだろう。

凍死するために、歩き続けるなんて。

美夜の手が、彼を後ろに強く引いた。

振り向く。

その時、一瞬——

感覚がなくなった。

宙に浮いた。

わけがわからない。

ふっと足元の力が抜け、白い色にまみれ、上下感さえ不明になり、すべての肉体感覚が消えうせ、落ちていく意識だけが残った。必死で美夜の腕を握る。

叩きつけられた。

ずいぶん長い間、ぼんやりしていた。

右肩がうずき始め、その痛みで意識がはっきりしてくる。

激痛が幻想を追い払った。

五感が戻ってきている。さっきまで夢を見ていたような気がした。歩きながら、眠り始めていたのかもしれない。

一瞬、雪崩に巻き込まれたのかと思ったが、単に崖から墜落しただけだった。知らぬ間に、崖の縁を歩いていたようだ。足元の雪と共に崩れ落ち、岩盤に叩きつけられた。見上げると、さして高くない崖だった。雪崩でなくて幸いだ。雪崩なら雪に埋まり、間違いなく絶命していたことだろう。雪に埋まると、どっちが上だか下だか、わからなくなってしまう。抜け出そうとあがいたあげく、更に潜ってしまうことすらあるのだ。

美夜が手を引き、警告してくれたにもかかわらず、落ちてしまった。

しっかりしなければならない。

こんなことでは依頼人を守れない。

彼女の姿を探す。美夜は、側《そば》で意識を失っていた。一見、怪我はないように見える。しかし、頭を打っているかもしれない。杉崎は彼女を背負って、立った。

右肩に激痛が走る。骨折しているようだ。

美夜は小柄で軽いはずだが、今は、異様に重く感じる。石を背負って歩いているようだ。

斜面の右上方に、黒っぽい影が見えた。目を凝らしてみたが、降る雪に視界を遮られ、よく見えない。あれが小屋だろうか。違うかもしれないが、賭けてみるしかなかった。

ゆっくりと斜面を上がっていく。呼吸が荒い。足は鉛のように重かった。肩の痛みもひどい。鉄の棒を突っ込まれて、掻き回されているようだ。寒いのに、汗が流れた。髪と睫《まつげ》が凍結している。凍りかけた唇から荒い息が漏れた。

杉崎は一歩一歩、目的地に近づいていく。

あれは確かに小屋だ。
ついに猟師の小屋を見つけたのだ。
もう少しで休める。粗末な木造の山小屋だったが、雪の中よりは遥かにいい。
しかし体が痛く、重く、小屋までの距離を絶望的に遠く感じる。
目の前に見えるというのに。
手を伸ばせば届きそうだというのに。
しかし、ひたすら歩く。歩くしかない。
だが、いつまで。
感覚が麻痺し、頭がぼんやりとし始め、時々走る肩の激痛が意識を取り戻させる。
無限と思える時間が過ぎた。
終わりがないのかと思えたほどだ。
しかし終わりは来た。
目の前に小屋がある。
朴訥《ぼくとつ》な木製のドアがある。
杉崎は息を深く吐き、ドアを開けた。
これで、休める。

心なし、辺りが白んできたような気がした。朝が来るのだろう。嵐も峠を越えたのか、風も微かになり、雪も小ぶりになってきた。

全身の力が抜ける。

——と。

鼓膜を裂く爆音が響いた。

二十二章　杉崎、追いつめられる

爆音と共に衝撃が来た。
後方に吹っ飛ぶ。女の体が横に落ちる。右太股が血を吹いた。
銃撃を受けたのだ。小屋の中からの攻撃。しかし誰が？
杉崎は戸口の向こうの闇に目を凝らす。
中から、真っ黒なロングコートの男が現れた。
背が高い。右手に無造作にライフルをつかんでいる。
池上正人だった。
サングラスの位置を直し、銃を構える。
銃口は杉崎の額をぴたりと狙っていた。
「池上か。死んだと聞いたが」
「この通りだ」

「そうじゃないかと思っていたよ。誰も死体を確認していない。お前がスキーで崖から転落するほど間抜けだとも思えなかった」

銃口は微動だにしない。

美夜に目を遣る。死んでいるかのように動かない。

杉崎は話を継いだ。

「スキーを折ったのはお前だな。だが自分用の物だけは残しておいた。おそらく二組。違うか」

池上は無反応だった。杉崎は一方的に話し続ける。

「応接室から彫刻が盗まれるという事件があった。俺たちは、何故そんなものが紛失するのかがわからなかった。しかし犯人にとっては必要だったのだ。その彫刻は、ちょうど人間一人分くらいの重さがあったという。あんたはまず、こう考えた」

言葉を重ねながら、この状況からの脱出方法を探った。

が、しかし……

「年末が来て、北条の関係者を抹殺していく状況は整った。都合よく嵐になり、脱出も難しくなっている。皆殺しにするには絶好の機会だ。しかし全員を殺し、自分だけが生き残るわけにもいかない。嵐などいつか止み、警察が来て、死体も発見される。その時自分だけが生き残っていたら、犯人だと白状するようなものだ。だからあんたは自分も死んだことにしようと考えた。そのためにブーツの中にカードを挿入し、スキーのトリックを使ったのだ」

「トリック……か。そんな理由のために？」

「理由はもう一つあった。自分が死んだことにし、いったん舞台から消えてしまえば、犯行は容易になる」

「本当か？」

「あんたの場合はそうだったのさ」

「違うな。死んだことになっている男が犯行を重ねるのは、かえって難しいはずだ。姿を見られただけでアウトなのだからな」

「池上正人に限り、姿を見られる心配はない」

「わからんことを」

「あんたは、スキーを履いて滑走し、進路を誤り、崖から落ちたと見せかける工作をした。そのためには雪原に、スキーのシュプールが自然な感じで描かれていなければならない。当然足跡その他、シュプール以外の形跡が残っていてもいけない。スキーを滑らせるだけでは自然な平行線は描けないし、人間の体重分の深さもできない。そこで彫刻を使ったのだ。あんたは彫刻を盗み、何らかの方法でスキーに固定して、崖まで滑らせた。ヴィーナスはあんたの身代わりとなって、高い崖を落ちていったのさ」

「そんなことができるのか」

「あんた、見かけより器用なんだろう。で、スキーの一つはその時に使った。残りの一つは脱出のために取っておいた。この小屋をアジトにし、屋敷と往復するためにも、二組目のスキーは必要だった」

「乾燥室のスキーは、俺が破壊した、というのか。何のために？」

「俺たちを閉じ込めるためだ。さっきもいった通り、脱出不可能にして、一人一人殺していくつもりだった」

「殺す理由がない」

杉崎は少し考えてから推測を口にした。

「あんたは月岡のホテルで死んだ佐藤少年の関係者だ。少年は中村宏の理不尽な暴力を受け、屋上から身を投げた。あんたは宏と、その行為を黙認していた関係者すべてを憎んだ。そして全員に復讐することにしたんだ。そのためにまずボディガードとして中村清志の元に潜り込み、全員を抹殺できるチャンスを狙っていたというわけだ」

「証拠はない」

「しかし、手掛かりはあった」

「手掛かりだと？」

「俺が北条家に着いた日のことだ。月岡まことが死んでいた。閉ざされた部屋で死んでいたが、あれはノイローゼ故の自殺だった」

「そうかな。カードが落ちていたぞ」

「あんたが置いたんだ」

「俺が？」

「俺がまことの部屋に入った時、目に入ったものがある。受験参考書だ。緑の背表紙に赤い文字で『必勝受験の古文』と読めた。その後、カードが発見される。しかしこの時、不思議なことが起こった。カードは件の受験参考書の前に置かれ、背表紙の文字は『必勝』としか読めなかったのだ。つまりツキオカのカードは俺が部屋に入ってから置かれたことになる。それができたのは誰だろう。あの時、他のすべての者は俺の前にいて、カードを置くことはできなかったはずだ。俺の後ろにいた池上正人、あんたを除いてはな」

あの時、沢口と美夜は死体側、すなわち杉崎の目の前にいて、池上だけが杉崎の背後――ドアの前に立っていたのだ。

池上は平坦な口調で、その推理を認めた。

「なるほどな」

「死体の側にカードを置いたのはあんただ。池上正人が佐藤少年の関係者だったのだ」

池上の口元が歪む。

「確かに俺は佐藤薫を知っていた」

「少年の名は薫というのか。しかし、意外に素直に認めたな」

「死ぬ奴に話しても問題ない」

「薫少年とは親しかったのか」

「あいつの姉が俺の女でね。だが、俺は弟の方が好きだった。美しかったからな。睫の長い、きれいな目をしていた」

「妙な物言いだな。あんた、ソドミストか」

池上は鼻で笑った。

杉崎は銃口から目を離さず、

「中村清志、月岡麻二、北条秋夫、中村一郎を殺したのもあんただな。あんたは愛する少年を踏みにじった一族や関係者を皆殺しにしようとしたんだ」

「違う」

池上はきっぱりと否定した。

「とぼけるのか」

「一郎は月岡には行っていない。殺す必要はない」

「あんたの恨みは一族を根絶やしにしなければ気がすまないほど強かった」

「清志も麻二も秋夫も、俺は殺していない」

「嘘だな」

「さっきもいったが、嘘をいう必要はない。俺は誰も殺ってない。きさまのいう手掛かりとやらも、俺がカードを置いたということを示すに過ぎない。確かに俺は復讐を誓った。雪上車を壊し、スキーを折り、電線を切って、全員を閉じこめたのは俺だ。きさまがいうように、自分が死んだように見せかけ、姿を隠した。犯行現場に、これ見よがしにカードを残してもいった。しかし……」

杉崎は驚いた。こんなに多弁な池上は見たことがない。

「しかし、殺してはいない。真犯人の連続殺人に便乗してきただけだ。それに俺は姿を消してからは、この小屋に潜んでいた。一郎が殺されたと知ったのは、今ここでだ。きさまに聞いて知ったのだ。奴が殺されたのは、俺が消えてから——崖から落ちたふりをしてから、ということになる。いくらあの屋敷が広いといっても、俺みたいな大男がうろうろしているわけにはいかんだろう」

「それがな、できるんだよ」

「何だって」

「いくらでもうろうろできるんだ。だからあんたは復讐する相手を数人残したまま、自分を抹殺することができた。途中退場しても、差し支えなかったから」

「どうしてだ？」

「何故なら、あんたは姿を消せるからだ」

沈黙が生まれた。

打ち破ったのは池上だった。

「俺は透明人間か」

「近いかもしれない。あんたと初めて会った日のことだ。美夜さんを連れていく、いかない、で一悶着あったが、その時一瞬、俺はあんたの手が緑色に変わるのを見た」

杉崎は池上を睨む。

「あんたも北条秋夫の錬生薬を注射したんじゃないか」

「錬生薬のことを知っているとはな」

池上は少し考え、

「しかし、注射したとしたらどうした。俺はもともと、北条製薬の警備員だった。中村清志の元で働けたのも、そのコネがあったからだ」

「錬生薬を射ち、そして怪物になったわけだ」

「怪物か」

「浅野の部屋で写真を見た。彼は妙な老人で、かつてのペットの写真を貼っていた。名前はアンナだ。そいつはカメレオンだった」

「カメレオン？」

「あんたはカメレオンに変身できるんじゃないのか」

池上は爆笑した。

「杉崎、きさま歳はいくつだ？　俺がカメレオンになるって？　今時子供でもそんなことはいわん」

「できれば俺も笑い飛ばしたかったよ」

杉崎は黒い手袋をはめた左手を、ゆっくりと上げた。

池上は笑い続けながら、

「心配するな杉崎。おまえもすぐに笑わせてやる」

大男はそういって、サングラスを静かに外した。

飛び出した真ん丸い二つの目が、そこにあった。

と、次の瞬間、顔が緑色になり、両目が耳のあった場所まで移動した。口が大きく裂け、皮膚がぬるりと濡れる。

一瞬のことだった。

瞬きする間に元の顔に戻っている。目も、人間のものになっていた。

池上はサングラスを掛け直す。

「目だけが時々、意志とは関係なく変形してしまう。どうだ、笑えたか？　杉崎」

「いいや、笑えん」

杉崎は呆然としながらつぶやいた。

「カエルとはな……」

池上の変化した顔は、確かにカエルだった。大きなアマガエルのように見えた。

大男は自嘲するようにいう。

「俺は力を求めて薬を射った。そのあげくがこのざまだ。ろくな遺伝子を持っていなかったらしい。変身できていいことは、水中で不自由しないことくらいだ。せめてカメレオンならよかったんだがな」

池上は一拍置き、

「だからといって誤解してもらっては困る。俺は怪物だが殺人鬼ではない」

「この期に及んで――」

大男がさえぎった。

「中村清志も月岡麻二も北条秋夫も中村一郎も俺は殺していない。そんな必要はなかった。ある人物が全部やってくれたんでな。ただし俺も、すべてを正直に告白したわけではない。実は、崖から落ちたふりをしてからも、あの屋敷には潜入していた」

「ライフルを盗んだり、ハムとチーズを食ったりしたわけだ」

「わかってるじゃないか」

杉崎には、この男が信じられる気がした。

池上が嘘をついているとは思えないし、その必要もない。

しかし、そんなことはどうでもよかった。

今はもっと重大なことがある。この危機をどう切り抜けるか、ということだ。

池上が低い声でいう。

「きさまと話すのも飽きた。死んでもらおう」

答える間もなく、引き金が引かれた。唐突で、さりげない動作だった。

その瞬間に、杉崎を不思議な感覚が襲った。

視界が突然、開けたのだ。

今まで降り続いていた雪が急に止み、東の方から陽が差し始めた。

鈍い灰色で覆われた空があらわになる。

銃口から発射された弾丸が見えたような気がした。

反射的に、左手を上げる。

弾丸は手のひらを突き抜け、脳を撃ち砕くだろう。

死んだ。

そう……死んだはずだった。

ところがそうはならなかったのだ。

革手袋が四散し、弾丸は雪に埋もれた。

掌が凶弾を弾き飛ばしたのだ。

池上の視線が、露出した左手に張り付いている。

「杉崎、その手は……」

左手は黒光りする硬質の皮で覆われ、指先が鋭く尖っていた。

掌は無傷だったが、衝撃が肩に伝わり、激痛が走った。痺れが全身に伝わる。体が痙攣を始めた。しかし、これは……この体の震えは、被弾によるショックとは別のものだ。何か、もっと、体の深奥から突き上げてくるものが、体を震わせている。血液が逆流し、筋肉が波打ち、皮膚が裏返ったような気がした。何かが、体の中を駆け巡っている。それは、内臓を掻き回し、剝ぎ取り、乱暴に別の場所に貼り付けた。全身を針で突かれたような痛みが走り、急速に退いていく。

後に、違和感だけが残った。

杉崎は体の異変を意識する。感覚ではなく、実際に、何かごわごわした物を身にまとったようだ。手だけでなく、体組織すべてが変化したのかもしれない。軽くて強靭な、鋼鉄の鎧を身につけたら、こんな感じだろうか。

立ち上がる。

板金が擦れるような音がした。

撃たれた太股から血が吹き出す。崖から落ちた時、負傷した肩にも激痛が走る。しかしそれ以上に違和感が強かった。

全身が、ぎしぎしと軋む。見ると、右手も、左手のように、黒く堅い皮に覆われていた。ごつい指から伸びる爪は、岩盤に打ち込むハーケンのように鋭い。

池上がまた発砲した。

胸に衝撃が来た。

心臓を打ち抜かれた……はずだった。しかし弾丸は服に穴を開けただけにとどまった。

杉崎はゆっくりと前進する。

池上はライフルを投げ捨てた。

大男はどこか恍惚《こうこつ》とした表情を浮かべて、

「うれしいぜ杉崎、おまえも同類──」

最後までいわせなかった。左手で池上の首を突く。指はあっけなく肉にのめり込み、首そのものを切断した。大量の血が噴き出す。頭部が地面に落ちた。サングラスが外れ、池上の顔があらわになった。妙に呆《ほう》けたような表情だ。池上の体は後ろに倒れ、しばらく痙攣してから、静かになった。

杉崎は両手の、袖から霧出している部分を見た。

ある種の昆虫のような質感がある。

鼻の先しか見えないが、顔も黒くなっているようだ。顔面を撫でてみると、顔の中央部から頭に向かって、角のようなものが生え、先端で二つに分かれていた。

いったいどんな顔になっているのだろう。

鏡がなくてよかった、と思う。

その時、後ろで微かな音がした。

二十三章　杉崎、神の原型となる

雪が盛り上がり、弾けた。

異形の者が出現した。

女……のようだった。

杉崎は遥か上、――二メートルは上にある、その顔を見上げた。彼女は真っ赤な唇で、にやりと笑う。上半身は人間の女に近いが、下半身は大蛇のように見えた。雪に埋もれている部分を含めると、かなりの長さがありそうだ。腰の下辺りからは蛇腹《じゃばら》になり、体のほとんどの部分が、ぬるぬるした青光りする鱗に覆われていた。彼女は鉤爪《かぎづめ》の付いた両手を軽く広げ、体を左右にくねらせている。

「ラミア……」

杉崎は言葉が話せることに気づく。

口がどういう形態に変形しているかはわからないが、機能に影響はないらしい。

彼は一瞬、呆然としていた。それが命取りだった。

シュッと、息を吐くような音がし、蛇女が動く。

猛烈な速さだ。

それは恐るべき勢いで杉崎に巻きついた。

判断できなかった。逃げそこねた。

蛇女は赤い口からちょろちょろと舌を出しながらいう。

「ボケてるんじゃない、ラミアなんて神話の中の怪物じゃないか。よく見なよ、あたしだよ、サオリ、あたしはサオリだよ」

彼女は一瞬、顔を変えてみせた。抜けるように白い肌の、美しい女の顔だ。切れ長の目と格好のよい唇は、月岡サオリに間違いない。

と、見るまに、口が耳まで裂け、顔中が黒ずみ、罅割《ひびわ》れ、目は金色に、瞳孔は線のように細くなった。

蛇だ。蛇の顔だ。

それは、大木をも砕く力で締め付けてくる。骨が軋み、息ができなくなった。

「……サオリだって？　怪物が何をいう」

「いってくれるじゃないか。自分だって怪物――しかも虫っけらのくせにさ。こんなに堅いボディじゃ、殺しても食えそうにないよねぇ」

両腕を動かそうとしたが、微動だにしない。恐るべき力だった。次第に意識がぼんやりとしてくる。締め付ける力はアナコンダの何倍もあるだろう。苦しみながらも杉崎は、目の端で何か動く物を捉えていた。

上だ。

上空を巨大な鳥が円を描いて飛んでいる。羽根の端から端までは六メートルはあるのではないか。

グリフォン？

それは、とてつもなく巨大で強力な鳥で、象を大空に高く吊るし上げ、地上に叩き落とし、粉々にして、嘴で肉を裂き、餌食として平らげる、という。

あれも敵か？

杉崎は蛇体を振りほどこうと力を込めた。蛇の力はものすごく、緩むどころかますますきつく巻き付いてくる。胸に激痛が走った。あばら骨が折れたのかもしれない。骨が肺に刺さったら一巻の終わりだろう。

力を振り絞る。駄目だ。

力の方向を変える。

雄叫《おたけ》びを上げ、蛇を巻き付けたまま小屋の壁に体当たりした。

激突した瞬間、壁板が砕け、蛇女の胴体がめり込む。

鋭い悲鳴が上がった。

彼の顔から突出している角が、サオリの右目を潰したのだ。巻き付ける力が緩む。彼の両手が自由になった。

男は蛇女の顔を見た。右目から血を流し、恐ろしい形相で睨み返してくる。青黒い顔の半分が赤く染まっていた。頬の血を、長い舌がぺろりと舐める。

彼は弓を引くように左手を引き、捨てゼリフを吐いた。

「冬眠してな」

手刀を突き出す。

心臓を直撃した。それから一気に下まで切り裂く。

血と内臓がぶちまけられる。返り血が視界を奪った。

蛇女は白い雪の中に、臓器と血を撒き散らしながら倒れ、いつまでもくねくねと蠢いていた。

と——

後ろから衝撃がきた。

息継ぐ間もなかった。

五メートル吹っ飛ぶ。

新たな敵だ。

背中を抉《えぐ》られたようだ。激痛が走る。敵は一撃を加えた後、再び上昇した。

彼は血を撒き散らしながら立ち上がると、目を凝らした。

大鷲《おおわし》のような、褐色の怪物だった。

「天からの攻撃か」

体中が痛む。右肩と胸の骨が折れ、太股を銃弾が貫通し、背中を袂られていた。立っているのがやっとだ。相手が鳥系のモンスターだとすると、武器は爪と嘴だろう。次に滑空してきた時が勝負だ。

怪鳥は数回旋回し、猛スピードで降下してきた。

見える。奴の動きが見える。

ぐんぐん近づいてくる。爪が狙っていた。接触する瞬間、こちらから間合いに飛び込んだ。首に腕を巻き付ける。敵の爪が、太股の傷口に突き刺さった。

その怪物は確かに鷲だった。

顔も翼も大鷲以外の何ものでもない。しかし胴体と足は、羽根に覆われてはいるが、人間のものだ。腕の付け根から、たくましい鳥類の翼が生えている。目は猛禽類のそれだったが、おぞましいことに顔立ちに中村宏の面影があった。

二人は組み合いながら落ち、雪原を転げ回った。

「宏だな」

「わかるのかよ」

「面影が残ってる」

「てめえは残ってねえぜ杉崎。変身の瞬間を見なけりゃ、ただの虫だ。でけえカブト虫の化けもんだ」

嘴が肩の辺りをめった突きにした。恐るべき攻撃だった。一突きで、硬度のある肩の皮膚を紙のように食い破り、筋肉をずたずたにする。

次に、目を狙われた。それを避けた時、宏の首に巻き付けた手の力が緩んだ。怪鳥はすかさず、杉崎の両足を一際深く切り付け、再び空に舞い上がった。

杉崎は全身から血を噴きながら、立ち上がり、すぐに膝から崩れた。立つことが、できない。

周りの雪がピンク色に染まっている。

全身を痛みが走り、頭痛がし、吐き気もした。右手は棒のようにぶらさがり、動かすことさえできない。足にも力が入らなかった。体中が痙攣を始めた。

これでは次の攻撃が来た時、避けることすらできない。

どうする？

膝立ちのまま、上空を見つめた。

宏は勝ち誇るかのように悠々と旋回している。

このまま空にとどまるのが、賢い選択だろう。時間が経ち、こちらが血を流せば流すほど、向こうは有利になる。こっちは、放っておいても死ぬかもしれない。

だが、宏は短気な男だ。必ずとどめを刺しにくる。反撃のチャンスがあるとしたら、その時しかない。しかし、こちらの体はズタズタで、充分な攻撃はできそうにない。

ならば、どうする？

どうしたらいい？

考えている暇《ひま》はなかった。怪鳥は高度を一気に落とし、あっという間に近づいた。

足の爪が頭を狙っている。

避けられない。

腰を落とし、顎を引いた。賭けだった。

鷲の爪か、虫の角か。

爪と角が正面からぶつかりあった。

頭を棍棒で殴られたような痛みが走った。

顔面から血が噴き出す。角が少し剝がれ、頭が割れかけたらしい。

宏も無事ではなかった。甲高い悲鳴を上げ、目の前に爪と足の一部を落とし、後方に転げこんだ。

角が、怪鳥の爪先を切断したのだ。

杉崎は体の向きを変え、倒れている宏の背中に飛びかかる。押さえ付けて体重を掛け、左手の爪を右翼の付け根に突き立てて、根こそぎむしり取った。

次に左翼。

宏はその度に絶叫した。

杉崎は血にまみれ、叫びながら、二つの肉塊をでたらめに放り投げた。

怪鳥は、両翼をもぎ取られながらも、雪を掻き乱しながら転げ回る。

杉崎は叫び声を止めることができなかった。意志に関係なく、腹の底から咆哮《ほうこう》が込み上げてきて、尽きることがない。姿形だけではなく、心底から怪物になってしまったような気がした。

辺り一面が怪鳥の血で赤く染まった頃、やっと叫びが収まった。

宏もおとなしくなっている。

杉崎は膝立ちのまま、敵の顔を眺めた。宏はまったく動かない。ぴくりともしない。気絶したか、死んでしまったのかもしれない……

杉崎は両手をだらりと垂らす。

いきなり、宏が上半身を起こした。

嘴が目の前に迫る。

同時に杉崎の左手が、相手の心臓部を貫いていた。

嘴は顔のわずか数ミリ手前で止まった。

杉崎は手を引き抜く。

宏は静かに倒れ、再び動かなかった。

杉崎の全身から力が抜けていく。

同時に体の違和感も引いていった。

見ると、右手も左手も人間のものに戻っている。

顔に触ってみた。

血まみれだが、間違いなく人間の顔、人間の皮膚だ。

彼は深く息を吐いた。

今度こそ、戦いは終わった——

彼はそう思った。

激痛で意識が遠のきそうだった。

ふと、頭の隅に不思議な映像が浮かぶ。瞬く光のようだった。これは何だろう？　いくつかの小さな輝きが、不揃いに並んでいる。それぞれが宝石のようにきらめいていた。これは、……そう、これはクリスマス・ケーキだ。美夜と灯したクリスマス・ケーキのロウソクの明かりなのだ。何故こんなものが浮かぶのだろう。

……戻りたい。

そう、俺は戻りたかったのかもしれない。

戦いなどない世界へ。

クリスマス・イヴにはケーキを食べる、日常生活の中へ。

その時。

世界が反転した。

雷が落ちるような轟音が響く。

銃声だ。

後ろから撃たれた。

物凄い衝撃だ。

彼は血を撒き散らしながら、ゆっくりと前のめりに倒れていった。

唐突に、頭の中に一つの名前が浮かぶ。

――浅野典文か?

*

浅野典文には双子の弟がいた。

沢口は地下室の中で、足元に横たわる老人の死体を見下ろしながら思った。

被害者はパジャマを着て、後頭部から血を流している。少し前に殴り殺されたらしい。

沢口は地下室の明かりを消すと、部屋を出て、階段を上り始める。

杉崎と食事をしてから別れ、寝室に入って、ぼんやりとしていた。屋敷のあちこちで、騒がしい気配があったが、放っておいた。人間など、好きに殺し合えばいい。誰が死のうと、知ったことではなかった。もっとも、杉崎の生死は気になったが、あの男が簡単に殺されるとも思わなかった。

気づくと、家の中は死んだように静まり返っていた。人の気配というものが、まったくない。部屋を出て、家中回ってみたが、いくつかの死体にしか出遭わなかった。

そして地下室で、浅野の死体を発見した、というわけだ。

特に驚いたわけでもなかった。誰が死のうが、どうでもいいことなのだ。

暗い廊下をゆっくりと歩いていく。

微かな腐臭が漂っている。黴の臭いも鼻を突いた。少し前なら、考えられないことだ。きれい好きな秋夫は、浅野に清掃を撤底させていた。

家というのも生き物なのだ。

それは人間の気配を常に呼吸して生き続けるらしく、住人が去ると、とたんに死臭を発し始める。

今、北条家は、死の館となった。

自分の足音だけが、不気味に響き渡っている。

周りには吹雪の原野が広がり、広壮な洋館の中には死体しかなく、生きて歩いているのは自分だけなのだ。地球最後の生き残りの気分とは、こんなものなのかもしれない。核戦争が起こり、生物はすべて死に絶え、その中で生存を許された地球最後の男、それが自分か……

いいかもしれない。

その日まで生き残るのも、悪くないかもしれない。

いや。

何て大げさな。

終末幻想に浸っている場合ではない。

杉崎はどこへ行ったのだろう。

杉崎の部屋の窓から、二組の足跡が続いていた。

おそらく美夜と共に逃げたのだ。方角からいうと猟師小屋だろうか。可能性はある。確かあそこには無線機もあった。

宏とサオリの姿もない。彼らはどうしたのか。杉崎たちを追う足跡はなかった。彼らを追跡したのではないのか。それとも空を飛んだり、雪の中に潜ったりして追ったのか。

杉崎は一連の事件の犯人として、浅野を疑ったことがあるようだ。

いつか、浅野の弟のことを聞いていた。

あの時は、面倒だったので答えなかったが、浅野には、双子の弟がいたのだ。

寝室に貼ってあるのは弟の写真だ。一卵性双生児だから、容姿はそっくりで、身長体重もほぼ変わりない。違うのは兄が右利きで、弟が左利きということくらいのものだ。

いや、性格もずいぶん違ったらしい。

紳士的な兄に対し、弟は凶暴だった。ヤクザのような男だったというのだ。

兄にとって弟は、邪魔者でしかなかった。

しかし、そんな弟でも使い道がある、と典文が考えたとしたら、どうだろう。

そして、その使い道とは、自分の身替わりに死んでもらうことだった……としたら。

典文は、北条の関係者全員の抹殺を図った。一族が死に絶えたら、遺産は自分の物になる。息子夫婦が倒産のため身動きできなくなっているとも聞いた。金は喉から手が出るほど欲しかっただろう。

浅野は、この家に全員が集まる機会を見計らい、外部を遮断する。被害者すべてを閉じ込め、皆殺しにしていく。

この場合に問題になるのは、自分だけが生き残るわけにはいかない、ということだ。最後まで生きていた者は、どう見ても犯人だろうから。

だから、誰かに身替わりになってもらう必要があった。

双子の、しかも屑のような弟ほど、この役割に相応しい相手はいない。

浅野典文は人知れず弟を呼び寄せ、かくまい、タイミングを見て、殺すつもりだった。

ヤクザな弟を、自分の犯罪に利用しようとしていたのだ……

沢口は玄関のドアを開けた。

風が弱まっている。もうすぐ嵐も止む。朝も来るだろう。

その時、微かに銃声が聞こえた。しばらく間を置いて、もう一度。

東の方角だ。不吉な予感がした。

考えずに、行動を起こす。

極寒の中、すべてを脱ぎ捨て、一糸まとわぬ姿になる。

また銃声が響いた。

走り出す。

猟師小屋へ向かって。

銃を持っている者がいる。杉崎であれば問題ない。しかし、それが他の誰かであったとしたら。

彼はいつの間にか、四足で疾走していた。

不吉だ。どうも、いやな予感がする。

彼は全速力で走った。

どれくらい経った頃だろうか、向こうに小さく、小屋が見えてきた。

血の臭いが鼻を突く。彼は鼻が利くのだ。一人の血ではない。少なくとも三人、……いや四人が血を流している。

間に合うか？
しかし何に間に合うというのか。
状況はどうなっているのだろう。
杉崎と美夜が向かった先に、犯人が待ち受けていて発砲でもしたのか。
まさか、浅野典文が？　馬鹿な。それは違う。
何故なら浅野典文は地下室で死んでいたから。
その弟など、癌で、昨年この世を去っていたのだから。
浅野の部屋に飾ってあった写真は、いわば遺影なのだ。
典文が犯人であるわけがない。
血の臭いがますます強くなる。
何が起こっているのか？
沢口は目を凝らす。
遥か向こうに、杉崎がひざまずいているのが一瞬見え……
四度目の銃声が響いた。

*

弾丸は右肩を貫通し、血を飛び散らせた。

頭から雪にのめり込む。もはや動くことさえできない。彼は必死に顔の向きを変え、後方を見た。

「この化け物」

甲高い声で美夜がいった。

彼女は池上が使ったライフルを持ち、こちらに狙いを定めている。

「美夜か……何故」

「あなたが化け物だからよ。虫の化け物なんて大嫌い。だって虫なのよ。大きな虫なんて気持ち悪い。嫌いよ。だから殺すの。私、嫌いなものは殺すのよ」

「……そうさ……」

あらぬ方向から不気味な声が響いてきた。

サオリだった。

今では人間の体に戻り、割れた腹から内臓をはみ出させたサオリが、仰向けのまま、かっと左目を見開いていた。

「……あんたは嫌いなものは殺すのさ。美夜、あんたが殺人鬼だって知っていたよ。いつ気づいたかって？　あたしは、あんたを乾燥室に呼び出した。いじめてやろうと思ってね。でもまさか、そこで一郎が殺されてるなんて思わなかった。午前一時、あたしはあんたが寝室を出るのを確かめて、跡を尾けた。その時、玄関でおかしな物を見たんだよ。それはあんたの靴さ。その靴はコンクリートの床に、丸い染みを付ける程濡れていた。つまりあんたはあの日、その前に一度外に出ているんだよ。おかしいねぇ、戸外どころか、あんた、部屋から一歩も外へ出なかったといったじゃないか……」

　サオリは水晶のように澄んだ瞳で天を見上げながら続ける。

「……あんたはいつ外へ出たんだ。あの朝、あたしたちが月岡麻二の死体を運んだ時、玄関の靴はすべて乾いていた。それからあたしは一郎の部屋に行ったんだが、奴はぴんぴんしていたよ。それからあんたを呼び出し、乾燥室へ行ってみると、一郎が死んでるわけだろう。そこであたしは思ったのさ。こいつはあたしが呼び出す少し前に外に出ている。どこへ？　乾燥室へ。何をしに？　一郎を殺しに、さ。つまりその時、北条美夜、あんたが犯人だって確信した。濡れた靴から確信したんだよ。あんたには一郎を殺す動機もあるしね。確かにあんな男と結婚させられそうになったら、たまったもんじゃない。この世から消したくなるのはわかるよ。あんたは嫌いなものは殺す。他の奴だって財産目当てで殺したんじゃない、嫌いだから殺したのさ……」

「うるさいわよ、死に損ない。どこまで私をいじめれば気がすむの。いじわるな人なんて嫌い。死んで」

彼女はサオリの頭を撃ち貫いた。脳漿《のうしょう》が飛び散る。今度こそ確実にあの世行きだろう。

銃口が再び、杉崎を狙った。

「そうよ。みんな私が殺したの。だって嫌いなんだもの」

「月岡まこともか」

「あれは自殺です。誰もがそういってたじゃないですか。私だけが、殺人かもしれない、警察を呼ぼうって正論を主張して、無視されて。ひど過ぎます。だから私思ったんです。こんなんだったら、何人でも気安く殺せる、好きなように暴れてやるって。だって、そんなムードだったんだもの」

「あんた、子供か」

杉崎はあきれた。同時に不気味でもあった。素直さが狂気につながっている。

美夜はあくまで愛らしい目で杉崎を見て、

「中村清志とは偶然乾燥室で会いました。思考回路が似てたのかしら。二人ともスキーを見に来たんです。私、自分だけでも脱出できるようにしておきたかったの。あいつもそう思ったんじゃないですか。でも気が合わないから〈おまえ逃げる気か・逃げる気なんかない〉で喧嘩になりました。だから護身用のナイフでメッタ切りにしたんです。ムカついて仕方なかったの」

あの晩、中村清志をガードしていたのは池上だ。池上は一人出ていく中村を、そっと尾行した。殺す気だったのかもしれない。幸い沢口もいなかった。そして乾燥室で池上は、美夜が清志を殺すところを見た。

「スキーを破壊したのもあんたか」

「違います。私、そんな力ありません。そんなことする意味もありません」

その通りだろう。スキーは、美夜が去った後、池上が折った。そして清志の口にカードを差し込んだ。この時点では池上も、まだ他の者たちに復讐するつもりでいた。自らの手を汚すつもりだったと思われる。

「杉崎さん、私その夜、不安になっちゃって、あなたの部屋に行きました。だって人を殺したんだもの。でもあなたは深夜、部屋を出て行った。なんで私を一人にしたんですか。あなた人でなしよ。ひどいわ。あんまりです」

あんまりです、といわれても困る。

月岡麻二に呼ばれたのだ。話がある、と。麻二は弟が死に、続いて極限状況の檻に閉じ込められ、新たな死体が現れるに及んで、精神のバランスを崩した。パニックに陥った彼は、見ず知らずの怪しい男・杉崎を、単純に犯人だと勘違いしたのだ。そこで杉崎を応接室に呼び出し、詰問した。

「私、あなたの部屋を出て、応接室の中から、麻二が誰かを糾弾している声を聞いたんです。でも途中で怖くなって帰ってきて、ベッドの中で震えてました。だってスキーが何者かに折られたのは事実だし、そいつの目的は私たちを閉じ込める事以外にはあり得ない。麻二が話してたのは、スキーを折った奴かもしれないし、そいつは私を殺そうとするかもしれない。私本気で、あなたを疑ってました」

「スキーを折ったのは池上だ」

杉崎はやっと言葉を絞り出した。全身が痛く、口を開くのさえ、ままならない。

美夜は聞いていなかった。

「あなた、父と昔、いざこざがあったみたいだし、とても怪しかったわ。私はベッドの中で悶々とし、どうしても眠れず、再びそっと部屋を抜け出し、応接室にいってみた。だって、そうせずにはいられなかったから。途中で厨房から出刃包丁を持っていきました。護身用のナイフはもう使っちゃったから。応接室には麻二が一人、放心したように座ってました。私、彼に聞きました。何をしてるんですかって。麻二は何も答えなかった。だから部屋に戻るよう勧めたんです。お休みになったら、って。でも彼、馬鹿にされたと思ったのか、錯乱しちゃって、いきなり襲いかかってきたんです。私、首を絞められて、それで刺しちゃったんです」

目に浮かぶようだ。この女は結構楽しそうに〈刺しちゃった〉のではないだろうか。

「でも私たち、大騒ぎし過ぎたんですね。隣の部屋の父が目を覚ます音が聞こえたんです。私、父の部屋に行きました。返り血を浴びたままで。そこでまた口論になり――私って台風みたいな女よね、どこへ行っても騒ぎを起こす――いい機会だから、隙を見て花瓶で殴り殺しました。それから自分の部屋に戻ったの。疲れちゃったし」

池上はすべてを見ていたのだろう。自分の先を越して、美夜が次々に殺人を犯していく。どんな気がしたことか。そして彼は、それぞれの現場にカードを残していく。丁寧とも偏執狂的ともいえる。

「次の日、人を何人も殺したから変なホルモンが出てたのか、気持ちが高ぶっちゃって、ついでにもう一人、って思いました。で、一番消したい奴、中村一郎を殺すことにしたの。私、彼を乾燥室に呼び出したわ」

一郎は引きこもりぎみなのか、ほとんど部屋から出なかった。考えてみると、彼を呼び出すことができるのは、美夜くらいだったのかもしれない。

「私、父の部屋からナイフを持ちだし、一郎を刺し殺した。でもその後で、今度は自分自身がサオリから、乾燥室に呼ばれるなんて思ってもみなかったわ。恐ろしい偶然ですよね。私、寝室でずいぶん悩んじゃった。もう一度乾燥室へ行くべきか、行かざるべきかってね。でも行ってみることにしたんです。後はあなたも知っての通りよ」

杉崎は霞み始めた目で彼女を捉えた。

「あんた……人間か。本当に、人間なのか。そんなことで……何人も殺せるものなのか」

かすれた、風のような声しか出なかった。

「笑わせないでください。怪物にいわれたくないです。殺せるに決まってるじゃないですか。私、嫌いだった。みんな、みんな嫌いだった。いばっているから。父、北条秋夫が嫌いだった。仕事ばかりしているから。中村清志が嫌いだった。いばっているから。中村一郎が嫌いだった。デブだから。中村宏が嫌いだった。キレるから。池上正人が嫌いだった。がさつだから。沢口京が嫌いだった。おしゃべりだから。月岡麻二が嫌いだった。暗いから。月岡まことが嫌いだった。クズだから。浅野典文が嫌いだった。わざとらしいから。月岡サオリが嫌いだった。いじめるから。でも変なものね、私が犯人だって気づいた名探偵は、あのラミア

――」

彼女はサオリの死体を顎で示し、

「蛇女だったんですものね。しかも濡れた靴の手掛かりから。あなたは何をしてたんですか。本職の探偵さん」

あんたを守ろうとしていた。

杉崎は薄れていく意識の中で、言葉を絞り出す。

「……北条美夜、あんたこそ怪物……ラミア、蛇女だ」

「私、あなたも嫌い。虫だから。ここでとどめを刺してあげる。優しいでしょう、私」

「優しいだと？」

「そんな体でどうやって生きていくの？」

「そんな心配は無用だ」

「そろそろ死んで」

美夜はしっかりと狙いを定めた。

何度目だろう。杉崎は今度こそ死を覚悟した。反撃どころか動くことすらできない。生身の体で、こんな至近距離から銃弾を受けたら一たまりもない。

彼女は一歩近づいた。

すべての感覚が麻痺していく。目を開いているのもやっとだ。

瞬きしたとたん、
銃声が轟いた。

その寸前。

杉崎は霞む目の中で、不思議な光景が展開するのを見た。

何か大きくて白いものが現れたのだ。そいつは凄まじい速さで女に飛びつき、鋭い牙で、女の首を咬みちぎった。大きな白い犬、……狼か？……のようなものだった。

幻だったのかもしれない。

今や完全に視界は閉ざされた。

昏迷していく意識の中、耳が微かに何者かのささやき声……幻聴？……を捉える。

……借りは返しましたよ、杉崎さん。でも、ちょっと遅かったかな。だいぶやられたようですね。ぼろ雑巾みたいだ。もう駄目かもしれない……美夜さんって、変身しないけど、怪物みたいでしたね。この世界には色々な怪物がいます。例えば、美夜さんみたいな人間でありながらの怪物、あなたみたいな人造の怪物、僕みたいな天然の怪物……このままでは世界は怪物天国——いいえ怪物地獄——になってしまいますね……杉崎さん、あなたの変身した姿も捨てたもんじゃない。人の次は虫が地球を支配するという説があります。そうなったら、あなたはさだめし昆虫の王だな。つまりは神の原型というわけだ。そういえばベールゼブブも蠅の王でしたね。もっともベールゼブブは悪魔だけれども……

終章　狼

圓藤《えんどう》医師はその朝、病院の前で、とんでもないものを発見した。

傷つき、ぼろきれのようになった男だった。

死体のように見えたが、脈はある。自分の手に負えるとは思えなかったので、救急車を呼び、市立病院に運ばせた。

一息つくと、向かいの家の惚けた老婆が近づいてきて、不思議な話を始めた。

彼女は朝から玄関前の除雪をしていたという。すると向こうから妙なものが近づいてくる。大きな白い犬か、狼のような、とても毛並みの美しい獣だったという。その獣は血まみれの男を背にして、老婆の前を通り過ぎ、男を病院の前に投げ捨てると、目にも止まらぬ速さで駆け去った。

一瞬、こちらを見たという。

目が合った、ともいう。

老婆は奇異な思いに囚われた。

何故なら、獰猛《どうもう》そのものの獣の顔が、たとえようもなくきれいに思えた——人の顔も含めて、これまで見たことがないほど神々しく、かつて知らないほどに美しいものだったからだ、という。

文庫版あとがき——文庫化への長い道のり

飛鳥部勝則

『ラミア虐殺』はカッパ・ノベルス版刊行から二十二年を経て文庫化された。入手困難だったこの本が、どのような過程を経て文庫になったのか、以下に記しておく。非常にレアな復活劇だと思うのだが、類似したケースは今後もあり得るので、簡単にまとめておくのも意味があろう。

1

二〇二三年の七月七日にすべては始まった。

早川書房から電話があり、『堕天使拷問刑』を復刊したいというのである。担当編集者吉田智宏氏は七夕の夜に連絡してくるという業界屈指のロマンティストで、今後伝説の編集者になること請け合いの傑物だが、その吉田氏がいうには、通常の重版ではなく、書店の全買取（印刷した本をすべて買い取り、売り切る方式）による復刊だという。作者としては是非もない。珍しい出版形態で、買い取ってくれるのは書泉《しょせん》グループである。書泉といえば秋葉原か神保町、《アイドルと鉄道と占い》だと当時は思っていたが、これまでにも白水社の中世を扱った本を全買取で復刊させ、シリーズ三冊合わせて三万部という驚くべき部数を売りさばいているらしい。

しかし私も吉田編集者も『堕天使拷問刑』単行本販売時の売れ行きを知っているので、楽観視はできない。丸善カフェで最初に打ち合わせした時も、「部数は五〇〇、店頭販売はなくネット通販のみ、最終的な部数決定は予約の状況を見て」ということだったので、飛鳥部の旧作が今、「五〇〇冊も売れるだろうか」と二人で頭を抱え、「最悪、売れ残りが出たら、その分を店頭に置かせていただこう」という方針を立てた。出だしはそんなものだったのだ。

実際には販売予告が出ると、ネット上が湧きたち、Xでトレンド入りし、部数は当初予定の十倍の五〇〇〇冊に膨《ふく》れ、復刊シリーズ《書泉と、一〇冊》の第三弾として、ネット販売だけでなく実店舗にも置かれて、店頭には『堕天使拷問刑』のブックタワーが立つまでになった。そして結局、書泉系列四店舗（現在三店舗）と通販だけで、税込み三五二〇円の本を五〇〇〇部売り切ってしまった（しかも一年足らずで）……のだから、書泉の底力たるや凄《すさ》まじい。書泉の手林大輔社長は——出版業界に多い私のような本の虫タイプではなく——人好きのする、他業界から来た風通しのよい方で、手林氏ならではの手腕であることは間違いない。そうした過程で、飛鳥部を推してくれたのは書泉系列の芳林堂《ほうりんどう》書店高田馬場店の山本善之店長であることも伝わってきた。復刊の話も山本店長の、早川への三年越しの懇願の結果実ったものであるという。

　私と早川編集者吉田氏の次の悲願は、『黒と愛』を復活させることで、『堕天使拷問刑』の特典冊子に書いた「針女」という短編に、『堕天使拷問刑』と『黒と愛』のダブルヒロインを出演させ次への架け橋とする、という奇策を取った。《書泉と、一〇冊》を見る限り、復刊は一冊で終わる可能性があり、二冊も出れば奇跡である。しかし事態の展開は私たちの予想を遥《はる》かに上回り、書泉・芳林堂書店は《書泉と、一〇冊》から《芳林堂書店と、一〇冊》という別の復刊シリーズを派生させ、『黒と愛』と『鏡陥穽《かがみかんせい》』を同時に売るという荒業《あらわざ》に出た。私など「逆に急ぎ過ぎではないか」と危惧したほどだが、書肆《しょし》は手を緩めず、文庫化までされたデビュー作『殉教カテリナ車輪』、既に電子書籍のある『バベル消滅』を次々に復刊させ、次に『ヴェロニカの鍵』と『レオナルドの沈黙』を同時に出し、更には『バラバの方《ほう》を』を加えて、ほぼ一年と少しの間に計八冊を甦らせてしまった（もう一つ、現在、復刊ドットコムにより、初期の奇作を増補した『N・Aの扉』の刊行が進められている）。一連の復刊作を刷ったのは出版社であるため、奥付には十年以上を経ての再版や第二刷の表記がなされており、快く復刊に応じていただいた出版社各位に、心からの感謝を申し上げたい。（註）

2

本は消える。

巷《ちまた》では絶版とひとくちにいうが、版元に問い合わせると品切れ、重版未定といわれることが多い。私の場合、電子書籍三作は別にして絶版と品切れで十三作を数えていたが、現在、主要作は古書ではなく新刊で、書泉系列店なら入手でき、通販でも買える。

『殉教カテリナ車輪』のみ第三刷までいったが、これは書泉・芳林堂書店に加えて、紀伊國屋書店と蔦屋書店が共同で全買取による販売をしてくれたおかげだ。その際には芳林堂書店高田馬場店の山本店長が、ライヴァルであるお隣の紀伊國屋新宿本店に足を運び、『殉教カテリナ車輪』販促イベントのトークショーを行う、という椿事《ちんじ》まで起こった。その効果もあってか、紀伊國屋書店と書泉・芳林堂書店のバックアップを得て——特に紀伊國屋書店の竹田勇生氏の強力無比な推挽《すいばん》により——今度は『堕天使拷問刑』が文庫化される、という事態が出来《しゅったい》した。単行本刊行以来十八年を経てハヤカワ文庫に入ることになったわけで、むろん通常の販売である。

本作『ラミア虐殺』文庫化も、以上の流れで見ると理解しやすい。書泉・芳林堂書店は他の作品と同様にカッパ・ノベルス版『ラミア虐殺』も全買取で復刊できないかと光文社に持ち掛け、紆余《うよ》曲折《きよくせつ》を経たのち、出版社は「では自社で文庫化する」という結論に至った。これが二十二年を経て、『ラミア虐殺』が光文社文庫に入ることになった経緯である。著者としてはこの場合、親本の文庫化、通常販売にまさる出版はあり得ないわけで、販元である光文社様に深く御礼申し上げたい。一方で書店、ことに山本店長の熱意と努力と推しが、文庫化の引き金になったことも間違いなく、書泉・芳林堂書店様にも厚く御礼申し上げる次第である。


これが二〇二三年の拙作復刊の始まりから二〇二五年の文庫版『ラミア虐殺』刊行までの大まかな流れであり、著者本人は別にして、関わった方々のご活躍は出版の歴史に名を刻むレベルだったのではないかと思う。

一連の復刊はまた、私に思わぬ副産物をもたらした。

一つは読者、読者代表たる書店、読者と出版社をつなぐ営業の方々の拙作への強い支持が、胸が熱くなるほどに伝わってきたことだ。かつての私は、理解ある編集者と二人だけで、よくいう出版の《大海に石を投げる》状態のみ味わっていた。

もう一つは復刊時の特典に短編を発表する機会をいただけたことで、掲載された「魔女考」「針女」「マラブンタ」「磯女」あたりは、拙作では上位にくるものだろうし、「振り子」や「牝狼」も飛鳥部の中では珍しいものだと思う。また『飛鳥部勝則随筆集』といった他ではあり得ないような特典冊子も編まれている。見つけたらぜひお読みいただきたい。

更なる副産物は同人誌を作っていただけたことだ。山本店長、渾身《こんしん》の業績ともいうべき『フィフス』である。これは既出の短編「フィフス」に新作続編を加えて一本にまとめたもので、鈴木康士氏の装画も素晴らしい。山本店長が文学フリマ会場の東京ビッグサイトで目撃したという微笑《ほほえ》ましいエピソードを伝えているが、売り場近くにいた小学校低学年の少女が、『フィフス』表紙のキャラクターを指し、「この女の人、かわいい」とはしゃいでいた、というのだ。本物の絵は子供にも伝わる。

今回、鈴木氏に『ラミア虐殺』の装画をお願いすることにしたのは『フィフス』の装画があってこそだが、鈴木康士氏と、『堕天使拷問刑』文庫版や『異形コレクション』などの装丁を手掛けた坂野公一氏のコンビは、布陣としては最強だと思う。加えて解説は、あの阿津川辰海氏である。かようにパッケージと解説に恵まれた本作だが、肝心の内容はというと、おそらくはいわぬが花で、ここでは付加的なことのみ記しておく。

『ラミア虐殺』と関連した拙作に『黒と愛』という、いささかダークな長編がある。「こんなものを人に勧めるとは！」と怒る人も出そうな小説（ラミアもか？）だが、未読の方は是非ご一読いただければと思う。ただし、一方が一方の続編というわけではないので、どちらを先に読んでもよい。私の場合は時々、同姓同名の人物が別々の本に出てくるけれども、読者が「同一人物の方が面白い」と思ったら同一人物だし、「気づかなかった」とか「同じ人でも別に面白くない」と思ったら同姓同名の別人である。お好きな方を。

註　謝辞

ここに至るまでの復刊・文庫化・同人誌化に際しご協力、ご尽力いただいた各出版社様に、この場を借りて心よりの御礼を申し上げます。本当にありがとうございました。（刊行順）

株式会社　早川書房様
株式会社　文藝春秋様
株式会社　東京創元社様
株式会社　ＫＡＤＯＫＡＷＡ様

株式会社 徳間書店様
株式会社 宝島社様
株式会社 光文社様
株式会社 新潟日報メディアネット様
株式会社 復刊ドットコム様

そしてすべての功労者たる書肆様に心よりの深謝を申し上げます。
株式会社 書泉・芳林堂書店様　ことに高田馬場店様
株式会社 紀伊國屋書店様　ことに新宿本店様
カルチュア・コンビニエンス・クラブ株式会社様（蔦屋書店様）
株式会社 ブックセラーズ&カンパニー様

最後にこの度の文庫化に際して森岡純一様、並びに藤野哲雄様に、元版刊行の際には鈴木一人様に、たいへんお世話になりました。記して感謝申し上げます。

二〇二五年三月

解説

異形の作家が飛翔するまで

阿津川辰海《あつかわたつみ》（作家）

『ラミア虐殺』は紛れもなく、飛鳥部勝則という作家像を把握するのに格好のテキストである。この作品は端正でありながら歪《ゆが》んでおり、壊れていながら美しい。

飛鳥部勝則は一九九八年に第九回鮎川哲也賞を『殉教カテリナ車輪』で受賞してデビューした。図像学（イコノグラフィー）を導入した「回想の殺人」式のミステリーである。画家・東条寺桂が描いたものとして作中に登場する油絵は、飛鳥部勝則（阿部勝則）本人が描いたものだ。以後、多くの作品で自身の手になる絵画や過去の名画の数々が口絵として登場し、これらの絵について施される解釈が作者の持ち味だった。また、作品全体に通奏低音として流れる幻想風味、随所で現れる怪物趣味などが作者の嗜好を窺わせ、代え難い魅力の一つになっている。

本書『ラミア虐殺』は二〇〇三年に光文社カッパ・ノベルスで刊行された飛鳥部の第八

長編だ。作者の特徴である自筆の油絵も、恒例だった作者の「あとがき」も入らない形で刊行され（今回文庫版で追加された）、これまでとは異質な雰囲気を感じさせる作品だった。

しかし、本書は長らく入手困難状態に置かれてきた。かくいう解説者も、大学在学中の二〇一五年に、サークルの先輩から貸してもらうしかなかった。当時は『ラミア虐殺』だけではなく、多くの飛鳥部作品が入手困難な状態にあり、独自の作品世界に魅了されるたびに、なかなか作品が手に入らない渇望を強く抱かされた。飛鳥部勝則氏に初めてお会いしたのも、実はこの時期だ。二〇一七年三月から四月に銀座で開催されていた個展「NかMか展　Ⅲ」でのことである。物腰が柔らかく素敵な方で、J・D・カー（C・ディクスン）の話をしたことはやけに強く覚えている。当時は飛鳥部作品を愛する同好の士と集まり、その愛を語るほかなかった。

『ラミア虐殺』の文庫化。その衝撃と喜びを表現するには、書泉《しょせん》グループが旗印を掲げて繰り広げられた一連の「復刊劇」に触れざるを得ないところだが、これは著者による「文庫版あとがき」に詳しいため、そちらに譲りたい。解説者からは、二〇二四年五月四日に芳林堂《ほうりんどう》書店高田馬場店で、飛鳥部と井上雅彦のトークイベントが行われたことを特筆しておきたい。理由は後述する。

では『ラミア虐殺』とはどのような物語なのだろうか。

私立探偵の杉崎廉《すぎさきれん》はある雪の朝、事務所の窓の下に異様に小柄な女性がいるのを目に留める。彼女は北条《ほうじょう》美夜《みや》といい、杉崎に「逃げたい」「かくまってくれ」と依頼する。彼女の父親の名は、北条秋夫《あきお》。それは杉崎にとっても、忌《い》まわしい過去に繋《つな》がる名前だった。杉崎と美夜は、秋夫の友人である代議士が擁する二人のボディガードに連れられ、山奥にある北条家を訪れる。彼らは家に到着して早々首吊り死体を発見することになる。現場は密室状態で、自殺とみられる状況だったが、現場には「ツキオカ」と書かれた謎のカードが遺されていた。警察に通報しようにも、北条家は雪で孤立していた。

——と、どこからどう見ても典型的な「吹雪の山荘」ものである。飛鳥部はここで、かなり意識的に「吹雪の山荘」のフォーマットをなぞっているように見える。誰一人信頼出来ない登場人物たちや、彼ら彼女らが繰り広げるエキセントリックな言動は著者らしい特徴ではあるものの、連続殺人のつくりや登場人物の整理の仕方などは、本格ミステリーの「ベタ」を忠実になぞる。

それなのに、この作品は本格ミステリーの枠を壊そうとする。結末を読むと、「吹雪の山荘」のフォーマットをなぞったのが丁寧な前フリにさえ見えてくる。著者は「ベタ」の中に、飛翔するための準備を入念に潜ませている。開幕早々に楳図《うめず》かずお「へび女」にまつわる挿話が盛り込まれ、怪物をめぐって、登場人物たちは再三再四議論を重ねる。サオリが唐突にジョン・キーツの『レイミア』を引用し始めるあたりは何か悪趣味なギャグにさえ見えてくる（十五章）。

ともすれば衒学的《げんがく》に陥ってしまいそうなそうした知識／怪物への解釈の羅列は——なぜ登場人物たちが全員その議論に参加できるのかという疑問も含めて——不穏と不和に満ちている。この小説の「序章」には、なぜあんなシーンが置かれているのか。全ての疑問は、飛鳥部勝則が飛翔した瞬間に解き明かされる。

異様な趣向ではあるが、本格推理の作法はなおざりにされていない。ノベルス刊行当時の帯文「背徳の本格《インモラル・パズラー》」は、この温度感を適切に捉えた惹句《じゃっく》である。飛鳥部作品では、犯人を指摘するロジックは常にスマートであり、どの長編もフーダニット（犯人探し）としての魅力を備えている。本書も例外ではない。情報の山の中に隠されたシンプルな手掛りで、鮮やかに犯人が指摘される。『ベスト本格ミステリ２０１１』に短編「羅漢崩れ」が採られた際、作者は〝「本格」に対しては常に義理を通しているつもりです〟と述べている。この「義理」という言葉に痺《しび》れるではないか。照れや韜晦《とうかい》というのではない、揺るぎない美学を感じさせる言葉である。

『砂漠の薔薇』の「あとがき」において、飛鳥部が「お気に入りの探偵役」としてアントニイ・バークリーのロジャー・シェリンガムに言及しているのも注目。『ラミア虐殺』で試みられている探偵役の趣向は、そのひねくりぶりも含めて「バークリーが怪奇小説の分野に足を伸ばしたらこうなるのでは」というイメージが喚起される。また、『砂漠の薔薇』の解説を担当した千街晶之は、「ミステリにおいて奇人変人の存在は、ある種のトリックを成立させるためには必須」と述べ、奇人変人の森に伏線を隠した坂口安吾の名作『不連続殺人事件』を引いてみせる。それならば『ラミア虐殺』の趣向もまた、『不連続〜』の技巧を極限まで拡大し、裏返したものになっているといえないだろうか。

飛鳥部勝則は本格推理の書き手である。と同時に、そこから飛翔する、幻想／怪奇の翼を持っている。第三長編『N・Aの扉』の怪談や、第五長編『冬のスフィンクス』の「夢の中で絵画の中に入り込む」という幻想的な設定には紛れもなく作者の個性が刻印されていた。

しかし、第八長編『ラミア虐殺』の異様さは、それらの作品の比ではない。そして、本書で試みられた挑戦は、後の傑作——特に、「ゴシック復興三部作」と作者自身が位置付ける『鏡陥穽《かがみかんせい》』『堕天使拷問刑』『黒と愛』——が生まれる決定的な分岐点となったように思える（なお、本書は『黒と愛』と一部登場人物を共有している。このことは著者のあとがきでも述べられており、解説者も、どちらから先に読んでも大きな影響はないと考える）。

作者自身の嗜好が抑えられないものとして現れ始めた、と言ってしまえば簡単だが、ここでは二〇〇三年という発表年代にも注目しておきたい。ここで登場するのが、先ほど名前を出した怪奇幻想作家、井上雅彦である。

二〇〇一年九月から、飛鳥部勝則はアンソロジー「異形コレクション」に参加している。井上雅彦が監修する完全書下ろしのホラーアンソロジーで、一九九八年に廣済堂文庫から刊行開始、二〇〇〇年に刊行された第十六巻から光文社文庫へ移った。二〇一一年に第四十八巻『物語のルミナリエ』で一度休止するが、二〇二〇年に第四十九巻『ダーク・ロマンス』で復活した。現在も半年に一回のペースで刊行が続いている。

閑話休題。飛鳥部が同シリーズに初登場したのは第二十巻『玩具館』に掲載された短編「お菊さん」である。福笑いの挿話や「お菊さん」のキャラクターが忘れ難い印象を残す一編だ。飛鳥部の掲載回数は十九回を数え、復活後の「異形コレクション」にも参加している（第五十一巻『秘密』の「乳房と墓――綺説《顔のない死体》」、第五十三巻『ギフト』の「もう一つの檻《おり》」）。「書泉」限定復刊において、飛鳥部の『バベル消滅』と井上雅彦『異形博覧会』が同時復刊された際、二冊セット購入の有償特典として、それぞれが二編と五編の短編を収めた小冊子を附録としており、さながら「異形コレクション」の番外編といっていいような内容だった。井上は「異形コレクション」で全ての短編に解題を書いているが、『玩具館』において既に『N・Aの扉』の「怪談」性に言及し、『バベル消滅』の文庫解説でも同作への愛を存分に語っている。

　ホラーとミステリーの間で絶えず行われる振り子運動。その振り子を自在に操り、自らの領域に引きずり込む飛鳥部の腕前は、「異形コレクション」というフィールドで存分に生かされた。「異形〜」に掲載された短編は、主人公と美少女との会話劇、異形・怪奇への愛、出し抜けに訪れるスマートな推理など、飛鳥部勝則を構成する要素が端的に表れた好編ばかりだ。怪物趣味が濃厚な「バグベア」（『幻想探偵』所収）や「洞窟」（『怪物團』所収）もさることながら、推理作家協会の年鑑にも採られた「プロセルピナ」（『蒐集家《コレクター》』所収）はその構造そのものが「飛鳥部勝則」という作家性を体現しているかのようである。飛鳥部勝則の嗜好を見出《みいだ》し、その解放の機会を与えたのは、「異形コレクション」だったのではないか。解説者には、そう思えてならない。

　その才能が、美学が乱れ咲くのが、まさにあなたがいま手にしている、この『ラミア虐殺』である。ぜひとも味わってみてほしい。

二〇〇三年十月　光文社カッパ・ノベルス刊

光文社文庫

ラミア虐殺《ぎやくさつ》
著者　飛鳥部《あすかべ》勝則《かつのり》

2025年4月20日　初版1刷発行

発行者　三宅貴久
印刷　ＫＰＳプロダクツ
製本　フォーネット社

発行所　株式会社　光文社
〒112-8011　東京都文京区音羽1-16-6
電話（03）5395-8147　編集部
8116　書籍販売部
8125　制作部

ISBN978-4-334-10605-8　Printed in Japan

組版　萩原印刷